サマナーズウォー／召喚士大戦2

導かれしもの

著：榊一郎
イラスト：toi8

原案：Com2uS
企画：Toei Animation/Com2uS
執筆協力：木尾寿久（Elephante Ltd.）

JN034644

CONTENTS

序　章　013
第一章　大器の片鱗　021
第二章　少女の願い　091
第三章　遺跡の死闘　149
第四章　摂理の改変　203
終　章　303

サマナーズウォー／召喚士大戦2

導かれしもの

Character & Story

リゼル

ユウゴの父オウマに拾われた召喚士の少女。ブロドリック襲撃時にオウマに見捨てられ虜囚となり、その後にユウゴのオウマ捜索に同行する。

バーレイグ

リゼルの召喚獣〈雷帝〉。その名の通り雷の力を用いるが白兵戦にも力を発揮し、リゼルと五感を共有して戦う。外見はクールな美青年。

カミラ

ユウゴに使役する美しき召喚獣〈ヴァルキリー〉。強力な戦闘力と回復力を持つ。ユウゴに忠実だが、まるで姉の様に上からふるまうことも。

ユウゴ・ヴァーンズ

本作品の主人公。優しく正義感の強い性格。父から受け継いだ召喚士の資質を生かして、生まれ育った町の役に立ちたいと願っている。

モーガン

ブロドリックの魔術師組合に所属。魔術が使えないが銃の腕は超一流。お目付け役兼大人代表としてユウゴとリゼルの旅に同行する。

エミリア・アルマス

父に捨てられたユウゴの姉的存在にして召喚士の師匠。14年前の事件から、人々の召喚士への悪感情を解消すべく町に尽力している。

エルーシャ

エミリアの召喚獣〈フェアリー〉。尖った耳と蒼い髪色以外は普通の少女に見える。水属性で、周りの水を利用してその力を存分に振るう。

オウマ・ヴァーンズ

ユウゴの父にして強力な召喚士。14年前にブロドリックの魔術師組合を襲撃し、そのまま姿を消し、此度再び召喚士を率いて街を襲撃する。

クレイ・ホールデン

ホールデン支部長の息子で後継者と目される青年。以前はオウマの息子であるユウゴを虐めていたが、立場のある今は落ち着いている。

カティ

ユウゴの前に現れる謎の少女。自分のことを話そうとせず、普段は姿を見せないが、なぜかユウゴ達の旅についてきているようだ。

Key Words

◆召喚獣
召喚士によって召喚され、契約の下に使役される存在。獣と表記するがその姿は様々。その属性に応じた力をふるうことができるだけでなく、感覚を共有することもできる。

◆バラクロフ王国
王都はバラポリアス。王族はもちろん、多くの貴族が屋敷を構えている。石畳に覆われた広い道や多くの高層建築物など、計画的に整備された事がわかる都市。

◆零番倉庫
すべての魔術師組合支部に存在する地下倉庫。遺跡などで発見された過去の魔法の遺物などが保管されている。そのため、厳重な管理下に置かれている。

◆召喚士
召喚獣を呼び出し契約することで、その力を行使する魔術師。召喚獣の強力さゆえに“最強の魔術師”と呼ばれ、召喚士を倒せるのは召喚士のみと言われる。

◆魔力
この世界の魔法のもととなる力。召喚士は自分の魔力を召喚獣に注ぎ込むことで現世につなぎとめることができる。ひとりが維持できる召喚獣は1体が限界と言われる。

◆魔術師組合
この世界の魔術師が所属する組合。各地の町には支部が存在し、術が必要な仕事や作業があれば、それをこなす。召喚士も魔術師組合に所属する。

あらすじ

ユウゴ・ヴァーンズは、師のエミリア・アルマスから、召喚士の力を人前で使用することを止められていた。彼が強力な召喚士であり、町に災いをもたらしたオウマ・ヴァーンズの息子ゆえに。

その災厄から十四年。平穏な毎日が戻ってきたと思われた時、町は再びオウマ率いる武装集団の襲撃を受ける。奮戦するユウゴだが、彼はその戦いの中で実父オウマと初めてまみえ、敗れた。そしてオウマは、町に保管されていた遺物を持ち去った。

ユウゴ・ヴァーンズは、これを取り戻すべく、オウマの後を追うことになる。同行するのは召喚士のリゼルと銃使いのモーガン。三人の旅は、こうして始まった。

序章

イラスト：haru.

それまでの嵐《あらし》が嘘《うそ》であったかのように、辺りを静寂《せいじゃく》が包んでいた。

「……え？」

ブロドリックの町の北東部外縁《がいえん》――山岳地帯《さんがくちたい》に程近《ほどちか》い場所。

時刻は夕刻、雲間から差し込む陽《ひ》の光は赤く、そして気怠《けだる》い。

先程《さきほど》まで荒《あ》れ狂《くる》っていた強風のせいで、町から飛ばされてきた比較的《ひかくてき》軽いものが……ゴミや布があちこちに散らばっている。

そんな中――

「……マティア？」

若き召喚士《しょうかんし》オウマ・ヴァーンズは、茫然《ぼうぜん》とその場に立《た》ち尽《つ》くしていた。

眼鏡は半ばずり落ち、濡《ぬ》れた黒髪《くろかみ》がその目元にまで下りてきている。普段《ふだん》であれば、神経質に眼鏡の位置を直して髪《かみ》を撫《な》でつける筈《はず》のオウマは、しかし何をするでもなく、ただその場に佇《たたず》んでいるのみだ。

彼の足元には、赤い領域がゆっくりと広がりつつあった。

生々しい色の液体は、しかしその鮮《あざ》やかさを維持《いじ》する事はできず――濡《ぬ》れた地面の上に染《し》み込み薄《うす》まるにつれて、薄茶色《うすちゃいろ》へと変化していく。もうそれは生命の雫《しずく》ではなく、ただの無意味な液体であると自ら主張するかのように。

「マティア……？」

もう一度、オウマは妻の名を呼んだ。

だが──彼女は応えない。

雨に濡《ぬ》れた地にうつ伏《ぶ》せに倒《たお》れたまま、身動き一つしない。

わざわざその身体《からだ》をひっくり返して確かめるまでもなかった。落石が当たったと思《おぼ》しき後頭部が、大きく陥没《かんぼつ》していて、彼女がもう息をしていないのは明らかだ。

代わりに──


……んあぁっ、んああああっ……


彼女の身体《からだ》の下から赤《あか》ん坊《ぼう》の泣き声が聞こえてきた。

「……ユウゴ……？」

力なく緩《ゆる》んだ声でオウマは子供の名を呼ぶ。

恐《おそ》らく──咄嗟《とっさ》に落石から自分の身を挺《てい》してかばったのだろう。死して後もオウマの妻マテイアは、我が子を己《おのれ》の胸にしっかりと抱《だ》きしめていたのだ。

「ああ……ええと……ええと……わ、私は何をすれば……？」

しかし激しく動揺《どうよう》しているせいか──オウマは口こそ開くものの、そこから一歩も動こうとはしない。

動けないのか。動くという事を思いつけないのか。

何にしてもオウマの状態は尋常《じんじょう》ではなかった。

若いながらも沈着《ちんちゃく》冷静で温厚《おんこう》――ブロドリックの町の人々は彼の事をそう評する。彼は、こんな狼狽《ろうばい》した様子を、今まで妻以外の誰《だれ》にも見せた事は無かったのである。

代わりに彼は――

「……どうして？　なんで……？」

傍《かたわ》らに寄《よ》り添《そ》っている黒い人影《ひとかげ》に、そう問うた。

「何故《なぜ》と問われても、我は応える術《すべ》を持たぬ」

その黒い人影《ひとかげ》は――感情の一切《いっさい》にじまない、低く錆《さび》を含《ふく》んだ声でそう応じた。

「何が……悪かったんでしょう？」

それでもオウマは焦点《しょうてん》の定まらぬ瞳《ひとみ》で妻の遺体を見つめながら、そう問いを重ねる――が。

悪いも何も無い。

どう見てもただの、偶発的《ぐうはってき》な、悲しむべき事故だ。

責めるべき相手、怒《いか》りを向けるべき矛先《ほこさき》すら、どこにも見出《みいだ》せない。

それ故《ゆえ》に、救いが無い。

黒い人影《ひとかげ》は、束《つか》の間《ま》、何か考えていたようだったが――

「――人は死ぬ」

そう言った。

「事故で死ぬ。病弊《びようへい》で死ぬ。殺害されて死ぬ。老衰《ろうすい》で死ぬ。それは摂理《せつり》である」

「……………摂理《せつり》」

「過程がどうあれ人は必ず死ぬ。生命は誕生の瞬間《しゆんかん》から死滅《しめつ》に向かって走り出す。死なぬ命はない。死なぬなら生きてもいない」

どうしようもないくらいに自明の理を解く、黒い人影《ひとかげ》。

それはまるで、黒い人影《ひとかげ》がその常識的な法《のり》と理《ことわり》の埒外《らちがい》にいる存在であるかの如《ごと》くに、ひどく突《つ》き放《はな》した——他人事《ひとごと》のような言いようだった。

ある意味でそれは当然だろう。

この世界の埒外《らちがい》の存在——召喚獣《しようかんじゆう》。

『ここではないどこか』から呼びこまれた奇《く》しなる稀人《まれびと》。

彼等にとって、この世界の人間の生も死も、全ては興味の対象外なのかもしれない——が。

「……………ああ。そうですね」

不意に。まったく何の脈絡《みやくらく》も無く。

すっと——オウマの表情から『揺《ゆ》らぎ』が消える。

「いや、まったくです。ありがとう、マクシミリアン」

そう言って……オウマは朗《ほが》らかに笑った。

無理に笑顔《えがお》を取《と》り繕《つくろ》っているのではない。そんな強張《こわば》りはどこにもない。笑顔《えがお》の仮面を取《と》り繕《つくろ》って見せるべき相手も居ない。

恐《おそ》らく彼は心の底から晴れ晴れと笑っていた。

「良かった。原因が分かって良かった」

何度も何度も頷《うなず》きながら——そして相変わらず泣いている我が子は、その声も耳に入らぬかのように放置して、彼は言った。

「そうですね。人が死ぬのは摂理《せつり》です。いつか誰《だれ》でも必ず死ぬ。過程はどうあれ、結果は常に同じです。死の態様に意味を見出《みいだ》そうとするのは人間の自己満足だ。そう、実に簡単な事です……」

「——師匠《せんせい》!!」

遠くから弟子《でし》である少女の——エミリア・アルマスの声が届く。

同時に何人かの街の住人達が、泥《どろ》を跳《は》ね飛《と》ばしながら、駆《か》け寄《よ》ってくる足音も聞こえた。

オウマが戻《もど》ってこないので、心配して様子を見に来たのだろう。

だが若き召喚士《しょうかんし》は彼等の存在すら認識《にんしき》していないかのように、足元の妻の死体を見つめながら、繰《く》り返《かえ》し頷《うなず》き続けた。

「——本当に、簡単な事です……」

……その日。

将来有望とされていた一人の若い召喚士《しょうかんし》が、静かに壊《こわ》れた。

最愛の妻を事故で失った衝撃《しょうげき》が大きすぎたせいか。あるいはそれは単にきっかけに過ぎず、元々何処《どこ》か普通《ふつう》でなかったのか。

無論、余人には知る事の出来ない彼の内面の問題ではあるが――


「私は――」


この日を境に彼は『人間』たる事を辞《や》めた。

神が個々人の生死など一顧《いっこ》だにしないように。

悪魔《あくま》が人間の喜怒哀楽《きどあいらく》になど共感せぬように。

あるいは、彼は――色々なものを切り捨てて『人でなし』になる事によって、人間が生きていく上で、本来逃《のが》れられぬ悲喜交々《ひきこもごも》から、解放されようとしたのかもしれなかった。

第一章

大器の片鱗

イラスト：haru.

床《ゆか》の上で、緩《ゆる》やかに明滅《めいめつ》する魔術陣《サークル》。

それはまるで呼吸を、あるいは脈動をしているかのようでいて、奇妙《きみょう》に生々しい。

「…………」

ユウゴ・ヴァーンズは息を吞《の》んだ。

この光景を見るのは二度目だ。

一度目は六年前……姉のエミリアの書物にあった魔術陣《サークル》を、見よう見真似《みまね》で床《ゆか》の上に描《えが》いてみた際の事。

村の人々から様々な頼《たの》みごとをされて駆《か》けずり回《まわ》っているエミリアを、少しでも手伝いたくて、子供心に自分にも『エルーシャ姉《ねえ》』のような『相棒』がいれば——と思ったのだ。

そう。実のところあの頃《ころ》のユウゴはエミリアの召喚獣《しょうかんじゅう》、水属性の〈フェアリー〉エルーシャを『姉』だと思っていたし、召喚獣《しょうかんじゅう》が如何《いか》なる存在なのか、そして召喚士《しょうかんし》が世間一般《せけんいっぱん》でどのように思われているのかも、知らなかった。

(魔術《まじゅつ》の基礎理論《きそりろん》すら満足に覚えてなかったからなあ……)

ただ、エミリアの傍《そば》で彼女が魔術《まじゅつ》を使うのを見ていて、召喚《しょうかん》用の魔術陣《サークル》の図柄《ずがら》は本を盗《ぬす》み読んで覚えて、それを真似《まね》てみただけの事だ。

自分に召喚獣《しょうかんじゅう》が喚《よ》び出《だ》せるとはユウゴ自身も思っていなかった。いつか召喚士《しょうかんし》になった時のための練習のつもりだったのである。

あの時は、エミリアに見つかってこっぴどく怒《おこ》られた。

召喚《しょうかん》は――それが真似事《まねごと》でも、軽い思い付きでしてよいものではないのだと。

（あの時は……ここで止められたんだっけ）

そう。ここまではかつて、見た。

魔術陣《サークル》の明滅《めいめつ》の向こう側に、何か影《かげ》が――奇妙《きみょう》な存在感を伴《ともな》って動き、おおむね人の形をしたその影《かげ》の頭部で、一対《いっつい》の蒼《あお》い眼《め》が開き、こちらを見てくるのを感じた。

本当に召喚《しょうかん》してしまう直前の状態。

六年前も、あのまま続けていたらユウゴはきっとあの『何者か』を召喚《しょうかん》していただろう。

恐《おそ》らく、『ここではない何処《どこ》か』から『条理常識の埒外《らちがい》にある者』を喚《よ》び従《したが》える事の意味と、それに伴《ともな》う責任も知らぬままに。

だが――

（俺はもうあの時とは違《ちが》うんだ……）

今はもう知っている。分かっている。

召喚士《しょうかんし》として歩む道――それが如何《いか》に困難なものであるかという事も、実体験として理解した上で、召喚士《しょうかんし》になる事を志している。

（俺は……顔も知らない父親とは違《ちが》う）

自分が目指すべきはエミリアのような召喚士《しょうかんし》。

人々を助け護《まも》る事が出来る存在。

そのために——

「——来いっ！」

その一言は魔力《まりょく》を絡《から》めた呪文《じゅもん》ではない。

単なる声、単なるユウゴの意思表示だ。

だが、まるでその一言に応えたかのように、より一層大きく魔術陣《サークル》が明滅《めいめつ》し、その真上の虚《こ》空《くう》に影《かげ》が焼き付く。

それは以前見た時と同じ、人の形をしているように思えた。

そして——


——ばん！


と音を立てて何かが弾《はじ》ける。

法則の違《ちが》う空間とつながったが故《ゆえ》の、それは摩擦《まさつ》の音だと、事前にエミリアに教わった。

だからユウゴは怯《ひる》まない。

ただ自分がこの世界に喚《よ》び込《こ》んだ——喚《よ》び込《こ》んでしまった召喚獣《しょうかんじゅう》の全てを受け止めるために身構える。

こちらの都合、こちらの思惑《おもわく》で、生まれた世界から違《ちが》う世界へと一方的に引っ張り込んだのだ。召喚獣《しょうかんじゅう》は以前の世界の事を覚えていないというが、相手に知能が在るなら、自分の置かれた状況《じょうきょう》を理解して、その上で快く思わない場合だって、あり得る。

召喚士《しょうかんし》はそれらを全て踏《ふ》まえた上で、召喚獣《しょうかんじゅう》を受け入れて契約《けいやく》を結ばねばならない。

だが――

「――我が君」

急速に黒い影《かげ》が色を帯び、平面が厚みを帯びて、立体となる。

その最中に、待ちきれぬ、とでもいうかのような焦《じ》れた響《ひび》きを伴《ともな》って、『それ』は第一声を発してきた。

「お久しゅうございます」

「――え？」

と間の抜《ぬ》けた声を漏《も》らすユウゴ。

お久しゅう……？　久しぶり？

召喚獣《しょうかんじゅう》が？　それは――どういう意味だ？

「…………!?」

ユウゴが動揺《どうよう》で固まっている間にも、その召喚獣《しょうかんじゅう》は魔術陣《サークル》の上で実体化を果たし、ふわりと彼の目の前に浮《う》かび上《あ》がった――かと思うと、身をかがめ、前のめりになって、顔をユウゴに近づけてきた。

可愛《かわい》らしい、いや綺麗《きれい》な女の子。

初見はそんな感想しか脳裏《のうり》に浮《う》かばなかった。

実際『彼女』は人間とまるで変わらぬ目鼻立ちをしているように見えた。

円《つぶ》らな蒼《あお》い瞳《ひとみ》、白い頬《ほお》にわずかに帯びる赤み、緩《ゆる》やかに舞《ま》う金糸《きんし》のような髪《かみ》……あるいは何も知らぬままに、出会っていたら、異性として好きになっていたかもしれない。

それほどに美しい少女だった。

ただ――

「――！」

次の瞬間《しゅんかん》、ばさりと音を立てて彼女の背後で一対《いっつい》の白い翼《つばさ》が広がる。

人間の身体《からだ》には備わっていない筈《はず》の――器官。

それは、はっきりと彼女が人間ではない事をユウゴに告げていた。

「――水属性の〈ヴァルキリー〉……！」

部屋の端《はし》でユウゴの召喚《しょうかん》を見守っていたエミリアが呻《うめ》くように呟《つぶや》くのが聞こえる。

ユウゴも召喚士《しょうかんし》としての修行《しゅぎょう》と勉強を続けてきたので、水属性の〈ヴァルキリー〉が如何《いか》なる存在かは知っている。ただその時は能力がどうの、特性がどうのというよりも、エミリアのエルーシャと同じく水属性というのが、単純に嬉《うれ》しいと感じていただけだ。

そして——

「えっと、俺は——」

「随分《ずいぶん》と待ちました。ようやく、ようやくきちんと御目通《おめどお》りが叶《かな》いました、我が君」

ユウゴの言葉にかぶせるように、その少女の姿をした召喚獣《しょうかんじゅう》は言った。

何やら感慨深《かんがいぶか》げな言葉とは裏腹に、その表情は特に喜怒哀楽《きどあいらく》を示しておらず、口調も淡々《たんたん》としたものである。

「ど、どういう事？」

「………」

ユウゴが問うと、しばらく〈ヴァルキリー〉は黙《だま》って何か考えているようだったが。

「覚えておられませんか？」

「覚え……？」

そこまで言われてようやくユウゴは思い至った。

「まさか——」

この〈ヴァルキリー〉は、一度目の時、召喚《しょうかん》しかけた存在か。

あれから何年も経過して——いや、そもそもこちらの世界で実体化まで達していなかったのに、彼女はユウゴの事を覚えていたのか。

言われてみればその蒼《あお》い瞳《ひとみ》は、あの時のものと似ている気が——

「エミ姉《ねえ》⁉」

思わず師であり姉であるエミリアを振《ふ》り返《かえ》るユウゴ。

だが彼女もまたひどく驚《おどろ》いているようだった。

「そんな確率……奇跡《きせき》のようなものよ？」

召喚術《しょうかんじゅつ》でどんな召喚獣《しょうかんじゅう》が出現するかは、召喚士《しょうかんし》の側で制御《せいぎょ》も選択《せんたく》も出来ない。

一説には召喚士《しょうかんし》の実力や、性別、年齢《ねんれい》、更《さら》には召喚《しょうかん》する場の気温や湿度《しつど》、星辰《せいしん》、標高といった諸々《もろもろ》の要因が絡《から》むともいわれているが、召喚士《しょうかんし》の数も、召喚《しょうかん》の実例もそう多くないため、細かく検証できていないのが現実だ。

だが――ならばなおの事。

「…………運命？」

そんな言葉がふとユウゴの口からこぼれる。

出会う前からあらかじめ定められていた――絆《きずな》。

時を経ても変わらぬ繋《つな》がり。

それを言い表すには『運命』の一語を以《もっ》てするしかないだろう。

「我が君。我こそは貴方《あなた》の剣《けん》であり貴方《あなた》の鎧《よろい》」

緩《ゆる》やかに――優雅《ゆうが》な動作で一礼しながら〈ヴァルキリー〉は言った。

「如何《いか》なる時も寄《よ》り添《そ》いて、貴方《あなた》の道の前に立《た》ち塞《ふさ》がるものを除《の》ける事こそ我が役目。どうぞ幾久《いくひさ》しくよろしくお願いいたします」

「…………」

ユウゴはただただ絶句していた。

今更《いまさら》ながらに自分の覚悟《かくご》が未《ま》だ甘かったと思い知らされたからだ。

なので――

「ごめんっ！」

思わずユウゴはそう謝っていた。

「我が君？」

「ちょっ――ユウゴ？」

〈ヴァルキリー〉とエミリアが慌《あわ》てたような声を上げる。

いきなりユウゴが〈ヴァルキリー〉に満足せずに拒否《きょひ》したとでも思ったのかもしれない。お前とは契約《けいやく》しないから帰れ――などと不埒《ふらち》な事を言い出したのかと危惧《きぐ》したのかもしれない。

だが――

「前は何も知らないガキだった、そのせいで何年も待たせたんだよな⁉」

ユウゴはそう言って頭を下げた。

「本当にごめん！　そして待っていてくれて――ありがとう！」

最後に顔を上げ、彼は真顔でそう言った。

それはユウゴの、嘘偽《うそいつわ》りない心の底からの言葉であったが、〈ヴァルキリー〉の少女には、かなり意外なものであったらしい。

しばし戸惑《とまど》うかのような沈黙《ちんもく》の間を置いた後《のち》――

「はい――我が君」

彼女は、無表情ながらも小さく頷《うなず》いて、そう言った。

†

「――我が君」

追憶《ついおく》の中と同じ、自分を呼ぶ声で――ユウゴは我に返った。

「我が君……！」

「――!?」

瞼《まぶた》を開くと跳《は》ねるようにして身を起こす。

眠《ねむ》っていた？　いや。気絶していたのだ。

「俺は――」

見回せば、辺りはひどく殺風景だった。

記憶《きおく》の中の、召喚儀式《しょうかんぎしき》をしたアルマス家の一室ではなく、野外の――それもほとんど草木を見かけない荒《あ》れ果《は》てた場所だ。

左右には壁《かべ》のような灰色の岩肌《いわはだ》がそそり立って視界を狭《せば》め、下にはごつごつとした大岩小岩が幾《いく》つも並んでいる。

ユウゴはその中の一つ、比較的《ひかくてき》小さめの岩の上にいた。

大岩の上から落ちて頭を打ったか……あるいは、かわしたつもりの雷撃に、実際には捉《つか》まったかして、少し意識を失っていたらしい。

「やべぇ、これが走馬灯ってやつか」

「我が君？」

と声を掛《か》けてきているのは、ユウゴの召喚獣《しょうかんじゅう》――水属性の〈ヴァルキリー〉カミラである。

彼女の姿は初めて出会った時とまるで変っていない。もっともきちんと召喚《しょうかん》できたのは一年前の事なので、仮に彼女が人間であったとしても、そうそう容姿に変化が生じる筈《はず》もないのだが。

変わったのはユウゴの方だ。

一年前と今とでは背丈《せたけ》が違《ちが》うし、髪《かみ》も伸《の》びた。

「本当にありがとうな。待っててくれて」

「……はい？」

小鳥のように首を傾《かし》げるカミラ。

「いや、違《ちが》う、まずい、まだ混乱してる」

言ってユウゴは夢の残滓《ざんし》を払《はら》い落《お》とすかのように首を振《ふ》った。

夢の中と同じカミラの顔がまず目に飛び込んできたせいで、色々と記憶《きおく》の混濁《こんだく》が起きているらしい。

「えっと――状況《じょうきょう》は？　俺はどれくらい気を失ってた？」

気絶はそう長い時間ではないだろう。あまり長いと、そもそも魔力《まりょく》供給が滞《とどこお》ってカミラが実体化を維持《いじ》できなくなる筈《はず》だ。

「ほんの瞬《まばた》き二度、三度程度かと」

本当に短い時間だったらしい。

「そっか。ここに俺を隠《かく》してくれた？」

「はい」

と頷《うなず》くカミラ。

此処《ここ》は巨大《きょだい》な渓谷《けいこく》の底だ。

今、ユウゴがいる位置は、岩壁《がんぺき》と大岩の隙間《すきま》のような場所で、身を隠《かく》すには都合が良い。ユウゴ達を見つけ出そうとすれば、渓谷《けいこく》の上の方から見下ろすのが手っ取り早いが、それはユウゴ達の側からも相手を視認《しにん》しやすいという事である。

「分かった。ありがとう。――これは間違《まちが》ってないよな？」

「……はい」

　またもこっくりと頷《うなず》くカミラを確認《かくにん》してから、ユウゴは改めて手足を伸《の》ばして――傍《そば》に在った大岩に取りつき、これを登り始める。

（同じところにじっとしていたらまずい……リゼルとバーレイグなら、わざわざここまで出張《でば》っては来ないだろうけど）

如何《いか》に物陰《ものかげ》とはいえ、同じ場所でじっとしていたら、遠距離攻撃《えんきょりこうげき》の良い的《まと》になってしまう。

　特に〈雷帝《らいてい》〉の稲妻《いなずま》は、必ずしもまっすぐ飛ぶとは限らない。障害物を回り込んで、時には対象を追尾《ついび》までするからこそ、あの召喚獣《しょうかんじゅう》は敵に回すと面倒《めんどう》なのだ。

　だが――

「よし。反撃《はんげき》に転じるぞ。悪い、引っ張り上げてくれ」

「御意《ぎょい》、我が君」

　カミラは翼《つばさ》で羽ばたきながらユウゴを大岩の上に引っ張り上げる。

「………………」

　大岩の上に立つと一気に視界が開けた。

　左右の岩壁《がんぺき》は変わらないが、その底を延々と這《は》う渓流《けいりゅう》――川や、その周囲に点在する幾《いく》つもの大岩小岩を改めて確認《かくにん》できる。

　そして――その大岩の一つ。

ユウゴ達から少し離《はな》れた位置にあるその上に、赤毛の少女と、暗赤色の衣装《いしょう》を着た青年の姿を見る事が出来た。

召喚士《しょうかんし》リゼル。そしてその召喚獣《しょうかんじゅう》〈雷帝《らいてい》〉バーレイグ。

目下のユウゴが倒《たお》すべき──『敵』だ。

「…………」

リゼルはユウゴの姿を認めると、にんまりと笑う。

元々綺麗《きれい》に整った目鼻立ちの少女なのだが、こうして歯を剝《む》いて笑うと、可愛《かわい》いだけでなく、途端《とたん》に凄《すご》みのようなものを帯びる。

特にそのちょっと尖《とが》った八重歯が、小型ながらも獰猛《どうもう》な性質を備えた、ある種の獣《けもの》を想《おも》わせるのだ。

まるで獲物《えもの》を──鼠《ねずみ》を見つけた猫《ねこ》のような笑《え》みだとユウゴは思った。

（一方的にいたぶり放題だと思ってやがるな……）

ユウゴらのいる大岩と、リゼルらがいる大岩、人間の足で跳躍《ちょうやく》して飛び移れる距離《きょり》ではなし、いざ接近戦を挑《いど》もうとすれば、一旦《いったん》降りて、再びその上に登る必要がある。

ここは遠距離《えんきょり》攻撃《こうげき》が得意なリゼル、バーレイグ組の方が有利なのだ。

勿論《もちろん》、〈ヴァルキリー〉たるカミラは飛べるのだが、彼女だけ先に相手の大岩に飛べば、召《しょう》喚士《かんし》であるユウゴを護《まも》れなくなる。バーレイグの雷撃《らいげき》をユウゴが直《じか》に喰《く》らえば、それだけでユウゴらの敗北は必至だ。召喚士《しょうかんし》が倒《たお》れれば魔力《まりょく》の供給が半減し、遠からずして召喚獣《しょうかんじゅう》も実体を維持《いじ》できなくなる――つまり戦闘《せんとう》を続けられなくなるのだ。

ただ――

「――さあ、兄様《にいさま》？」

ちろりと舌先で已《おのれ》の八重歯を舐《な》めて見せながらリゼルは言った。

「無駄《むだ》な足掻《あが》きをせずに、じっとしていてね？　そうすれば、苦しまずに済むよ？　痛いのは一瞬《いっしゅん》――」

リゼルの言葉が終わるのを待たずに閃光《せんこう》が迸《ほとばし》る。

バーレイグの雷撃《らいげき》である。

ユウゴらは既《すで》にバーレイグの攻撃《こうげき》を何度も回避《かいひ》している実績があるのだが――勿論《もちろん》、光の速さで飛んでくる稲妻《いなずま》を見てかわす事など出来る筈《はず》がない。

人間であるユウゴなら尚更《なおさら》だ。

ユウゴらが回避《かいひ》できたのはバーレイグが攻撃《こうげき》する際に示す予備動作のようなものに反応しての事である。

故《ゆえ》に――リゼルが喋《しゃべ》ってユウゴらの注意を引き付けている間に、その斜《なな》め後ろに位置していたバーレイグが、已《おのれ》の召喚主《しょうかんぬし》の陰《かげ》で雷撃《らいげき》の動作をしていたのだ。

この一撃《いちげき》で勝負は決した。

そう、リゼルとバーレイグは思ったかもしれない。

実際、青白い閃光《せんこう》は何度も折れ曲がりつつも、リゼル達とユウゴ達を繋《つな》いで――しかし。

「えっ⁉」

リゼルが驚《おどろ》きの声を上げるのも当然。

バーレイグの雷霆《らいてい》が直撃《ちょくげき》した筈《はず》のユウゴ達は、しかし平然とそこに立っていたからだ。一瞬《いっしゅん》、稲妻《いなずま》の軌道《きどう》が大きく逸《そ》れるのをリゼル達の眼《め》も視認《しにん》したかもしれない。

「え？　え？　稲妻《いなずま》を、き、斬《き》ったの⁉」

そう問うてきたのは、カミラがいつの間にか剣《けん》を振《ふ》り下《お》ろした体勢になっている事に、気が付いたからだろう。

だが――

「実体の無い稲妻《いなずま》を斬《き》れるわけないだろ、阿呆《あほ》か」

「…………」

ユウゴの言葉に不機嫌そうな表情になるリゼル。

「斬《き》ったのは空気だよ。分かるか？」

「――真空断層？　まさか、導電性に大きな差のある領域を造って、そっちに誘導《ゆうどう》――」

「御名答《ごめいとう》――」

そう答えつつも大岩の上から飛び出すユウゴ。

当然、三歩目には彼の靴底《くつぞこ》は空を踏《ふ》むが、その瞬間《しゅんかん》にはユウゴは寄《よ》り添《そ》ったカミラの胴体《どうたい》に両手を回し、飛行する彼女からぶら下がる態勢になっていた。

以心伝心──召喚士《しょうかんし》と召喚獣《しょうかんじゅう》は魔力《まりょく》で繋《つな》がっているため、召喚士《しょうかんし》が強く望んだ事は、言葉でなくとも召喚獣《しょうかんじゅう》に伝わるし、その感覚の一部を共有する事も出来る。

「いくぞ！」

と──カミラと共に飛びながら、ユウゴはリゼルらに告げる。

リゼルは足が悪く走れず、バーレイグは翼《つばさ》を持たない。

空中を移動しての機動力勝負に持ち込めば、一転、戦いはユウゴらの方が有利となる。

ただ──

「うわ、恰好悪《かっこうわる》っ⁉」

カミラにぶら下がるユウゴを指さしてそう酷評《こくひょう》してくるリゼル。

「やかましい！」

と喚《わめ》くユウゴ。

間が抜《ぬ》けている感じに見えるのは承知の上だ。カミラに抱《だ》きかかえてもらう事も出来るが、そうすると彼女は剣《けん》を振《ふ》れなくなるので、ユウゴが自分から彼女に抱《だ》き着《つ》くのが最適解なのである。

「くっそ生意気な妹め、お仕置きの時間だ！」

「うわ、きっとやらしー事するつもりね⁉」

「するかっ‼」

などと——若干《じやっかん》、緊張感《きんちようかん》を欠いたやりとりをしつつも、ユウゴはリゼルらに空中から襲《おそ》い掛《か》かる。

大岩の上では動き回れる範囲《はんい》が限られる。リゼルらにユウゴとカミラの攻撃《こうげき》を避《さ》ける余裕《よゆう》は無い——かに思われたが。

「——⁉」

次の瞬間《しゆんかん》、カミラの剣《けん》は空《くう》を切った。

追《お》い詰《つ》めた筈《はず》のリゼルとバーレイグが、素早《すばや》く空中に——下がれる筈《はず》の無い領域にまで後退したのだ。リゼルを両腕《りよううで》で抱《だ》いたバーレイグが両足で岩を蹴《け》り、空中に跳《と》んで……そのまま、落ちない。

空中浮遊《くうちゆうふゆう》だ。

「バーレイグは空中浮遊《くうちゆうふゆう》も出来るのよ、兄様《にいさま》、お忘れ？」

とリゼルが勝《か》ち誇《ほこ》るかのように笑う。

「電磁場浮遊《イオノクラフト》っていうらしいけど」

元々バーレイグの空中浮遊《くうちゆうふゆう》はあくまで『空中に浮《う》かぶ事が出来る』程度のもので、翼《つばさ》で空《くう》を叩《たた》くカミラの飛翔《ひしよう》能力に比べると、速度は著《いちじる》しく劣《おと》る。

だがバーレイグはそれを足で岩を蹴《け》る事で補った――召喚獣《しょうかんじゅう》の強い脚力《きゃくりょく》を推力として用いたのだ。結果、バーレイグとリゼルは氷の上を滑《すべ》るかのように、するすると空中を後退していく。

「そんなの――えっと、その、ずるいだろ⁉」

「どの口が言ってんの⁉」

指さして喚《わめ》くユウゴに、喚《わめ》き返すリゼル。

……まあ確かに空飛ぶ召喚獣《しょうかんじゅう》にぶら下がって攻撃《こうげき》を仕掛《しか》けたユウゴに言えた義理ではない。

「くっそ――」

ユウゴは懐《ふところ》から拳銃《けんじゅう》を抜《ぬ》くと――リゼルらに向けて発砲《はっぽう》。

小銃《ライフル》と異なり、銃身《じゅうしん》が短い上に構えを安定させづらい拳銃《けんじゅう》では、十メルトルも離《はな》れただけで命中率は著《いちじる》しく落ちる。

だが偶然《ぐうぜん》なのかユウゴの筋が良いのか、銃弾《じゅうだん》はリゼルらに向けてまっすぐに飛んだらしい

――それと分かったのは、わずかにしかめられたバーレイグの顔の手前で、銃弾《じゅうだん》が四散するのが見えたからだ。

「…………」

恐《おそ》らく銃弾《じゅうだん》を阻《はば》んだものはバーレイグの生み出した不可視の障壁《しょうへき》だろう。元々訓練用の弾《たま》――鉛《なまり》ではなく、おがくずを樹脂《じゅし》で固めただけのものなので、障壁《しょうへき》に衝突《しょうとつ》した瞬間《しゅんかん》に、砕《くだ》け

たのだ。

「こんの！」

ユウゴはカミラに支えてもらい、両手を使って拳銃《けんじゅう》の回転弾倉《だんそう》に残っていた五発を立て続けに発砲《はっぽう》。

だがそれらは四発がまるで見当違《けんとうちが》いの方に逸《そ》れ、残る一発はバーレイグの障壁《しょうへき》によって防がれていた。ただでさえ低い命中率は、連射《ファニング》する事で更《さら》に落ちてしまうのだ。

「そんな玩具《おもちゃ》が通用する筈《はず》がないでしょ！」

と勝《か》ち誇《ほこ》るリゼル。

「そろそろ降参？　こっちを攻撃《こうげき》する手段が無ければ、いつまで経《た》っても勝てはしないわよね？」

確かに銃弾《じゅうだん》が通じないとなれば、遠距離《えんきょり》戦に強いバーレイグに対して、カミラは決定打を持たない。

カミラの剣《けん》は——あくまで剣《けん》の形をした魔術《まじゅつ》なので、斬撃《ざんげき》を飛ばす事も出来るが、動きが大きいため、バーレイグの稲妻《いなずま》で迎撃《げいげき》されてしまう可能性が高い。

では突撃《とつげき》して接近戦に持ち込もうとすると、やはりその間合いに入る前に、空中で稲妻《いなずま》を食《く》らう恐《おそ》れがある。いかにカミラでも光と同じ速度では動けまいし、万が一動けたとしても、ユウゴが耐《た》えられないからだ。

だから――

「――カミラ。あれやるぞ」

「我が君――」

「いいから！」

ユウゴの強い声に〈ヴァルキリー〉の少女は短い溜息《ためいき》をつくと、急降下。先程《さきほど》までリゼルらが足場にしていた大岩の上に着地すると、抱《かか》えていたユウゴを一旦《いったん》降ろす。

そして――

「………………」

カミラは大きく身を反らして――

「喰《く》らえ、〈ユウゴ・ストライク〉‼」

自らそう叫《さけ》んだ瞬間《しゅんかん》、ユウゴは矢のように空中に跳《と》び出《だ》していた。

「え？　ちょっ⁉」

恐《おそ》らくリゼルは瞬時《しゅんじ》にユウゴの意図を察しただろう。

何しろ前に一度、この攻撃《こうげき》は喰《く》らっているのだから。

「だああああああああああああああああああッ‼」

獣《けもの》のような吼《ほ》え声と共に飛ぶユウゴ。

カミラの、その姿に似合わぬ怪力《かいりき》は、ユウゴを易々《やすやす》と、リゼルら目掛《めが》けてぶん投げていたのだ。しかも、ユウゴは空中で何かを放り出していた。

拳銃《けんじゅう》だ。

「——⁉」

咄嗟《とっさ》に迎撃《げいげき》しようとバーレイグが放った稲妻《いなずま》は、しかしユウゴに命中せず、その鋼《はがね》の塊《かたまり》である武器の方へと逸《そ》れていた。

バーレイグは対応を誤った。

稲妻《いなずま》を放った後に、障壁《しょうへき》の展開へと移行した——が。

銃弾《じゅうだん》とは比較《ひかく》にならないほどの重量——数千倍の質量のあるユウゴは、さすがに止められない。止められるだけの強度に障壁《しょうへき》が達する前にユウゴの身体《からだ》が激突《げきとつ》し……一瞬《いっしゅん》、彼の飛ぶ速度は落ちたようにも見えたが、次の瞬間《しゅんかん》には電磁場が崩壊《ほうかい》。

ユウゴはリゼルとバーレイグの所に突《つ》っ込んでいた。

「ぬっ——⁉」

障壁《しょうへき》の展開のために杖《つえ》を大きく掲《かか》げていたバーレイグは、片腕《かたうで》だけでリゼルを保持しきれず——ユウゴとリゼルはもみくちゃになりながら、彼の懐《ふところ》から吹っ飛《と》んでいく。

「だあああああああああああっ‼」

「ぎゃあああああああああああっ⁉」

やけくそ気味の雄叫《おたけ》びと、悲鳴が長い長い尾《お》を引いて。

それから一瞬《いっしゅん》の後、激しい水音が響《ひび》いた。

「…………」

カミラとバーレイグ、二体の召喚獣《しょうかんじゅう》が顔を見合わせる。

それから彼等は揃《そろ》って溜息《ためいき》をつくと、翼《つばさ》と電磁場で飛びながら、水音の方へと……谷底を流れる川の方へと移動していった。

「馬鹿じゃないの？　いいえ、馬鹿よね、あんたは⁉」

「二度も同じ手にやられたから悔《くや》しいんだろ⁉」

召喚獣達《しょうかんじゅうたち》が辿《たど》り着《つ》いてみると、川が浅く流れもゆるかったせいか、二人は溺《おぼ》れる事も無く、もう岸に上がっていて。

「こんな馬鹿みたいな戦法を何度もとってくる馬鹿がいるとは思わないものね！」

「それでも負けは負けだよな⁉」

「うっさい！　馬鹿、馬鹿、馬ぁああ鹿！　馬鹿の一つ覚え！」

「同じ手を喰《く》らうやつの方が馬鹿なんだよ！」

ずぶ濡《ぬ》れのまま口喧嘩《くちげんか》に移行していた。

「っていうかどさくさ紛《まぎ》れにどこ触《さわ》ってんのよ！　変態！」

「ああ？　触《さわ》るもなにも——」

「大体、頭から突《つ》っ込んでくるから、あんな——」

といって己《おのれ》の口元を押さえるリゼル。

「人間、頭が一番重いから、どうあっても頭から突《つ》っ込《こ》む事になるんだよ！」

「だからってあんな——は、初めてだったんだからね！」

「あんな？　え？　初めて？」

「うっさい、死ね、今死ね！　たちどころに死ね！　即座《そくざ》に死ね！　馬鹿ユウゴ！　あんなのが初めてだなんて絶対に認めないから！」

…………

実に程度が低いというか、幼児の口喧嘩《くちげんか》と大差ない。

ユウゴにしてもリゼルにしても、それなりに雑多な経験を積んでいるので、普段《ふだん》は同世代の少年少女に比べれば大人びた物言いが多いのだが——何故《なぜ》かこの二人、口喧嘩《くちげんか》の際には、いきなり精神年齢《ねんれい》が下がる傾向《けいこう》にある。

「…………」

「…………」

どうしたものかと、怒鳴《どな》り合う召喚士《しょうかんし》達を眺《なが》めている召喚獣達《しょうかんじゅうたち》。

その横を通り過ぎながら——

「喧嘩《けんか》するほどに仲がいい、とは言うが——」

呆《あき》れたように言うのは、無精髭《ぶしょうひげ》の大柄《おおがら》な中年男だった。

物腰《ものごし》はいつも気怠《けだる》そうだが――よく見れば全体的に引《ひ》き締《し》まった体つきで、目つきの鋭《するど》さと相まって何処《どこ》か狼《おおかみ》のような鋭《するど》さ、威圧感《いあつかん》を放っている。歴戦の傭兵《ようへい》だという話だから、当然ではあるが。

モーガン・アクセルソン。

魔術師《まじゅつし》組合に雇《やと》われている傭兵《ようへい》であり、今はユウゴ達のお目付け役であり、更《さら》に言えば射《しゃ》撃《げき》や格闘《かくとう》といった戦闘《せんとう》技術に関して――召喚獣《しょうかんじゅう》を使わない戦い方について、ユウゴの師匠《ししょう》を務めている人物である。訓練用におがくず製の弱装模擬弾《もぎだん》を用意したのも、彼だ。

「なんでこいつらは普通《ふつう》に戦闘《せんとう》訓練できないんだ？」

そう言って背負っている布袋《ぬのぶくろ》の中から、体をふくための大きな起毛布《タオル》を取り出すと、言い合いを続けている二人の方に投げる。

「……普通《ふつう》ではないからであろう」

と答えるのはバーレイグだ。

召喚獣《しょうかんじゅう》は普段《ふだん》、召喚士《しょうかんし》以外とは滅多《めった》に言葉を交《か》わさないものである様だが、何かこの傭兵《ようへい》を気に入っているのか、バーレイグはモーガンと言葉を交《か》わす事が割とある。

単に口を開けば罵詈雑言《ばりぞうごん》が飛び出しかねない短気な召喚士《しょうかんし》の代わりに、渉外《しょうがい》的な役目を負っているだけかもしれないのだが。

「まあ、召喚士《しょうかんし》だしな？」

「…………」

召喚士《しょうかんし》以上に普通《ふつう》でない筈《はず》の召喚獣達《しょうかんじゅうたち》は、顔を見合わせて——また、溜息《ためいき》をついた。

†

ぱちぱちと音を立てて焚火《たきび》が爆《は》ぜる。

戦闘《せんとう》訓練をしていた場所から少し離《はな》れた——街道《かいどう》の脇《わき》。

ユウゴ達はそこに馬車を停《と》めて、火にあたりながら流水で冷えた身体《からだ》を温めていた。

「……っていうか」

顔をしかめてリゼルが言う。

「なんで馬車で少し移動したら街があるってのに、こんな場所で野宿しなきゃなんないの」

ちなみにリゼルは既《すで》に着替《きが》えているが、元々、予備の衣装《いしょう》など持ち合わせていなかった彼女は、ユウゴの姉であるエミリアから借りた服をあちこち絞《しぼ》って着ている。

このため、普段《ふだん》から若干《じゃっかん》幼く見える感のある彼女は、なおさら、大人の服を着てぶかぶかになっている子供——といった印象が強い。不平不満をこぼす姿も、そう思ってみると可愛《かわい》らしいものではあるのだが——

「宿に泊《と》まらないとお風呂《ふろ》にも入れないし」

「川に浸《つ》かっただろ」

と同じく火にあたりながら、そんな事を言っているユウゴ。

体は水属性の〈ヴァルキリー〉であるカミラが、水そのものを操《あやつ》って、素早《すばや》く乾《かわ》かしてくれたのだが、さすがに奪《うば》われた熱までは——下がった体温までは水属性だからといって、取《と》り戻《もど》せるものでもない。

「ああもう馬鹿っていうか、がさつ⁉　本当に兄様《にいさま》ってがさつよね⁉　がさつがさつがさつ！　意味知ってる？」

「……が……がさつ⁉」

「水に浸《つ》かったからって何なのよ⁉」

びしりと音を立てるかのような動きでユウゴの鼻先に指を突《つ》き付《つ》けながら、リゼルは吠《ほ》えた。

「お風呂《ふろ》で身体《からだ》を温めて、身体《からだ》の汚《よご》れを落としたいって言ってるの！　動物みたいに水浴びで済ませるなんてまっぴらよ！　女なんだから身だしなみに気を遣《つか》うのは当然でしょ？」

「…………」

思わず言葉に詰《つ》まるユウゴ。

実を言えば……以前から、姉のエミリアに『あなたはその大雑把《おおざっぱ》というか、がさつなところを何とかしなさい』とは、よく言われていた。

この『出来たばかりの』妹、エミリアとは色々な意味で性格も異なるリゼルにまで同じ指摘《してき》を喰《く》らうとは思ってもみなかったのだが――

「――街はまずいんだよ。説明しただろうが」

代わりにそう言ってくるのはモーガンである。

「この間みたいに、また、オウマ・ヴァーンズの手勢が襲《おそ》ってきたら、周囲を巻き込みかねない。違《ちが》うか？」

「うっ――まあ、それは、そう、だけど」

とリゼルは急に勢いを失って呟《つぶや》くように言う。

この間、というのは王都で、ヨシュアが襲《おそ》ってきた時の事だ。

あの男は、何やら不可思議な『裏技《うらわざ》』を使い、周囲の人間から魔力《まりょく》を吸い上げて、複数の召喚獣《しょうかんじゅう》を使役《しえき》するという前代未聞《ぜんだいみもん》の行為《こうい》に出たわけだが――諸々《もろもろ》あって、ユウゴ、リゼルらの前に敗退。

衰弱《すいじゃく》がひどいため、現在は王都の施療院《せりょういん》で療養《りょうよう》中である。

正規の資格を持った召喚士《しょうかんし》ではなかったため、多少なりとも回復すれば、そのまま警士隊に逮捕《たいほ》されて尋問《じんもん》と裁判を受けさせられる事になるのだろう。

「まあそれ以前に、王都みたいな大きな都市は、召喚士《しょうかんし》や召喚獣《しょうかんじゅう》への拒否《きょひ》感《かん》も強いからな。何かの折に召喚士《しょうかんし》だと知られると、ややこしい」

「それも、そうだけど」

そう言ってリゼルは長い溜息《ためいき》をつく。

その様子を見ながら――

「まあ、田舎《いなか》は田舎《いなか》で面倒《めんどう》なんだがな」

モーガンが付け加えるように漏《も》らした一言が、ユウゴは引っかかった。

「モーガン？　それはどういう意味だ？」

「あ？　なにが？」

「いや、その、田舎《いなか》は田舎《いなか》で面倒《めんどう》だって――」

「ああ――」

とモーガンは苦笑《くしょう》を浮《う》かべて頷《うなず》いた。

「お前さんの地元――ブロドリックの町を思《おも》い描《えが》いたのかもしれんが、違《ちが》う、違《ちが》う。もっと田舎《いなか》だよ、開拓《かいたく》最前線付近とかな」

「…………」

ぴくりとリゼルが身を震《ふる》わせる。

それを知ってか知らずにか、モーガンは気安い口調で続けた。

「そういう田舎《いなか》の村じゃ、召喚士《しょうかんし》をとっ捕《つか》まえるために食事に薬盛ったりする事があるんだよ。ブロドリックみたいに、召喚士《しょうかんし》が自分の意思で常駐《じょうちゅう》してくれてる町ばかりじゃないんでな。でもって召喚士《しょうかんし》が一人いるだけで、生活の安全性や利便性が格段に上がる」

「それって――」

ユウゴは――以前リゼルから聞いた話を思い出す。

まさに彼女はその『田舎《いなか》』の村の出だからだ。

召喚士《しょうかんし》である彼女の母を村に縛《しば》り付《つ》けてこき使うために、リゼルとその弟は、人質《ひとじち》として鎖《くさり》に繋《つな》がれていたらしい。扱《あつか》いがひどかったために、弟は死に、リゼルもしばらくはまともに歩く事すらできない状態だったとか。

「そもそも、魔術師《まじゅつし》ってだけでも大概《たいがい》だが、召喚士《しょうかんし》ってのはそれに輪をかけてでかい力が扱《あつか》える」

モーガンは左手で火掻《ひか》き棒《ぼう》で焚火《たきび》の中をいじりながら言った
「しかも魔術師《まじゅつし》は呪文詠唱《じゅもんえいしょう》だの結印だのって手順がそれなりに要《い》るが、召喚獣《しょうかんじゅう》はそれ自体が意志を持って動き回る魔術《まじゅつ》みたいなもんだから、即応《そくおう》性が高い」

そんな言葉と共に――ふとモーガンの右手が、そこだけまるで別の生き物であるかのように、他から独立した動きで腰《こし》の後ろに回る。

次の瞬間《しゅんかん》、彼が抜《ぬ》いた拳銃《けんじゅう》の銃口《じゅうこう》が、ユウゴの方を向いていた。

いや。厳密には違《ちが》う。

ほとんど同時にモーガンとユウゴの間にカミラが割り込んだため、銃口《じゅうこう》は直接ユウゴにではなく、カミラの無表情な、しかしよく整った愛らしい顔に突《つ》きつけられていた。

「カミラ⁉　モーガン⁉」

驚《おどろ》いてユウゴは声を上げるが、しかしカミラは動かず――しかもモーガンの拳銃《けんじゅう》は既《すで》に撃鉄《げきてつ》が起こされていた。ほんのわずか、震《ふる》える程度の指の動きで、銃口《じゅうこう》からは音よりも速い鉛弾《なまりだま》が飛び出すという状態である。

「魔術《まじゅつ》で銃弾《じゅうだん》は防げるが、えっちらおっちら呪文《じゅもん》唱えて防御《ぼうぎょ》している暇《ひま》があったら、こっちは引き金を引けば済む事だ」

そう言ってから、モーガンは親指でゆっくりと撃鉄《げきてつ》を戻《もど》す。

それはつまり『今すぐ撃《う》つつもりはありません』という意思表示である。銃撃《じゅうげき》しようとすれば、改めて撃鉄《げきてつ》を起こしてやらねばならない。

「準備万端《ばんたん》で真正面からやり合ったら、普通《ふつう》の人間は銃《じゅう》持とうが剣《けん》持とうが魔術師《まじゅつし》に勝てる筈《はず》もないから、奇襲《きしゅう》に限られるがね。ただ、それすら、勘《かん》の鋭《するど》い召喚獣《しょうかんじゅう》には先読みされて防がれてしまう、今みたいにな」

「………………」

つまるところ、モーガンは自分の話について実証してみせたという事だろう。

召喚獣《しょうかんじゅう》を従えた召喚士《しょうかんし》は、恐《おそ》らくこの世界では最強の存在だ。

銃《じゅう》であろうが剣《けん》であろうが、武装した人間の一人や二人では、とても斃《たお》せない。

リゼルはともかく、ユウゴはその自覚が若干《じゃっかん》、薄《うす》いところがあるので、モーガンは身をもってそれを教えてくれたのだろう。

「ああそれとな、ユウゴ」

銃口《じゅうこう》をわずかに揺《ゆ》らしながらモーガンはこう付け加えた。

「〈ヴァルキリー〉の嬢《じょう》ちゃんに教えときな。こういう至近距離《きょり》で銃《じゅう》から召喚士《しょうかんし》を守るなら、身を挺《てい》するんじゃなくて、その――」

と言って銃口《じゅうこう》を、いつの間にかカミラが抜《ぬ》き放《はな》っていた剣《けん》の先に合わせるモーガン。

「相手の武器の無力化も同時にするようにってな」

「…………」

カミラもモーガンが大事な事を教えてくれていると分かっているのか、特に動きを見せない。

モーガンは銃身《じゅうしん》でほんの少しカミラの剣先《けんさき》を脇《わき》に逸《そ》らして見せながら――

「銃口《じゅうこう》そのものを明後日《あさって》の方向に向けさせるんだ。手ごと、銃《じゅう》ごと斬《き》るのでもいい。とにかく、連射《ファニング》されたら防ぎきれない可能性もあるから、先に相手の攻撃力《こうげきりょく》を奪《うば》わないとな」

そう言って、モーガンは拳銃《けんじゅう》の上で左手を水平に前後させる。

引き金を引きっぱなしにし、撃鉄《げきてつ》を左手で素早《すばや》く起こす連射法については、ユウゴも一応、教わっていた。モーガンの様に使い慣れた人間ならば、瞬《まばた》きする間に六発を相手に叩《たた》き込《こ》む事も可能であるらしい。

「…………」

眼《め》を瞬《まばた》かせながら顔を見合わせるユウゴとカミラ。

そんな事は考えてもみなかったが、言われてみればその通りだ。

「攻撃《こうげき》は最大の防御《ぼうぎょ》、ってやつな」

「……わ、分かった」

とユウゴは頷《うなず》く。

モーガンの経歴について詳《くわ》しくは知らないが、彼がその年齢《ねんれい》から推《お》し量《はか》れる以上の経験を――それも生死が絡《から》む様な現場を経て、実体験からの知見を得てきたであろうことは、疑いようがなかった。

彼は『召喚士《しょうかんし》と召喚獣《しょうかんじゅう》は最強の存在』と言うが、正直、モーガンと殺し合ったとすれば、ユウゴは勝てる気がしない。正面から相対しての単純な力押しなら負ける事もないだろうが、モーガンの場合、そんな馬鹿正直な戦い方はしないだろう。

「ともかく、強い弱いとか勝ち負けってのは、単純な力のでかさだけで決まるもんじゃない。要は使い方だ。そこんとこ忘れないようにしとかねーと、足すくわれるぞ」

言ってモーガンは、ようやく拳銃《けんじゅう》を腰《こし》の後ろの銃鞘《ホルスター》に戻《もど》した。

†

「──こんなもんか？」

体を伸《の》ばしながらユウゴはそれを見下ろして言った。

穴──だ。

地面に彼が手ずから、川岸に掘《ほ》った丸い穴。

そう深いものではなく、中に入っても淵《ふち》の高さがユウゴの膝《ひざ》かその上程度にしかならない。

その代わりに直径はユウゴが両腕《りょううで》を広げた以上になっている。

掘《ほ》った後は、それが崩《くず》れてしまわないように、比較的《ひかくてき》大きめの石板を敷《し》き詰《つ》めて形を維持《いじ》している状態だ。形はさておき、見事なほどに厚みの揃《そろ》ったそれは、近くの岩からカミラが剣《けん》で切り出し、運んだものである。

カミラの剣《けん》は、実のところ『剣《けん》に見えているだけの何か』であり、切断に特化した魔術《まじゅつ》の具象化したものだ。故《ゆえ》に人間の剣《けん》ならばあっという間に刃《は》こぼれしそうな『岩斬《き》り』や『鋼斬《はがねき》り』を繰《く》り返《かえ》しても、何ら問題ない──というか人間にはそもそも岩を断ったり鋼《はがね》を断ったりする事が至難の業《わざ》だが。

ともあれこの穴──一体、何のためのものか。

深くないとはいえ、そして馬車に詰《つ》んであった道具も使ったとはいえ、掘《ほ》るのは相当な労力であった筈《はず》である。何の意味も無くそんな事をするほど、ユウゴは愚《おろ》かでも暇《ひま》でもない筈《はず》だが――

「カミラ――そっちは？」

「はい、十分です」

少し離《はな》れた場所で焚火《たきび》の番をしていたカミラがそう応じる。

「よし、じゃあすまない、一発、頼《たの》む」

「分かりました、我が君」

そう言ってカミラはふわりと空中に浮《う》き上《あ》がると、ユウゴの傍《そば》までやってきて。

「――っ！」

裂帛《れっぱく》の気合が迸《ほとばし》る。

銀色の光が奔《はし》り、次の瞬間《しゅんかん》、ユウゴの掘《ほ》った穴から、川へと、まっすぐの一線が引かれていた。

細い、しかしそれなりに深さのある――水路。

カミラが剣撃《けんげき》でこれを一瞬《いっしゅん》にして掘《ほ》ったのである。

当然、川からは水が流れ込んでくる。

「よしよし、うん、よしよし」

とユウゴは満足げだが、傍目《はため》には本当に何をしているのかが謎《なぞ》だ。

この歳《とし》になって、しかも夜に、川で水遊びというわけでもないだろう。

だが——

「……何やってんのよ？」

「うわ、びっくりした⁉」

背後からいきなり声を掛《か》けられて、ユウゴはびくりと身を震《ふる》わせて振《ふ》り返《かえ》った。

見ればリゼルとバーレイグが揃《そろ》って呆《あき》れ顔《がお》で立っている。

二人の接近に気付かなかったのは、それだけ作業に集中していたのだろうが——

「なんだか出て行って帰ってこないから。はばかりにしては長いし、まさか敵に襲《おそ》われたんじゃないかと思ってきてみれば」

「おお、心配してくれたのか。ありがとうな」

「べ——別に心配したわけじゃ、な、ないけどね？」

とリゼルはそっぽを向いて言う。

「あんたみたいなのでも、いなくなると、その、戦力的にね？」

「——あ、カミラ、もう石入れちゃってくれ」

「はい、我が君」

「人の話を聞きなさいよ⁉」

と眦《まなじり》を釣《つ》り上《あ》げて怒《おこ》るリゼル。

だがカミラはまるで意に介《かい》した様子も無く、剣《けん》を使って焚火《たきび》の中から焼けた石を幾《いく》つか掻《か》き出《だ》すと、これをひょいひょいと剣先《けんさき》に引《ひ》っ掛《か》けて、穴の中に放り込んでいった。

じゅ、じゅ、じゅ、と熱せられた石と水が触《ふ》れ合《あ》って音を立てる。

そして――

「あ、ごめん、なんだって？」

「いや、だから――もういいわよ、で、何やってんの？」

「見て分からないか？」

「分からないから聞いてるの」

と両手を腰《こし》に当てて言うリゼル。

「風呂《ふろ》だよ、風呂《ふろ》」

「――は？」

「あ、カミラ、水はもういいからせき止めてくれ」

「はい、我が君」

カミラは頷《うなず》くと、先に自分が掘《ほ》った水路に、剣《けん》を突《つ》き立《た》てて、水をせき止めた。

「今、風呂《ふろ》って言った？」

「言った」

「これが？」

「知ってるか？　十分に加熱した石を幾《いく》つか投げ込んだら、良《い》い具合にお湯が湧《わ》くんだぜ」

「それは知ってるけど――なんでそんな……」

リゼルとしては、単に不満を抱《かか》え込《こ》んでいるのが気分的に鬱陶《うっとう》しかったので、愚痴《ぐち》を言っただけであり、是《ぜ》が非《ひ》でも風呂《ふろ》に入らせろ、という話をしたつもりはなかったのであろう。

なのに、一言の相談も確認《かくにん》も無く、ユウゴはせっせと自ら穴を掘《ほ》って風呂《ふろ》を用意していたわけで。

「俺も入りたいからまあ、いいかなって」

「…………」

リゼルはひどく曖昧《あいまい》な表情を浮《う》かべている。

呆《あき》れるべきなのか、喜ぶべきなのか、あるいは怒《おこ》るべきなのか。自分でもよく分からずに気持ちを持て余しているのだろう。

しばらく彼女は、何か言うべき事を探していたようだったが。

「そういう事に召喚獣《しょうかんじゅう》使ってんの？　正気？」

「ま、まずいか？」

と珍《めずら》しくユウゴが自信なさげな感じでリゼルに尋《たず》ねるのは、召喚士《しょうかんし》としての『経歴』は彼女の方が長いからだろう。

母親が召喚士《しょうかんし》だった彼女は、当然の様に物心ついたころから召喚士《しょうかんし》としての教育を受けていた。魔術師《まじゅつし》として、召喚士《しょうかんし》としての修行《しゅぎょう》を始めたのは、リゼルの方が先なのだ。

「他の召喚獣《しょうかんじゅう》ならともかく、あんたのは〈ヴァルキリー〉でしょうが？」

「まあそうだけど」

「戦闘《せんとう》に使うんじゃなくて、こんな土木工事みたいな事手伝わせて」

「いや、エミ姉は頻繁《ひんぱん》にエルーシャをそういうのに手伝わせてたけど——っていうかさ」

ユウゴは一瞬《いっしゅん》、顔をしかめて反論した。

「別に戦闘《せんとう》に使うだけが召喚獣《しょうかんじゅう》ってわけでもないだろ？」

「いやあんたの召喚獣《しょうかんじゅう》って〈ヴァルキリー〉でしょうが。鎧《よろい》着けて剣《けん》持ってる召喚獣《しょうかんじゅう》を、戦《せん》闘《とう》以外に使う発想がそもそもないわよ、普通《ふつう》」

「その普通《ふつう》ってのがどうにもなあ」

頬《ほお》を掻《か》きながらユウゴは首を傾《かし》げる。

「それ、誰《だれ》が決めたんだ？」

「——は？」

とリゼルは眉《まゆ》を顰《ひそ》める。

そんな彼女に、ユウゴは何の気負いもなく、ごく当たり前の事を語るかのように言った。

曰《いわ》く——

自分は、戦闘《せんとう》しない召喚士《しょうかんし》、戦闘《せんとう》しない召喚獣《しょうかんじゅう》、即《すなわ》ちエミリアとエルーシャを見て育ってきた。だからむしろ、戦闘《せんとう》に召喚獣《しょうかんじゅう》を使うという発想の方が自分には妙《みょう》に見えるのだ……と。

「……本当」

リゼルは溜息《ためいき》をついて言う。

「変な奴《やつ》」

「それについては同感だ」

「同感です」

と同意するバーレイグとカミラ。

「え、ちょ、待って、カミラまで⁉」

と声を上げるユウゴ。自分の召喚獣《しょうかんじゅう》にまで『変な奴《やつ》』呼ばわりされた事に、彼は衝撃《しょうげき》を受けているようだった。

「まあともかく、兄様《にいさま》？」

とリゼルはからかうような笑《え》みを浮《う》かべて首を傾《かし》げた。

「私のために作ってくれたお風呂《ふろ》なんだよね？」

「まあ、そうかな。俺も入るつもりだけど――」

「じゃあお先に入らせてもらうわね？」

と言ってリゼルは湯気を上げ始めた即席《そくせき》の『風呂《ふろ》』に歩み寄る。

そしてふと立ち止まって振《ふ》り返《かえ》り――

「じゃあ、ついでだから〈ヴァルキリー〉……もとい、カミラも入りましょうか？」

「…………」

カミラは一瞬《いっしゅん》、不思議そうに兜《かぶと》の下で目を瞬《まばた》かせていたが。

「はい。ご一緒《いっしょ》します」

と素直《すなお》に同意した――が。

「――え？　いや、カミラは――」

とユウゴは何やら動揺《どうよう》した様子で言う。

「俺の召喚獣《しょうかんじゅう》だから、俺と一緒《いっしょ》にっていうか――リゼルはバーレイグと一緒《いっしょ》に入るのかと思ってたんだけど……」

「…………」

「…………」

顔を見合わせるリゼルとカミラ。

そして――

「兄様《にいさま》のドスケベ！」

「我が君のドスケベ！」

「――⁉」

二人揃《そろ》っての『ドスケベ』呼ばわりに、ユウゴは訳が分からない、といった様子で固まっていた。

†

ぱしゃりぱしゃりと水音が聞こえてくる。

いや。この場合は水の音ではなく湯の音と言うべきか。

「…………」

ユウゴとバーレイグ……珍《めずら》しい組み合わせの二人が、焚火《たきび》の前にしゃがんでいた。

彼等は焚火《たきび》の番をしつつ、即席《そくせき》の風呂《ふろ》に背中を向けている。

言うまでもなくリゼルに『こっち見るな』『でも近くに居ろ』と命じられているからである。

彼女とカミラが入浴している間は、その召喚獣《しょうかんじゅう》と召喚士《しょうかんし》は遠くに離《はな》れるわけにいかないからである。

「……ユウゴ・ヴァーンズ」

「なんだ？」

「……理不尽《りふじん》だ」

「……俺もそう思う」

そして召喚士《しょうかんし》と召喚獣《しょうかんじゅう》は揃《そろ》って溜息《ためいき》をついた。

「……焼けたな」

「なに？」

「いや、ただ火を見ているだけなのもつまらんし」

言ってユウゴは火の中に――正確には焚火《たきび》の真下の地面に突《つ》っ込んであった鉄串《てつくし》を、厚手の布越《ぬのご》しに握《にぎ》って一本引き出した。

その先には小さめの芋《いも》が二つばかり突《つ》き刺《さ》さっている。砂利《じゃり》の中で蒸《む》し焼《や》きにしていたため、その表面には黒々とした焦《こ》げ跡《あと》がほとんど無く……実に美味《うま》そうだった。

「食うか？」

「……ユウゴ・ヴァーンズ？」

バーレイグは首を傾《かし》げる。

「召喚獣《しょうかんじゅう》に食事を勧《すす》めるのか？」

「悪いか？　食えるんだろ？」

「……食せない事もないが」

と言ってバーレイグは芋《いも》を一つ受け取った。

「お前は自分の召喚獣《しょうかんじゅう》にも食事を勧《すす》めるのか？」

「郷里に居た頃《ころ》は、カミラもエルーシャも――ああ、エミ姉《ねえ》の召喚獣《しょうかんじゅう》な、二人とも、俺達と一緒《いっしょ》に飯食ってたぞ。まあ、気が向いたときだけみたいだけどな」

魔力《まりょく》の供給を召喚士《しょうかんし》から受ける召喚獣《しょうかんじゅう》は、それが故《ゆえ》に召喚士《しょうかんし》から遠く離《はな》れる事が出来ないわけだが、逆にその存在を魔力《まりょく》で維持《いじ》しているため、人間のような食事を必要としない。

ただ、ほぼ人間と同じような実体と五感を備えているが故《ゆえ》に、『嗜好品《しこう》として』食物を摂《と》る事は出来るのである。

「ああ、岩塩振《ふ》った方が美味《うま》いぞ」

「……うむ。悪くない」

などと焚火《たきび》の前にしゃがみながら、もそもそと焼《や》き芋《いも》を食う、召喚士《しょうかんし》と召喚獣《しょうかんじゅう》の男性陣《じん》。

一方――

「あんたもあんたながさつなのに召喚《しょうかん》されて大変よね」

「いえ……我が君は優《やさ》しいので……」

と召喚士《しょうかんし》と召喚獣《しょうかんじゅう》の女性陣《じん》は、のんびり湯に浸《つ》かっている。

リゼルは勿論《もちろん》、カミラも普段《ふだん》は服というより皮膚《ひふ》のように纏《まと》ったままの鎧《よろい》を脱《ぬ》いでおり、白い裸身《らしん》があらわになっている。

リゼルと比べてカミラは人間基準で見れば若干《じゃっかん》、大人びており、固い鎧《よろい》を外したその肢体《したい》は、引《ひ》き締《し》まってはいるものの、胸と尻《しり》はふくよかで女らしさが強調されていた。

「まあ……それはね」

と湯をすくって体にかけながら言うリゼル。

リゼルが風呂《ふろ》に入れないと不満をこぼしただけで、こんなものまで用意してくれるのだ。しかも元は敵として戦った事もあるのに――リゼルの過去話を聞いて同情し、共感し、挙句、本物の家族というものを教えてやる、この旅が終われば彼女の事を身内として迎《むか》え入《い》れる、などと言い出すぐらいのお人よしだ。

実際、最初はリゼルがユウゴの事を『兄様《にいさま》』と言ってからかうと、拒否《きょひ》するような事を言っていたが――今ではそんな事も無くなった。

本当に……口こそ悪い、目つきも悪いが、その実、彼の人の善さは大概《たいがい》、異常である。

聖人君子か、さもなくば底抜《そこぬ》けの馬鹿だ。

だが――

「召喚士《しょうかんし》と召喚獣《しょうかんじゅう》だって関係が前提にあるのは分かってるけど、あんたと一緒《いっしょ》にお風呂《ふろ》入るとか、気《き》が利かないのも大概《たいがい》でしょ」

とリゼルは女らしいカミラの身体《からだ》を少し羨《うらや》まし気に眺《なが》めながら言う。

カミラはしかし首を傾《かし》げて――

「ですが、そもそも、召喚獣《しょうかんじゅう》にも入浴を、と考える召喚士《しょうかんし》の方が少ないでしょう」

「それはそう――って待って？」

とリゼルは湯を揺《ゆ》らしてカミラに詰《つ》め寄《よ》った。

「まさかあんた、以前から一緒《いっしょ》に入ってた？」

「いえ。それはなかったですが、その、改めて尋《たず》ねられました」

「なにを？」

「今までお風呂《ふろ》、入るかとも聞かなかったけど、入りたかったか？　と」

「……………」

眉《まゆ》を顰《ひそ》めて口をつぐむリゼル。

「入ってみたいと答えたら、我が君には『今まで気がつかなくて悪かった』と謝られてしまいました」

「あー………」

鼻の辺りまで湯の中に浸《つ》かってぶくぶくと泡《あわ》を吐《は》くリゼル。

「我が君はエミリア師に――優《やさ》しいお姉様《ねえさま》に育てられてきたような処《ところ》がありますから、変な意地を張らず、謝るべき時には謝る事を躊躇《ためら》いません。それが召喚獣《しょうかんじゅう》であってもです」

「…………」

ふとリゼルがユウゴ達の方を見遣《みや》ると、彼はリゼルの召喚獣《しょうかんじゅう》であるバーレイグと仲良く並んで焚火《たきび》の前にしゃがんでいる。何か食べているようにも見えたが――その様子は、人間と召喚獣《しょうかんじゅう》というより、単なる兄弟や、友人同士の姿にも見えた。

「幼い頃《ころ》は、エルーシャと……エミリア師の召喚獣《しょうかんじゅう》〈フェアリー〉と人間の区別もついていなかったようですし……こちらもそういう認識《にんしき》に引きずられがちで」

無表情だったカミラの白い顔に、ふと恥《は》ずかし気な笑《え》みが浮《う》かぶ。

それはまるで恋《こい》する乙女《おとめ》の様にも見えて――

「……………」

眼《め》を細めてカミラを眺《なが》めるリゼル。

「なにか？」

「いえ、何も？」

首を傾《かし》げるカミラに問われて、リゼルは大きく首を振《ふ》った。

†

召喚獣《しょうかんじゅう》は召喚士《しょうかんし》からの魔力《まりょく》供給を受けて実体化する。

そして召喚士《しょうかんし》が意識を失うと、魔力《まりょく》供給量が落ちて、実体化を維持《いじ》できなくなる場合が多い。当然だが、この事から召喚士《しょうかんし》が眠《ねむ》る際には、召喚獣《しょうかんじゅう》は姿を消している事がほとんどだ。

なので――

「……………」

「…………」

馬車の荷台で背中合わせになりながら、ユウゴとリゼルは寝《ね》ていた。

モーガンは焚火《たきび》の不寝番《ふしんばん》である。

馬車の方には背中を向け、膝《ひざ》の上には小銃《ライフル》が置かれている。

滅多《めった》にないが、人里を出ると、野生動物が襲《おそ》ってくる場合も在る。中には火を恐《おそ》れない動物もいるが、さすがに銃撃《じゅうげき》されるとその轟音《ごうおん》に驚《おどろ》いて逃《に》げていくので……モーガンに限らず、不寝番《ふしんばん》の者は小銃《ライフル》を片手に夜を明かすのが常である。

ともあれ――

「……ユウゴ？」

ふとリゼルが背中越《ご》しに声を掛《か》けてくる。

「起きてる？」

「……起きてる」

正直に言うと、うつらうつらしていたところなのだが。

「なんだ？」

「えっと……お風呂《ふろ》、ありがと」

「…………」

ユウゴは、口から思わず洩《も》れそうになった驚《おどろ》きの声をかみ殺す。

まさかあのリゼルが——ユウゴの生意気な『妹』が、殊勝《しゅしょう》にもお礼を言ってくるとは思ってもみなかったのである。

「あ——ああ、まあ、俺も入りたかったし。昼間、川に落ちて体冷えただろうしな」

「……そうね。未《ま》だちょっと寒いかも」

「そうか……」

この辺りは草木に乏《とぼ》しく、夜になると急速に温度が下がる。このため、ユウゴもリゼルも、一応、毛布をかぶって寝《ね》ているわけだが——

「…………」

ごそごそと背後で何やらリゼルが動く音がする。

そして次の瞬間《しゅんかん》——

「……⁉」

背中に押し付けられる柔《やわ》らかな何かの感触《かんしょく》。

リゼルが半回転して、背中にしがみついてきたのだと理解するのに、ユウゴは一瞬《いっしゅん》ながら時間を要した。

「ちょっ——なにを」

「だから寒いのよ。寒いの」

「そ、そうですか」

動揺《どうよう》のあまり何故《なぜ》か敬語である。

だがそれはリゼルにも分かったようで――

「――なに？」

にんまりと、いつもの、獲物《えもの》をいたぶる猫《ねこ》のような笑《え》みが、その白く可愛《かわい》らしい顔に浮《う》かんでいると――容易に想像できる、悪戯《いたずら》っぽい声。

「兄様《にいさま》は妹と一緒《いっしょ》に寝《ね》たら、どきどきしちゃうような変態なの？」

「いつまでそのネタ使うんだよ」

面白半分《おもしろはんぶん》に兄と呼ばれる事については既《すで》に慣れたが――いちいち動揺《どうよう》していると余計にリゼルが喜ぶだけだ――さすがに『妹に欲情する変態』と言われるのは心外である。

まあユウゴも健康な十代男子である以上、性欲も普通《ふつう》にあるわけで。

近い年頃《としごろ》の、それも愛らしい少女に抱《だ》き着《つ》かれると、動悸《どうき》も激しくなるのは当然であるのだが、それを悟《さと》られるのはさすがに恥《は》ずかしい。

「全部終わったら、私を本当の家族にしてくれるんじゃなかったの？」

「それは――そうだけど」

だからといって、本能的な部分まで綺麗《きれい》さっぱりと切《き》り替《か》えられるほど、ユウゴも器用ではないのである。

「妹だって言ったのは俺だし、『兄様《にいさま》』って呼ぶのはいいけどさ――」

「――馬鹿」

とユウゴの言葉にリゼルが辛辣《しんらつ》な一言を被《かぶ》せてくる。

「あんたなんか兄様《にいさま》じゃなくてユウゴよ」

そう言ってユウゴの背中の感触《かんしょく》が変化する。

これは――リゼルが顔をぐりぐりとユウゴの背中に擦《こす》り付《つ》けているのか。一体それがどんな感情から出てきた行動なのか、ユウゴにはさっぱり分からないのだが――

「え？　なんで⁉」

「うっさい、こっち見るな！」

思わずリゼルの表情を確かめようとして身体《からだ》を半回転させようとしたユウゴは、しかし背骨も折れんばかりに強く抱《だ》きしめてくるリゼルの腕《うで》に、『ぐえ』と変な声を漏《も》らす事となった。

「いや、でもな――」

「質問。なにしてるの？　です」

と――不意に。

「――⁉」

「……⁉」

ふと掛《か》けられた声に、二人揃《そろ》って声にならない呻《うめ》き声《ごえ》を漏《も》らす。

ほとんど同時に、これまた二人揃《そろ》って発条仕掛《ばねじか》けのようにはね起きたユウゴとリゼルは、馬車の御者台《ぎよしや》に座ってこちらを眺《なが》めている一人の少女を見る事になった。

青白い月光が、その輪郭《りんかく》を——とりわけ、白銀の色の髪《かみ》を、美しく縁取《ふちど》っている。人間というより人の形をした工芸品のような、そんな隙《すき》の無い姿だ。

「カティ⁉」

「質問。抱《だ》き合《あ》って、何してるの？　です」

「何もしてないわよっ‼」

がしがしとユウゴの背中を蹴《け》りながら、リゼルが悲鳴じみた声でそう喚《わめ》いた。

†

「……何やってんだ、あいつらは？」

焚火《たきび》の前に座っていたモーガンは、呆《あき》れた表情で馬車の方を振《ふ》り返《かえ》る。

何やらドタバタと荷台の上の幌《ほろ》の中で暴れている音が聞こえてきたが、まあ、とりあえず危険はなさそうだった。

「…………」

モーガンはあくびを一つかみ殺して、膝《ひざ》の上に置いた木の板に視線を戻《もど》す。そこにはペンとインク壺《つぼ》、そして一枚の紙が置かれていた。

報告書である。

これを書いて魔術師組合《まじゅつし》に送るのはユウゴの、そしてリゼルの監視役《かんしやく》を命じられたモーガンの、いわば仕事の一部だ。

さすがにユウゴらが見ている場所で書くわけにもいかないので、二人が寝《ね》てから、不寝番《ふしんばん》の際に書くのが常になっているが――

（ユウゴ・ヴァーンズも、リゼル・ヴァーンズも、王都を出た後も、不審《ふしん》な行動は確認《かくにん》できず、裏切る様子無し、首輪を外そうとする様子も無し――）

既《すで》に王都を出る際に一度報告書を送っているが、それから既《すで》に一か月余りが経過している。

明日には比較的《ひかくてき》大きめの街に寄るであろうから、その際に、街の魔術師《まじゅつし》組合が運営する郵便事業に手紙を託《たく》すつもりである。

それも――二通。

一通は通常の報告書。

もう一通は――報告書を丸写しした上で、ユウゴの姉であるエミリアに宛《あ》てた私信を書き添《そ》えたものだ。ブロドリックの街を出る際に、くれぐれも弟をよろしくと、泣きそうな表情のエミリアに頼《たの》まれたので、モーガンは正規の報告書とは別に、エミリアに写しを送る事にしているのである。

（俺も大概《たいがい》、お人よしだが……）

そんな事を考えながら、モーガンは『私信』部分を加筆していく。

『あんたの弟は、世界を変えてしまうような大物になるかもしれんな』

それはエミリアを安心させるための薄《うす》っぺらいお世辞の類《たぐい》ではなく……モーガンの本心でもあった。

ユウゴ・ヴァーンズ。

一見すると特に才気走ったところのない、平凡《へいぼん》な、ただの少年に見える。田舎《いなか》育ちで世間知らず、気は強いが乱暴ではない、本当に良くも悪くもあの年頃《としごろ》に多い、普通《ふつう》の少年である。しいて言えば、多少、素直《すなお》に過ぎるきらいがあるくらいか。

ともすれは悪人にころっと騙《だま》されてしまいそうな危《あや》うさがあって、そこがまた眼《め》を離《はな》しがたい気持ちにさせてくるというか。

言ってみれば天然の『人誑《ひとたら》し』だ。

だが……若くして召喚士《しょうかんし》として召喚獣《しょうかんじゅう》を従え、自分の『力』に慢心《まんしん》する事無く、モーガンの『教え』もものすごい勢いで吸収していく彼の姿は、凡俗《ぼんぞく》のそれとは言《い》い難《がた》い。

そう。ユウゴには慢心《まんしん》が無い。

自信が無い——のとは違《ちが》う。

ただ常に物事を疑ってかかる。猜疑心《さいぎしん》が強いのではなく、単純に、無思考の思い込みを嫌《きら》い、恐《おそ》れている部分がある。

自分は凄《すご》くなんかない。自分は世界の全てを知っているわけではない。だから自分以外の者の意見を積極的に取り入れて、知れるだけの全てを知りたい。

そうでなければ——独善に凝《こ》り固《かた》まった人間になってしまう。

それをユウゴは恐《おそ》れているのだ。

(恐《おそ》れは人を成長させ、進歩させる……)

文明も文化もその産物だ。

それは個人の器《うつわ》の大きさについても同じ事が言える。

「まあ……その恐《おそ》れに押し潰されてしまうやつもいるわけだが」

呟《つぶや》きながらモーガンは手紙を頑丈《がんじょう》な、専用の鉄筒《てつづつ》に丸めて入れる。

ちなみに。

魔術師《まじゅつし》組合の運営する郵便事業には幾《いく》つかの種類が在る。

一つが遠隔地《えんかくち》の魔術師《まじゅつし》同士が互《たが》いに魔術《まじゅつ》で繋《つな》がって、一方がもう一方の読み上げる手紙の内容を書き留める、という方法。王都を出るまではモーガンもこの方法を採っていた。

これは確実で速いのだが、その一方で秘密が外部に漏《も》れやすい。

その指摘《してき》を受けてからは、モーガンは別の方法——即《すなわ》ち専用の鉄筒《てつづつ》の中に手紙を入れて、魔《ま》術《じゅつ》で『射出』する方法に切《き》り替《か》えた。

魔術《まじゅつ》で加速した鉄筒《てつづつ》を飛ばし、受領先の溜池《ためいけ》に受け止めさせる方法である。かつては伝書鳩《でんしょばと》を使っていたやり方だが、こちらだと鳩《はと》が猛禽《もうきん》の類に襲《おそ》われて手紙が届かない、という恐《おそ》れもない。

ともあれ……

(俺もあいつの行く末を見届けない——なんて柄《がら》にもなく思ってしまうほどに、あいつはすごいよ。絶対に本人には言わない方がいいだろうがな……)

ふと口元に淡《あわ》い苦笑《くしょう》を浮《う》かべると、モーガンは鉄筒《てつづつ》の鍵《かぎ》を閉めて封《ふう》をした。

†

少女の姿は、何処《どこ》か非現実的な風情《ふぜい》を帯びていた。

青白い、月光の下——確かにそこに居る筈《はず》なのに、どこか、夢や幻《まぼろし》であるかのように存在感が希薄《きはく》なのだ。

その一方で整った容姿にはまるで歪《ゆが》みや偏《かたよ》りが無い。精緻《せいち》な計算の末に設計されたある種の工芸品のように、完璧《かんぺき》な少女としての『形』を体現しているのだ。

赤《あか》ん坊《ぼう》として生まれ、歳月《さいげつ》を経て成長してきたのではなく、まるで最初からその形で存在し、永遠に変わらぬものであるかのように。

何も知らぬ者が夜道で出会えば、月の化身《けしん》かとも見紛《みまが》いかねない、そんな、美しくも何処《どこ》か硬質《こうしつ》な姿だった。

だが――

「――ふむ？」

少女を見つめるオウマ・ヴァーンズの眼《め》には、如何《いか》なる感慨《かんがい》も浮《う》かんではいない。誰《だれ》もが感《かん》嘆《たん》するであろうその容姿に、彼は微塵《みじん》の興味も持っていないようだった。

もっとも、この召喚士《しょうかんし》は誰《だれ》に対しても態度を変えないのだが。

常に穏《おだ》やかな笑顔《えがお》を絶やさず、物腰《ものごし》は丁寧《ていねい》で……そのまま必要とあれば一瞬《いっしゅん》の躊躇《ちゅうちょ》も無く、卵《たまご》の殻《から》を割るかのように、あっさりと人を殺す。

穏《おだ》やかな人物を装《よそお》っているというより……この男にとって人の生き死にも、いや、この世の森羅万象《しんらばんしょう》の全てが、殊更《ことさら》に感情を掻《か》き立《た》てられる事のない些末事《さまつじ》なのかもしれない。

「やはり試運転には問題が無くとも、完全に稼働《かどう》させるためには、鍵《かぎ》がもう一つ必要である――間違《まち》いありませんね？」

淡々《たんたん》とした口調で少女にそう問うオウマ。

だがよく見れば彼の双眸《そうぼう》は、少女ではなく、その背後にそびえる黒々とした威容《いよう》に焦点《しょうてん》を結んでいた。

天蓋《てんがい》に空いた大穴の下……旧時代の遺跡《いせき》の中にそびえる『塔《とう》』。

いや。遺跡《いせき》の中に在る——かつては屋内に在った事を想《おも》えば、それは本来、柱か何かであったのかもしれない。

だがその輪郭《りんかく》は円錐形《えんすいけい》、先端《せんたん》は天井《てんじょう》の高さには届いておらず、柱として何かを支えられる形には見えない。

その根元には円状に石畳《いしだたみ》が敷《し》き詰《つ》められており、それらの全てにびっしりと何かの細かい文様が刻み込まれている。

恐《おそ》らく永い間、風雨にさらされていたであろう筈《はず》のそれは——しかしこの遺跡《いせき》の中に在る他の構造物と異なり、苔《こけ》むす事もひび割れる事も無く、まるで昨日造られたばかりであるかのように、黒く滑《なめ》らかな表面を示していた。

これが百年以上も前に造られたものなのだと言われても信じない者は居るだろう。そしてこれが一体何の目的で造られたものなのか、問われて答えられる人間も、もう居ない——オウマ・ヴァーンズただ一人を除いては。

「そう。もう一つ、必要。です」

奇妙《きみょう》にぶつ切りの、淡々《たんたん》とした口調で銀髪《ぎんぱつ》の少女はそう答える。

喋《しゃべ》っているというより、何かを読み上げているかの様な、感情のこもらぬ声だった。

「二つ揃《そろ》って、初めて、全ての安全機構が解除される。です」

銀髪《ぎんぱつ》の少女のその整った顔にも、やはり喜怒哀楽《きどあいらく》の色は一切《いっさい》浮《う》かんでいない。

オウマの素性《すじょう》を知る者ならば、この少女は召喚獣《しょうかんじゅう》ではないのかと思うかもしれないが……彼の召喚獣《しょうかんじゅう》である〈ウェポンマスター〉マクシミリアンは、その背後に影《かげ》の如《ごと》く佇《たたず》んでいる。

いかに優秀《ゆうしゅう》な召喚士《しょうかんし》でも契約《けいやく》を結べる召喚獣《しょうかんじゅう》は一人一体。

ならば銀髪《ぎんぱつ》の少女は召喚獣《しょうかんじゅう》ではないのだろう。

ただし、では人間か？　——と問われれば、大抵《たいてい》の者が肯定《こうてい》を躊躇《ちゅうちょ》するに違《ちが》いない。

「面倒《めんどう》な構造にしたものです。その機能を想《おも》えば、慎重《しんちょう》にならざるを得ないのは理解できますが、慎重《しんちょう》に過ぎて、目的達成が出来ないとなると、本末転倒《ほんまつてんとう》と言わざるを得ない」

「…………」

オウマと〈ウェポンマスター〉、それに銀髪《ぎんぱつ》の少女。

『塔《とう》』の根元に立つ三人を、更《さら》に囲むようにして、数名の男女が立っている。彼等は年齢《ねんれい》も服装もばらばらだが、全員がその視線をオウマと同様に『塔《とう》』へと注いでいた。

まるで御神体《ごしんたい》を崇《あが》める信徒の如《ごと》くに。

「もう一つはリゼル達が——いや、ユウゴが持っているとの事ですし、どうやら彼等は私達を追いかけてきている様子。わざわざ運んできてくれるのならば、こちらは下手に動かず、待っていればよいわけですが」

ふとオウマは周囲の男女を見回した。

「それまで何もしないというのも、時間の無駄《むだ》でしょう」

「…………」

男女はただ黙《だま》ってオウマの言葉を聞いている。

だが――

「では実験を――試験運用をして、完全起動の前に、精度を高めておくのがよいでしょう。事前の準備はしてしすぎるという事もありますまい？」

「…………！」

男女の間にざわめきが湧《わ》く。

それはつまり――

「ヨシュア君は、残念な事になってしまいましたが。幸い、召喚士《しょうかんし》は彼だけではない」

やはり微塵《みじん》も揺《ゆ》らがぬ穏《おだ》やかな笑《え》みを浮《う》かべて、自分の配下の者達を見回しながら――

「誰《だれ》か、志願する者は？」

オウマはそう問うた。

†

カティ。

ブロドリックの町でユウゴらが出会った銀髪《ぎんぱつ》の少女。

年齢《ねんれい》不明。素性《すじょう》不明。名前も自己申告《しんこく》による。

魔術《まじゅつ》による記憶《きおく》探査で彼女はユウゴらと出会う以前の記憶《きおく》が無い事が分かっているが、それ以外にもこの少女には不可解な部分が多く……ブロドリックの町を出て、オウマ・ヴァーンズが奪《うば》っていったという『遺品《アーティファクト》』奪還《だっかん》の旅をしているユウゴ達の前に、しばしば姿を現している。

「というか王都では聞きそびれたけど」

「質問。答える。です」

何やら顔を真っ赤にして暴れるリゼルを宥《なだ》めた——後。

「カティは、どうやってついてきてるんだ?」

ユウゴは改めてカティと馬車の外で向き合って尋《たず》ねた。

ブロドリックの町からユウゴ達は馬車で移動しているが、その間、随伴《ずいはん》してくる馬車や騎馬《きば》を見た覚えが無い。まさか徒歩で追いかけてきているとも思えないし、カティが如何《いか》なる方法で移動して、ユウゴ達の前に姿を現すのかについては、地味に謎《なぞ》だった。

「どうやって？ 問いは明確に。です」

「いや、だから、行く先々で姿を現すけど、どうやってブロドリックの町や王都からここまで、移動してきたんだ？」

「ユウゴに運んでもらって。です」

とカティは彼の胸元《むなもと》を指さすが。

「俺？ いや、俺が運んでって――」

背負ってか抱《だ》き上《あ》げてか、あるいは脇《わき》に抱《かか》えてか――いずれにせよ、ユウゴはカティを『運んだ』覚えなど勿論《もちろん》、無い。一緒《いっしょ》に馬車に乗っているわけでもなし。

全くカティの物言いは意味不明なのだが。

「……実は、召喚獣《しょうかんじゅう》か何かなんじゃないのか？」

とユウゴの隣《となり》で聞いてくるのはモーガンである。

「ほら、〈ヴァルキリー〉の嬢《じょう》ちゃんは、一緒《いっしょ》に移動していなくても、ふらっと出てくるだろ、お前の傍《そば》に？」

「――呼びましたか？」

とモーガンの言葉を証するかのように、空中でふわりと姿を現してユウゴの隣《となり》に降り立つカミラ。召喚獣《しょうかんじゅう》たる彼女は、確かにユウゴと召喚契約《しょうかんけいやく》と魔術《まじゅつ》的な回路で繋《つな》がっているため、途《と》中《ちゅう》で馬車に乗っておらずとも、ユウゴが行く先々に姿を現すわけだが……

「そんなわけないだろ。カティが召喚獣《しょうかんじゅう》だったら、俺はとっくにぶっ倒《たお》れてるよ、王都のモーガンとか——あのヨシュアって奴《やつ》みたいに」

一人の召喚士《しょうかんし》に対して召喚獣《しょうかんじゅう》は一体。

これが大原則である。

召喚術《しょうかんじゅつ》そのものは、召喚獣《しょうかんじゅう》と契約《けいやく》している状態でも行使出来るため、理屈《りくつ》の上では複数の召喚獣《しょうかんじゅう》を喚《よ》び出して、契約《けいやく》を結ぶ事は出来る。

だが現実的に召喚獣《しょうかんじゅう》を実体化してこれを使役《しえき》するとなると、猛烈《もうれつ》な速度で生命力に直結した魔力《まりょく》を消耗《しょうもう》する。

仮にカティが召喚獣《しょうかんじゅう》で、ユウゴ自身も知らぬ間に契約《けいやく》を交《か》わしていたとしても……現に今、こうしてカティもカミラも共に並んで実体化している以上、魔力《まりょく》の消耗《しょうもう》は単純に倍になるわけで、ユウゴが疲労《ひろう》を感じない筈《はず》が無い。

「カミラ。カミラから見てこの子は召喚獣《しょうかんじゅう》か？」

とユウゴが問うと、カミラは即座《そくざ》に首を振《ふ》った。

「……召喚獣《しょうかんじゅう》は『此処《ここ》ではない何処《どこ》か』からやって来ます」

とカミラは夜空をふと見上げながら言った。

「私達は召喚《しょうかん》以前の記憶《きおく》を持ち合わせていませんが、已《おのれ》がよそ者である事は、この世界の異物であるという事は理解し、常に感じています」

「……ふむ？」

召喚士《しょうかんし》としての教育をエミリアから受けてきたユウゴにしてみれば珍《めずら》しい話ではないが、モーガンには初耳なのだろう。彼は興味深そうにカミラの話を聞いている。

「私達は──だからこそ、私達を受け入れてくれる契約主《けいやく》、召喚士《しょうかんし》に従います。異物たる私達は、召喚士《しょうかんし》というこの世界の一部に認められ、望まれる事によって、弾《はじ》き出《だ》される事無く、存在を続けられるのです」

そう言ってカミラはユウゴを見つめる。

召喚士《しょうかんし》は、召喚獣《しょうかんじゅう》をこの世界に繋《つな》ぎ止《と》めておく楔《くさび》。

それはエミリアからも、そしてリゼルからも聞いた話である。

「自分のみならず、他の召喚獣《しょうかんじゅう》を見てもそれは理解出来ます。この世界に『馴染《なじ》みきっていない』のは……この世界の『一部』ではないのは、見れば分かります」

別の枝を継《つ》いだ接《つ》ぎ木《き》に、継《つ》ぎ目《め》が残るように。

召喚獣《しょうかんじゅう》の眼《め》から見れば、相手がどういう姿であれ、この世界に呼び込まれた異物、異界からの稀人《まれびと》であるかどうかは、すぐに分かる。

「カティと名乗る彼女に、そうした『馴染《なじ》みきっていない』部分は見当たりません。彼女はこの世界で生まれた存在です」

「……そうなのか？」

「はい。私は。この世界の、産物、です」

とカティは――ユウゴの問いに、まるで他人事《ひとごと》のようにそう言って頷《うなず》く。

「とはいってもな……」

とモーガンが唸《うな》る。

「ただでさえ厄介《やっかい》な道行きだ。このお嬢《じょう》ちゃんも一緒《いっしょ》となると、戦闘《せんとう》に巻き込む恐《おそ》れがある。召喚獣《しょうかんじゅう》じゃないとすると、戦闘《せんとう》能力だって、期待出来ないだろうし。さすがにそこまで面倒《めんどう》見る余裕《よゆう》は俺達にはないぞ」

「……まあそうだよな」

言って――改めて、ユウゴはカティに向き直る。

「そういうわけだから、カティ。ブロドリックの町に戻《もど》っていてくれないか？　全て終われば帰るから、待っててほしい」

「それは。出来ません。です」

とカティは言った。

「私はユウゴのものなので。初めて出会った時から。です」

「……おい。本当にこの子、お前の恋人《こいびと》とかじゃないのか？」

とモーガンが横目でユウゴを睨《にら》んでくる。

「違《ちが》うって言ってるだろ！　というか――初めて出会った時っていつの事だよ？　リゼル達と戦ってた時か？」

「いえ。もっと以前。です」

「カティは以前の記憶《きおく》無いんじゃなかったか？」

「休眠《きゆうみん》状態だったので。記憶《きおく》には、空白期間が、ある。です」

魔術《まじゆつ》探査で記憶《きおく》を遡《さかのぼ》ったのは、ブロドリックの騒動《そうどう》の直後からせいぜい、数日程度だろう。カティの身元を確かめる、騒動《そうどう》の顚末《てんまつ》を知る、という意味ではそれで充分《じゆうぶん》だったからだ。

だが――

「休眠《きゆうみん》？」

まるで何日も何か月も、いや、何年も眠《ねむ》っているかのような言い方だが。

そこはさておいても、ユウゴがカティと出会ったのが仮に何年も前だとすると、確かにユウゴがその事を忘れている可能性はある。

そんな事を考えていると……

「ああもう、うるさいから！　眠《ねむ》れないでしょ⁉」

と馬車の荷台から顔を出してリゼルが文句を言ってくる。

「あ、悪い――」

とリゼルの方を向いて謝って。

そして──

「とにかく、カティ──」

と視線を戻《もど》してみると。

「カティ?」

居ない。

左右に視線を走らせてもその影《かげ》も形も無い。無くなっていた。

「え? ちょっと待って、カティどこ行った?」

「あ、いや、悪い、俺もリゼルの方を見ていて──」

「申し訳ありません、我が君。私もです」

とモーガンもカミラも首を振《ふ》る。

皆《みな》がカティから視線を外したのはほんの一瞬《いっしゅん》だった筈《はず》だ。

そしてこの場には──いかにカティが小柄《こがら》だとはいえ、その陰《かげ》に身を隠《かく》せるようなものは何も無い。まさか皆《みな》が馬車の方を向いている間に、馬車の下に隠《かく》れたわけでもあるまい。

となると……

「……本当に召喚獣《しょうかんじゅう》じゃないんだよな?」

とモーガンが言うが。

「違《ちが》うと思うけど……」

では『カティは人間か？』と問われれば、正直言って、怪《あや》しいのではないかとユウゴも思い始めていた。

では何なのか？

その答えは未《ま》だ——見えなかったが。

第二章

少女の願い

イラスト：haru.

「──ありがとうございます」

魔術師《まじゅつし》組合からわざわざ手紙を運んできてくれた組合支部長代理──クレイ・ホールデンにそう礼を言うと、エミリアは渡《わた》された手紙を持って家の中へ引っ込んだ。

（支部長代理が暇《ひま》な筈《はず》ないんだけどな……まあ秘匿《ひとく》案件だからかもしれないけれど）

ユウゴ達の『任務』は魔術師《まじゅつし》組合の外には伏《ふ》せられている。

彼の召喚士《しょうかんし》関連法違反《いはん》を不問に付した上、暫定《ざんてい》的な仮資格を与《あた》え、オウマ・ヴァーンズを追わせているのだから、世間に対して大っぴらに宣伝できる筈《はず》もない。

だから情報が漏洩《ろうえい》しないようにと支部長代理を務めるクレイが手ずから持ってきたのかもしれないが──

（組合内部には割と知ってる人多いんだけどね）

ユウゴ達が各地の魔術師《まじゅつし》組合に協力を求める事が出来るようにと根回しはされているので、組合関係者にはユウゴ達の『任務』について知っている者は多い。

「…………」

オウマ・ヴァーンズの襲撃《しゅうげき》から二か月余り。

ブロドリックの町は落ち着きを取《と》り戻《もど》し、大半の住人は以前の生活に戻《もど》る事が出来たが……魔術師《まじゅつし》組合関係者の中には、今なお癒《い》えぬほどの重傷を負って自宅療養《りょうよう》している者も少なくない。

エミリアもその一人だ。

元々彼女は十四年前の一件でも重傷を負っており、その時から体調を崩《くず》しやすい。無理を推《お》して迂闊《うかつ》に動き回れば今度こそ回復不能になると医者から強く言われていたため、三か月ばかり自宅に籠《こも》る事になった。

今や街にたった一人の召喚士《しょうかんし》たるエミリアに何かあっては一大事と、ブロドリックの町の住人達も、魔術師《まじゅつし》組合の者も、彼女の自宅療養《りょうよう》については肯定《こうてい》的だった。

皮肉な話だが……改めてオウマやその配下の召喚士《しょうかんし》達が襲撃《しゅうげき》してきた事により、エミリアがどれだけ『善良』で町に貢献《こうけん》してきたかという事を、皆《みな》が思い出した結果だろう。

自宅療養《りょうよう》を始めた当初は、頻繁《ひんぱん》に町の住人が見舞《みま》いに訪《おとず》れて、むしろ落ち着けなかったほどである。

(これも怪我《けが》の功名というのかしらね……)

そんな事を考えつつも、エミリアは自分の部屋に戻《もど》ると——すぐに封書《ふうしょ》を開いた。

「ユウゴカラノ、手紙？」

ひょいとエミリアの肩越《かたご》しに、後ろから手紙をのぞき込むのは〈フェアリー〉のエルーシャである。

透明《とうめい》な羽根を備えたこの少女型の召喚獣《しょうかんじゅう》は、普段《ふだん》からまるで猫《ねこ》か何かのようにエミリアにじゃれついている事が多い。体重が無いものの様にふるまうため、エミリアものしかかられても特に気にせずエルーシャの行為《こうい》を咎《とが》めたりはしない。

「そうよ、五通目。前にも言ったけど、ユウゴからじゃなくてアクセルソンさんが書いたものだけどね。近況報告《きんきょうほうこく》っていうか」

そう言ってエミリアは折りたたまれていた紙を広げる。

「……相変わらず無茶してるみたいだけど……」

と苦笑《くしょう》しながら文字を目で追うエミリア。

「生水とか飲んでおなか壊《こわ》したりしてないかしらね？」

「ユウゴモ、子供ジャナインダカラ」

「そうなんだけど――」

眉《まゆ》を潜《ひそ》めてユウゴの心配をするエミリアは、はたから見れば姉というより、母親に近い印象だ。実際……ユウゴが生まれた時から知っている彼女は、彼に対して保護者としての感覚が強いわけだが。

「……『大物になるかも』……か……」

ふとエミリアの苦笑《くしょう》に暗いものがまじる。

モーガンがユウゴを評した一文を読んでの事である。

「エミリア？」

「あ……ごめんね。大丈夫《だいじょうぶ》」

気遣《きづか》わしげに声を掛《か》けてくるエルーシャにエミリアは笑顔《えがお》を取《と》り繕《つくろ》ってみせるが——魔力《まりょく》でつながっている召喚獣《しょうかんじゅう》に、誤魔化《ごまか》しきれるものでもない。

「ユウゴは……昔の師匠《せんせい》と本当によく似てるの」

「……ソウカナ？」

とエルーシャが首を傾《かし》げるのは、彼女もかつての——エミリアの師であったオウマ・ヴァーンズと多少なりとも面識があるからだが。

「ああ、言動とか、顔つきとかじゃなくてね」

と片手を振《ふ》るエミリア。

ちなみにユウゴは、髪《かみ》や眼《め》の色はオウマ譲《ゆず》りだが、顔の造りというか、目鼻立ちは母親似だ。

「持って生まれた性質っていうのかな？　変に生真面目《きまじめ》というか……妥協《だきょう》できないというか、とことん突《つ》き詰《つ》めちゃうというか」

「……アア、ワカル」

と納得顔《なっとくがお》でエルーシャが頷《うなず》く。

「私も、そして父さんも母さんも、そうは育てていないつもりだったのだけど」

ユウゴがオウマのようになってしまわないように。

オウマ・ヴァーンズの『乱心』は本当に突然《とつぜん》の事だった。

弟子《でし》として傍《そば》にいたエミリアですら、気付けなかった。

彼が妻の――ユウゴの母親の死後、何やら遺跡《いせき》関係の研究に没頭《ぼっとう》していたのは知っているが、その時も彼の振《ふ》る舞《ま》いに大きな変化は見られなかったのだ。

街の人々に頼《たよ》られる、真面目で優秀《ゆうしゅう》な若き召喚士《しょうかんし》。

あるいは、エミリアが気づかなかっただけで、『日常』の仮面を被《かぶ》りながらオウマは少しずつ正気を失っていったのか。もしくは、最初から胸《むね》の奥に歪《いびつ》な何かを隠《かく》し持《も》っていて、それを上手《うま》く隠《かく》し続けていただけなのか。

分からない。今でも分からない。

そして――だから、エミリアは気が気ではなかったのだ。

自分の知らぬ間にユウゴもあんな風に『変わって』しまうのではないかと、何かのきっかけで、そうなってしまうのではないかと。

だから……

「……エミリア？」

エルーシャがふわりと浮《う》いて横からエミリアの顔を覗《のぞ》き込む。

手紙を折りたたんで仕舞《しま》いながら――オウマ・ヴァーンズの一番弟子《いちばんでし》は、長い溜息《ためいき》をついた。

ちなみに、エミリアの両親もユウゴの近況《きんきょう》を知りたがってはいるのだが……元々魔術師《まじゅつし》組合関連の秘匿《ひとく》文書扱《あつか》いなので、そのまま見せるわけにはいかないのである。

「師匠《せんせい》は……オウマ・ヴァーンズは、一体、何をしようとしているの？」

過去の自分を捨てて。実の息子《むすこ》も捨てて。人間性そのものを捨てて。

そこまでして——彼が求めているのは、一体、何なのか。

富や権勢の類《たぐい》でなどないだろう。

あの男はそんな俗物《ぞくぶつ》ではない。

「お願いだから、師匠《せんせい》……これ以上、ユウゴを苦しめないであげて」

手紙を胸に抱《だ》きながらエミリアはそう呟《つぶや》いた。

†

ユウゴ達がダンヴァーズの町に着いたのは昼過ぎの事だった。

先に、食料や消耗品《しょうもうひん》の調達、及《およ》び魔術師《まじゅつし》組合の郵便を利用するために立ち寄ったクロイドンの街からは、馬車でおよそ五日ばかり。

「……『最果《さいは》ての町』なんて言われる割には、ちゃんとしてるわね」

通りの中央に立って周囲を見回しながら、リゼルがそんな事を言う。

「ちゃんとしてるって——」

ユウゴの眼《め》には、規模こそ小さいが、ブロドリックの町と大差ないように見えるのだが。少なくとも王都のような大都会と比べれば、ブロドリックもダンヴァーズも『田舎《いなか》』の一言でくくられてしまう。

だが——

「『壁《かべ》』も『門』も在ったでしょ？」

リゼルはそう説明した。

「在ったけど、それが何だよ？」

確かに町をぐるりと囲む形で、土砂《どしゃ》を盛り上げ、煉瓦《れんが》で補強して造られた『壁《かべ》』が設けられていた。更《さら》にその一部には丸太を組んだ大きな扉《とびら》が取り付けられており、町の訪問者を通すための『門』として機能していた。

クロイドンの町でも同様の設備は見たが……何というか、町というよりは、『城塞《じょうさい》』じみた雰囲気《ふんいき》だ。

「『壁《かべ》』は獣避《けものよ》け、『門』は町に無法者が入り込まないかどうか、改めるための施設《しせつ》。この辺りになると王国法なんて形だけの無法地帯だから、自衛のためにそういうのが必要になってくるの」

この町はバラクロフ王国の西の果て——否《いな》、現状の人類文明圏《けん》の最西端《さいせいたん》である。

いわゆる『辺境の開拓村《かいたくむら》』に相当する小さな町で、これより西にはもう町や村は無いともいわれている。もっとも〈大災厄《だいさいやく》〉以前には、ここより西にも国家があり、都市が在ったとされており、それ故《ゆえ》にこの近隣《きんりん》では、幾《いく》つか遺跡《いせき》が見つかっているらしい。

「ブロドリックみたいな内地は、『壁《かべ》』なんてないでしょうし、魔術師《まじゅつし》組合の支部が在ったから、獣避《けものよ》けの魔術《まじゅつ》も常時使われてたでしょうしね……」

「モーガンには田舎《いなか》だって言われたけどな」

とユウゴは苦笑《くしょう》する。

「そうか。熊とか狼《おおかみ》が出るんだな。そりゃそうか」

と町の外を見やりながら言うユウゴ。

近くには峨々《がが》たる山々の稜線《りょうせん》が見え、その中腹から麓《ふもと》にかけては草木の緑に覆《おお》われている。

熊や狼《おおかみ》に限らず、野生動物が多数棲《す》んでいても別に不思議はないだろう。

「ここまで全く出会わなかったから、意識してなかったけど」

「召喚獣《しょうかんじゅう》がいるからね」

「――え？」

首を傾《かし》げるユウゴ。

彼は傍《かたわ》らのカミラを見るが――彼女は彼女でよく分かっていないようで、首を傾《かし》げている。

ちなみに、町の人間に召喚獣《しょうかんじゅう》を見られては何かと面倒《めんどう》なので、カミラもバーレイグも、大きめの外套《がいとう》を頭から被《かぶ》るように着て、とりあえず人間を装《よそお》っている。

「気付いてなかったの？　熊とか狼《おおかみ》とか……人間を襲《おそ》うような獣《けもの》は、本能的に召喚獣《しょうかんじゅう》を恐《おそ》れて近づいてこないわよ」

むしろ、そういう大型の、猛獣《もうじゅう》が近づいて来ないからと、兎《うさぎ》や栗鼠《りす》といった小動物の方は積極的に召喚獣《しょうかんじゅう》に近づいてくる事もあるらしい。召喚獣《しょうかんじゅう》が自分達を食べる事は無いのだと、こちらも本能的に知っているのだろう。

「……じゃあモーガンが不寝番《ふしんばん》の時に」

小銃《ライフル》を持っていたのは何だったのか。

そうユウゴは思ったが――

「召喚獣《しょうかんじゅう》が消えてるから」

「……なるほど」

実体化していないなら、確かに獣《けもの》も恐《おそ》れはしないか。

「ひょっとして、人間もそうなのか？」

「なんの話？」

「いや、なんというか……」

町に入ってからというもの、何かおかしい。

「うーん……？」

ユウゴが辺りを改めて見回すと、町の住人の一人と眼《め》が合った。

「……！」

その人物――中年の女性だ――はびくりを身を震《ふる》わせると、殊更《ことさら》にゆっくりした動作で家屋の中に入っていった。まるで野山で危険な野生動物と遭遇《そうぐう》した時の様に、こちらを刺激《しげき》しないでおこうと気を使っているかのような感じが見て取れる。

「どうも町の人達に警戒《けいかい》されている……避《さ》けられているように感じるんだけどな」

先の中年女性に限らず、ふと目が合うと、大抵《たいてい》の者は慌《あわ》てて顔を伏《ふ》せて、逃《に》げるように去っていく。一度や二度ではない。数えてはいないが、恐《おそ》らく十人以上がそうやってユウゴ達から離《はな》れていった。

単によそ者を警戒《けいかい》しているだけなのかもしれないのだが。

ひょっとして、人間でも、召喚獣《しょうかんじゅう》の『気配』のようなものを感じて、距離《きょり》を置こうとする事が在るのだろうか？　――とユウゴは考えたのである。

「……単に兄様《にいさま》の顔が怖《こわ》いからじゃないの？」

「ほっとけ！」

まあ、確かにユウゴは若干《じゃっかん》、目つきが鋭《するど》いので初対面の女子供に怖《こわ》がられる事は何度か在ったが。

そんな会話をユウゴとリゼルがしていると――

「――待たせたな」

と荷物袋《ぶくろ》を背負ったモーガンが徒歩でやってきた。

彼は先程《さきほど》、話題に上った町の『門』――つまりは町の入り口近くで、馬車を預ける手続きをとっていたのである。

町中は、事故防止の意味もあって、許可された馬車しか走らせることが出来ない様、バラクロフの王国法に定められている。なのでこれはブロドリックやクロイドン、王都でも同じだった。

「あ、モーガン、ちょっと聞いてく――」

「駄目《だめ》だ、この町――魔術師《まじゅつし》『郵便』が出せないんだと」

手にした鉄筒《てつづつ》を振《ふ》りながらモーガンが言う。

「……そうなの？」

と驚《おどろ》くのはリゼルである。

「この規模の町には、最低一人は国の委託《いたく》を受けて、魔術師《まじゅつし》組合から人員が派遣《はけん》されてる筈《はず》でしょ？」

そもそもユウゴの父であるオウマがブロドリックに赴任《ふにん》していたのも、そうした制度の一環《いっかん》である。その後、オウマはユウゴの母と出会って結婚《けっこん》、そのままブロドリックに居ついて、弟子《でし》までとった。

「でないと徴税《ちょうぜい》とかも出来ないし」

厳密で詳細《しょうさい》な調査報告を送るのには、魔術師《まじゅつし》達による速達が用いられるのが常だ。方法は何種類か在るが、いずれも送付途中《とちゅう》での紛失《ふんしつ》、あるいは誤配の可能性が低いからである。

「そうなんだが……町の連中は『無い』『出来ない』の一点張りでな」

そう言いながら鉄筒《てつづつ》を荷袋《にぶくろ》に入れると、モーガンは改めて辺りを見回した。

「とにかく、宿をとろう。この先に一軒《けん》だけ、あるそうだ。町役場が運営している奴《やつ》が」

「…………」

モーガンはこの町の妙《みょう》な空気に気付いていないのか。

あるいは気付いていても気にしていないのか。

それともやはり召喚士《しょうかんし》であるユウゴとリゼルらだけに、この微妙《びみょう》な視線と空気は向けられているのか。

宿に着いたらそのあたりの事を話し合っておいた方がいいだろう。

そう考えてユウゴらは、モーガンの後について歩き出した。

†

ダンヴァーズの町の更《さら》に西。

そこにバラクロフ王国でも屈指《くっし》の規模を誇《ほこ》る湖——ソザートン湖が存在する。

そしてユウゴ達が王都のゲッテンズ伯爵邸《はくしゃくてい》で得た手掛《てが》かりによると、そのソザートン湖の北に、オウマ・ヴァーンズが調べていた遺跡《いせき》があるらしいのだ。

無論、今現在そこにオウマ・ヴァーンズがいるとは限らないが、彼を追う上で何らかの手掛《てが》かりが得られる可能性も高い。

そういうわけで。

ユウゴ達は町で一軒《いっけん》という公営の宿屋――個人が経営しているわけではなく、王都の役人や、巡回商人《じゅんかいしょうにん》が来た際に泊《と》めるために、町役場が運営しているのだ――に荷物を置いた後、ソザートン湖とその近くに在るらしい遺跡《いせき》について、町の住人に尋《たず》ねて回る事になった。

辺境地域では地図があてにならない事が多い。道は勿論《もちろん》、町の形すら、開拓《かいたく》が進むにつれて変わっていくからである。最新の情報は、地元の人間に尋《たず》ねなければ得られない。

だが――

「――困ったな」

後頭部を掻《か》きながらモーガンが珍《めずら》しく弱音を吐《は》いた。

町の西端《せいたん》、ユウゴ達が入ってきたのとは反対側にある、『門』の付近での事である。通りにはまばらに民家が建ち並んでいるが、全体として人通りは少ない。今も見渡《みわた》す限り、歩いているのはユウゴ達だけだ。

「どいつもこいつも不愛想《ぶあいそう》でかなわんぜ」

尋《たず》ねても尋《たず》ねても、情報が得られない。

必要最低限のやりとりは出来ても、話が遺跡《いせき》やソザートン湖の事となると、途端《とたん》に誰《だれ》もが口を閉ざしてしまうのだ。

やはり町の住人にユウゴ達は敬遠されているらしい。

しかも――

「……やっぱり、地図に載《の》ってる道は使えないみたいよ」

と――リゼルがソザートン湖の方を見遣《みや》りながら言う。

「土砂崩《どしゃくず》れで道の一部が塞《ふさ》がったまま、しかも橋まで崩落《ほうらく》してるみたい」

「……まあどういうわけか、此処《ここ》は魔術師《まじゅつし》も召喚士《しょうかんし》も居ないみたいだしな。当然だが……」

遺跡《いせき》なんざ、学者しか用が無かろうし、そこに繋《つな》がる道や橋の修復が後回しになるのは、
魔術《まじゅつ》も召喚獣《しょうかんじゅう》も使わずとなると、土砂崩《どしゃくず》れで塞《ふさ》がった道を復旧させるだけでも相当な手間と時間がかかるだろう。

辺境では、魔術師《まじゅつし》や召喚士《しょうかんし》の能力に頼《たよ》らなければ、町の運営そのものが破綻《はたん》する事も多く、土木、治水、及《およ》び周囲との連絡《れんらく》、それに絡《から》んだ流通も含《ふく》め、全て人力でこなすのには無理がある――というか、不可能ではないが、ひどく効率が悪い。

「このままだと遺跡《いせき》に行けないってことか？」

「まあ召喚獣《しょうかんじゅう》に抱《かか》えてもらえば、越《こ》えられない事はないけど」

とユウゴの問いに、バーレイグとカミラを指さしながら言うリゼルだったが――

「あまり薦《すす》めはしない」

　とバーレイグが言う。

「万が一、遺跡《いせき》にオウマ・ヴァーンズやその手勢がいた場合、空から近づけば丸見えだ。攻撃《こうげき》してくれと言っているに等しい」

「……そっか」

「…………」

　ユウゴは改めて町を見回す。

　魔術師《まじゅっし》も召喚士《しょうかんし》も居ない——という割には、町の運営に何か具体的な不都合が出ているようには見えない。壊《こわ》れたまま放置されている建物や施設《しせつ》もないし、道にゴミや汚物《おぶつ》が放置されている様子も無い。

「本当——」

　ふとリゼルが不愉快《ふゆかい》そうに呟《つぶや》く。

「召喚士《しょうかんし》は恐《おそ》ろしい、召喚士《しょうかんし》はやばい、そんな事言いつつ、召喚士《しょうかんし》や召喚獣《しょうかんじゅう》に頼《たよ》らないとどうにもならないのよね」

　郷里の村で、召喚士《しょうかんし》の母親を含《ふく》め、家族揃《そろ》って奴隷《どれい》の様に扱《あつか》われていたリゼルとしては、田舎《いなか》の町というだけで、嫌《いや》な事を思い出すのかもしれない。

　ユウゴとしては、それを知っているだけに、何も言えないのだが——

「だからこそ、召喚士《しょうかんし》を過剰《かじょう》に持ち上げて、神様か何かみたいに崇《あが》めたり、逆に、人質《ひとじち》をとったりして召喚士《しょうかんし》を奴隷扱《どれいあつか》いしようとする連中が出てくるわけだしなぁ」

というのはモーガンである。

ぴくりとリゼルの表情が強張《こわば》るが、それを知ってか知らずにか、モーガンはいま一つ真剣《しんけん》みを欠いた口調でこう続けた。

「そういう危《あや》うさを権力者はよく分かってるから、召喚士《しょうかんし》や魔術師《まじゅつし》を排除《はいじょ》した態勢で都市を維持《いじ》しようとするわけだ」

「…………」

その辺は王都でユウゴも実際に体験しているので、よく理解できた。

「召喚獣《しょうかんじゅう》の能力を、何とか、道具で再現できないか試行錯誤《しこうさくご》するとかな？」

と言ってモーガンは肩《かた》から提《さ》げている小銃《ライフル》に触《ふ》れる。

銃《じゅう》は——特に拳銃《けんじゅう》は、元々召喚獣《しょうかんじゅう》〈カウガール〉の持っている武器を再現しようとした事から出来たものだという。

「召喚士《しょうかんし》や召喚獣《しょうかんじゅう》の力に頼《たよ》らない世界ってのを権力者は求めてるんだろうな。そもそも異界の存在に頼《たよ》らないと立ち行かない世界なんてのは間違《まちが》ってるとも言えるし、召喚術《しょうかんじゅつ》が生み出される前に戻《もど》れなんて唱えてる連中も多い」

「…………」

モーガンの話を聞いてユウゴは溜息《ためいき》をつく。

聞けば聞くほどに、知れば知るほどに、召喚獣《しょうかんじゅう》とか、召喚術《しょうかんじゅつ》とは、一体何なのかと疑問に思ってしまう。

『ここではない何処《どこ》か』からやってくる稀人《まれびと》。

条理法則の異なる別世界の存在。

彼らを喚《よ》び寄《よ》せ、契約《けいやく》を結ぶ事でこれを使役《しえき》する召喚術《しょうかんじゅつ》。

勿論《もちろん》、その存在を否定するつもりはユウゴには毛頭無い。

だが……魔術《まじゅつ》や召喚獣《しょうかんじゅう》が無ければ、まともに回らない社会も、逆に徹底《てってい》してそれらを排斥《はいせき》しようとする社会も、ひどく歪《いびつ》に見えてしまう。

『本来そこに居ない筈《はず》の存在』に頼《たよ》らざるを得ない時点で、それは、破綻《はたん》の半歩手前なのではないか。

「召喚獣《しょうかんじゅう》……か」

そう呟《つぶや》いた瞬間《しゅんかん》。

「――っと」

どん……とユウゴの身体《からだ》が揺《ゆ》れる。

「なんだ？」

いつの間に近づいてきていたのか。

一人の少女が——リゼルよりも幼い、十歳かそこらに見える子供が、ユウゴにぶつかり、そして何も言わずに走って離《はな》れていく。

ユウゴはその後姿を束《つか》の間《ま》、見送っていたが。

「ちょっと……ユウゴ？」

とリゼルが眉《まゆ》を顰《ひそ》めて声を掛《か》けてくる。

「何か盗《と》られてない？」

「——え？」

「掏《す》りじゃないの、あれ？」

「掏《す》り？ いや、そもそも俺は盗《と》られて——」

困るようなものは何も持っていない。

そう、思ったのだが。

「——!?」

ふと胸元《むなもと》に手を当てると、カティから『自分だと思って持ち歩いてほしい』と託《たく》されたあの勲章《メダル》の感触《かんしょく》が、消えている。

軽く薄《うす》いものだったので、咄嗟《とっさ》には気が付かなかったのだ。

「まずい、勲章《メダル》とられた！」

「ちょっ——カティに渡《わた》されたやつ？ 何やってんの!?」

「追うぞ」

一も二も無くそう告げるモーガン。

こういう時の彼の判断は、本当に早い。

「おい、待て、待ってくれ⁉」

こうしてユウゴとリゼル、モーガン、それにカミラとバーレイグは、名も知らぬ少女の掏《す》りを追って、駆《か》け出《だ》す事になった。

†

掏《す》りの少女は、町はずれの小さな家に逃《に》げ込《こ》んだ。

一度は見失ったのだが、カミラが空中から町を俯瞰《ふかん》してその逃走《とうそう》方向を確認《かくにん》してくれたのである。

カミラの姿を町の住人に見られる可能性は在ったが、そんな事を気にしている場合でもない――とユウゴは判断した。カティから渡《わた》された勲章《メダル》は、絶対に失ってはならない、そう感じていたからだ。

（なんかオウマ・ヴァーンズが奪《うば》ってった品とよく似てるし、何かの関係があるのかもしれないしな……）

ましてあの正体不明で神出鬼没《しんしゆつきぼつ》のカティが、わざわざユウゴに接触《せつしよく》して渡《わた》してきたものだ。何の意味も価値も無いとは考えにくい。

そして――

「……廃屋《はいおく》？」

殊更《ことさら》に古びたり、苔《こけ》むしているわけではなく、屋根や壁《かべ》に穴が開いている事もないのだが……一点、玄関《げんかん》の脇《わき》にある窓の鎧戸《よろいど》が外れて地面に落ちているのを見て、ユウゴはそう呟《つぶや》く。

玄関扉《げんかんとびら》を閉めても、窓の鎧戸《よろいど》が外れたままなのであれば、防犯としての意味が無い。王都と異なり、辺境の家では窓に高価な硝子《ガラス》板をはめ込む習慣が無いし、もし硝子窓《ガラスまど》だったとしても、素手《すで》で叩《たた》き割《わ》れる程度の代物《しろもの》、侵入《しんにゆう》者を拒《こば》む役には立たない。

だからもし窓の鎧戸《よろいど》が外れれば、すぐに修理するのが常だ。

それをしていないという事は、中に住人の居ない廃屋《はいおく》か――

（あるいは、修理するための資材や人手が無い？）

試《ため》しに玄関扉《げんかんとびら》を押し引きしてみるが、一応、鍵《かぎ》が掛《か》けられているようだった。逃《に》げ込《こ》んだ少女の仕業だろう。

となると――

「しょうがないな」

泥棒《どろぼう》や強盗《ごうとう》のような真似《まね》は気が引けたが、先に持ち物を盗《ぬす》まれたのはユウゴの側である。

鎧戸《よろいど》が外れているその窓から、彼はカミラと共に建物の中に入った。

「モーガンとリゼルは――」

「分かってる」

「別の所から逃《に》げないか、少し離《はな》れて見張ってるわよ」

そう言ってモーガンは家の裏に回り、リゼルとバーレイグは空中に舞《ま》いあがっていく。家を上から俯瞰《ふかん》するつもりなのだろう。

「――さて」

薄暗《うすぐら》い家の中で、ユウゴは左右を見回す。

そう大きな建物ではないが、部屋が一つというわけでもなし、少女を一人探し出すには手間が――

「――っ!!」

と、思った矢先。

物音がした方を反射的に振《ふ》り返《かえ》ったユウゴは、腰《こし》だめに刃物《はもの》を持った少女が、自分に向けて突《つ》っ込んでくるのを見た。

（――って罠《わな》かよ⁉）

外れていた窓の鎧戸《よろいど》は、つまり、『ここから入ってください』という罠《わな》だったわけだ。そしてその窓のすぐ脇《わき》、大き目の戸棚《とだな》の陰《かげ》から、入ってきた相手の背中に、刃物《はもの》を持って突撃《とつげき》するという寸法である。

子供の考えた戦法としては実によくできているが。

「――ひっ⁉」

ばさりと――カミラの広げた翼《つばさ》が、少女の視界を覆《おお》う。

いきなり目の前が白一色に染まった事で、少女は足をもつれさせ、その場に転んでいた。

転倒《てんとう》の拍子《ひょうし》に手放した刃物《はもの》が、床《ゆか》の上を滑《すべ》ってユウゴの靴《くつ》のつま先に当たる。どうやら形と大きさからして、戦闘《せんとう》用ではなく、果物包丁の類《たぐい》らしい。

これを拾い上げながら――

「――俺から盗《ぬす》んだものを返してくれ」

ユウゴは床《ゆか》の上に這《は》っている少女にそう告げる。

「…………」

少女は呆然《ぼうぜん》と顔を上げて。

「……召喚獣《しょうかんじゅう》…………！」

その顔が恐怖《きょうふ》の色に染まっていく。

見れば目鼻立ちのすっきりした、可愛《かわい》らしい顔立ちなのだが、もう何日も沐浴《もくよく》をしておらず、食事すらまともに摂《と》っていないのか、黒髪《くろかみ》はばさばさ、肌《はだ》は荒《あ》れ、少しながらも頬《ほお》がこけている。

（親がいないのか？）

そんな風にユウゴは思う。

「うあ……ああ……うあああああ……」

しばらく少女は呻《うめ》き声《ごえ》を漏《も》らしていたが。

やがて――

「あああああああああああ……」

まるで山道で飢《う》えた獣《けもの》にでも出会ったかのように、絶望の表情もあらわに泣き出した。

「…………」

「…………」

顔を見合わせるユウゴとカミラ。

そういえば――と、王都では、召喚獣《しょうかんじゅう》が凶暴《きょうぼう》な野獣《やじゅう》であるかのように思われていたのを思い出す。大の男がカミラを見て顔色を変えて銃《じゅう》を手を掛《か》けるほどに、あの地では召喚獣《しょうかんじゅう》が恐《おそ》れられていた。

するとこの少女も同じようにカミラを見て怯《おび》えているのか。

だとすると――

「ここは熊の真似《まね》をすべきでしょうか？」

「こじれるからやめてくれ……」

首を傾《かし》げ、両手を獣《けもの》の前脚の如《ごと》く折り曲げて掲《かか》げるカミラに、ユウゴはとりあえずそう命じた。

†

少女が落ち着くまでには、結構な時間がかかった。

既《すで》に時刻は夕暮れ時、辺りは橙色《だいだいいろ》に染まり、遥《はる》かな山々の稜線《りょうせん》の向こうに太陽は隠《かく》れつつある。

ユウゴがモーガンとリゼルらも家の中に呼び込んで、モーガンが少女をなだめすかして、手持ちの食料を分《わ》け与《あた》えて……そこでようやく彼女は話が出来る状態になった。

で――

「三年……前……お父さん……お母さん……は……」

少女の名はサリタ――サリタ・メンブラートといった。

驚《おどろ》いた事に、十歳かそこらかと思っていたら、十四歳、リゼルとほとんど歳《とし》は違《ちが》わない。どうやら満足に食べていないせいで、身体《からだ》の成長に問題が生じている様だった。

このダンヴァーズで生まれ育った地元の人間で、この家もやはり彼女と両親が住んでいた自宅らしい。

サリタの両親は三年前に亡《な》くなった。

殺されたそうだ。

「近くの……遺跡《いせき》……を発掘《はっくつ》……してた……調査隊が……皆殺《みなごろ》し……なって……」

サリタは訥々《とつとつ》とそんな事を語った。

ひどく言葉がぶつ切りなのは、もう一年以上も他人としゃべってこなかったからのようだ。

一つ言葉を思い出して、舌にのせるのにすら、いちいち戸惑《とまど》っているようで――それが見ていて、ひどく痛々しい。

「お父さん……お母さん……も……」

ソザートン湖北の遺跡《いせき》を調べていた魔術師《まじゅつし》組合の調査隊が、三年前、謎《なぞ》の武装集団に皆殺《みなごろ》しにされ、調査隊の案内役、世話役をしていたサリタの両親――メンブラート夫妻も、一緒《いっしょ》に殺されてしまったらしい。

サリタは両親や調査隊の人間が殺される現場こそ見ていないが……その後、ダンヴァーズに戻《もど》ってきた武装集団は、自分達には召喚士《しょうかんし》と召喚獣《しょうかんじゅう》がいる、逆らえば町の人間は全員皆殺《みなごろ》しにする、それが出来るだけの力が在るのだと告げ――その場で実際に、老齢《ろうれい》の町長とその家族を瞬時《しゅんじ》に殺してみせた。

サリタによれば、町長らは泣《な》き叫《さけ》びながら、手を落とされ、足を落とされ、身動きすらままならぬ状態で地面に転がされた後、火をつけられて焼き殺されたらしい。

「……正気か……」

とユウゴは――その場を想像して、こみ上げてくる吐《は》き気《け》を堪《こら》えながらそう漏《も》らした。町の住人を威嚇《いかく》して言う事をきかせるためとはいえ、そこまで残虐《ざんぎゃく》な真似《まね》が出来る人間がいるとは、正直、信じがたかった。

「子供……とか……連れていかれ……て……」

更《さら》に武装集団は町の住人の中から比較的《ひかくてき》、御《ぎょ》しやすいと判断した女子供を百人ばかり連れ去り、これを人質《ひとじち》として、自分達が遺跡《いせき》とダンヴァーズの町を占拠《せんきょ》した事、魔術師《まじゅつし》組合の調査隊を皆殺《みなごろ》しにした事を秘匿《ひとく》するようにと命じてきた。

具体的には外部と連絡《れんらく》を取る事を禁じたのだ。

同時に、外部からやってくる巡回《じゅんかい》商人や、徴税《ちょうぜい》検分の官吏《かんり》といった者達には、極力、接触《せっしょく》せずにやり過ごす事を命じた。

「妙《みょう》に町の連中がよそよそしかったのは、それか……」

眼《め》が合うと慌《あわ》てて逃《に》げるように去っていく町の住人を思い出して、ユウゴは呟《つぶや》く。

「だが魔《ま》術師《じゅつし》組合の調査隊が、二年も三年も連絡《れんらく》を入れなければ、さすがに怪《あや》しまれるだろう？」

とモーガンが問うと、サリタは首を傾《かし》げながらも――

「何か……手紙……月に一度くらい……」

と言った。

どうやら調査隊の報告書を、武装集団が書いて魔術師《まじゅつし》組合に送っているらしい。基本的に召喚士《しょうかんし》は魔術師《まじゅつし》でもあるため、調査隊の報告書をでっちあげる程度の専門知識は在るのだろう。

「皆《みな》……告げ口……しろって……言われ……て……」

橋を落としたのも、土砂《どしゃ》崩《くず》れを引き起こして道をふさいだのも、その武装集団らしい。

以来、ダンヴァーズの町は、行商人による一部の物資の補給以外は自給自足を貫《つらぬ》くように強《し》いられ、何人かの武装勢力の『見張り』と町の住人ら自らの『密告制度』によって、バラクロフ王国の統治体制から切り離《はな》されてきたらしい。

「なんにしても、この子がカミラを見て怯《おび》えたのは――」

召喚獣《しょうかんじゅう》が町長一家を惨殺《ざんさつ》する場面を見てしまったからだろう。

「というか、あんたは人質《ひとじち》にされなかったの？」

「……役に……立たない……から……」

とリゼルの問いに、サリタが目を伏《ふ》せて言う。

「ああ、人質《ひとじち》としては意味がねえか、確かにな」

とモーガンが若干《じゃっかん》、声を低めにして言うのは、一応、サリタに気を使ったからか。両親が既《すで》に死んでいる以上、サリタを人質《ひとじち》にとっても、その行動を抑制《よくせい》できる対象がいない、そう判断されたのだろう。

「吐《は》き気《け》がするくらいに合理的だな」

「…………」

モーガンの言葉にわずかながらリゼルが表情を揺《ゆ》らせる。

この極《きわ》めて『合理的』な——そして『非情な』やり口に、彼女は思い当たるものがあるのだろう。ユウゴも概《おおむ》ね、想像はついた。

オウマ・ヴァーンズ。

武装集団を指揮していたのがあの男なら、納得《なっとく》の手管である。

「そうか、つらかったな。そんな状況《じょうきょう》で、お前は頑張《がんば》って生き延びてきたのか……」

とユウゴが声を掛《か》けると、サリタは一瞬《いっしゅん》、きょとんとした表情で彼を見つめていたが——

「う……うあ……」

くしゃ、と顔を歪《ゆが》めてまた泣き始める。

「ちょっと、泣かせてんじゃないわよ？　また泣き止《な》《や》むまで半日待つとか、やってられないからね」

「え？　いや、俺は——」

とリゼルに言われて慌《あわ》てるユウゴ。

彼は何故《なぜ》サリタが泣き始めたのか分からない。

だが——

「いや、虐《いじ》められて泣いてんじゃねえだろ、これは」

とモーガンは言うと──サリタに歩み寄って、その小柄《こがら》で痩《や》せた身体《からだ》を抱き締《し》める。ぽんぽんとその背中を何度か叩《たた》いていると、サリタの嗚咽《おえつ》はゆっくりとだが萎《しぼ》んでいった。

「まあ、『恐《おそ》ろしい』召喚士《しょうかんし》に慰《なぐさ》められてもな？」

とモーガンは肩越《かたご》しにユウゴとカミラを振《ふ》り返《かえ》って苦笑《くしょう》する。

サリタは、ユウゴの言葉に安堵《あんど》して泣いたのだろうが──同時に彼女の心に深く刻まれている召喚士《しょうかんし》と召喚獣《しょうかんじゅう》への恐怖《きょうふ》が、迂闊《うかつ》にそれらに近づく事を許さないのだ。

「私はあんたの方がずっと恐《おそ》ろしいけどね」

とリゼル。

確かに歴戦の傭兵《ようへい》であるモーガンも『人殺し』という意味では武装集団の連中と大差はない。下手をすれば彼等よりも遥《はる》かに多くの人間を手に掛《か》けている可能性もあるわけだが……だがそんな事はサリタには分かる筈《はず》もない。

「失礼な。俺みてえな優《やさ》しい男は、滅多《めった》に見つからねえぞ」

そんな事を言いながら、モーガンはサリタから身を離《はな》し、彼女の頭を撫《な》でてやりながら──

「しかしとんでもねえな」

と言った。

「要するに調査隊が拠点《きょてん》にしていたこの町を乗っ取って、調査隊の代わりに遺跡《いせき》を占有《せんゆう》してるってことか――それも三年も？」

「その武装集団ってやっぱり――」

「オウマ・ヴァーンズが率いてるんだろうな」

ユウゴの言葉にモーガンは眼《め》を細めてそう言った。

†

とりあえずユウゴ達は宿に戻《もど》る事にした。

サリタは彼女の家に残したままだ。さすがにカティの勲章《メダル》は返してもらったが、これ以上、彼女に関わるとそれはそれでまずいとモーガンが判断したからである。

何しろ――

「……どう？」

「……多分、サリタの言った通りだな」

ユウゴは部屋の窓の脇《わき》――壁《かべ》を背にして立ちながら、〈遠見《ユニバーサルスコープ》〉の魔術《まじゅつ》で通りを一望していた。

道には何人かの住人の姿が認められるが、いずれも、歩きながら、あるいは立ち止まって、ユウゴ達の泊《と》まっている宿に視線を向けてくる。

じっと凝視《ぎょうし》こそしないが、ちらりちらりと、様子をうかがっているかのように見える。

やはり監視《かんし》されているのだろう。

彼等の動きを逆監視《ぎゃくかんし》するため、あえてユウゴらは窓を開け放ち、窓際《まどぎわ》にリゼルが座って
――『この部屋によそ者がいますよ』と示している状態である。

「見張られてるように思える……いや、見張ってるな、間違《まちが》いなく」

「町の住人とは別に、武装集団側も、監視《かんし》する奴《やつ》を置いている筈《はず》だ」

荷物の中から取り出した銃《じゅう》や短剣《たんけん》の手入れをしながら、モーガンがそう言ってくる。

「住人が一斉《いっせい》に反抗《はんこう》を始めたら、それはそれで面倒《めんどう》だろうからな」

「人質《ひとじち》をとられてるのに？」

「まさか全ての住人の家族を一人ずつってわけにもいかねえだろ」

とモーガンは苦笑《くしょう》する。

「他人の家族なんて知ったこっちゃないと、武装集団を裏切ったり、他所《よそ》に連絡《れんらく》を入れようとしたり――ここから逃《に》げようとする奴《やつ》だっているかもしれない。そういう連中を出さないためにも、住人相互《そうご》の監視《かんし》で済ませる筈《はず》がない」

「……やな話だな」

「別にめずらしかねえけどな？」

と顔をしかめるユウゴにモーガンは肩《かた》を竦《すく》めた。

「なんにしてもサリタを置いてきたのは正解だろう」

「それはそうよね」

とリゼルも同意する。

ユウゴ達とサリタが一緒《いっしょ》に行動していれば、町の住人も、そして武装集団の監視役《かんしやく》も、サリタを『裏切り者』として害するような行動に出る可能性が在る。

「――っていうか、武装集団がオウマ・ヴァーンズの配下だったとしたら……リゼルの顔は知られてる筈《はず》だよな?」

窓の鎧戸《よろいど》を閉めながらユウゴが問う。

「とっくに俺達が『追手』だってばれてないか?」

「その可能性はあるけれど」

リゼルは少し首を傾《かし》げて考えをまとめながら言う。

「前にも言ったでしょ、父《とう》――じゃなかった、オウマ・ヴァーンズは自分の配下を幾《いく》つもの班に分けて、別々に行動させてたから」

故《ゆえ》にリゼルもオウマ・ヴァーンズの配下について全員を知っているわけではないし、彼が何を目的として動いているのかも知らない。

これは配下の裏切りや、離脱《りだつ》を警戒《けいかい》しての事なのだろう。

故《ゆえ》に、何もかも全てを知っているのは、恐《おそ》らくオウマ・ヴァーンズただ一人だけではないか、というのがリゼルの考えだった。

「なんにしてもどうするかだな、これから？」

とユウゴは〈遠見《ユニバーサルスコープ》〉の魔術《まじゅつ》を解除して、微《かす》かな頭痛を堪《こら》えながら椅子《いす》に腰《こし》を下ろした。

本来の視界とは異なるものを見続けると、脳にある種の負担がかかるのである。

「それなんだけど」

とリゼルが額に指をあてて考え込む仕草を示す。

「オウマ・ヴァーンズが遺跡《いせき》に居るとして……この三年間ずっとそこに詰《つ》めてたわけでもないでしょ。召喚士《しょうかんし》でもない配下も普通《ふつう》に出入りしてた筈《はず》だから、そうなると、何処《どこ》か遺跡《いせき》までつながる道がある筈《はず》よね？」

「監視《かんし》役の奴《やつ》も行き来する必要があるだろうしな」

とモーガン。

「召喚士《しょうかんし》と召喚獣《しょうかんじゅう》だけが行き来出来ればいい――なんてわけにもいかんだろうさ」

「…………」

ユウゴは腕《うで》を組んで唸《うな》る。

どうにも行動の方針が固まらない。

（元々俺達の――俺の目的は、オウマ・ヴァーンズから、奴《やつ》が奪《うば》っていったっていう『旧時代の遺品《アーティファクト》』を取り返す事だ）

迷えば、物事の根本、事態の発端《ほったん》に立《た》ち戻《もど》って考えなさい。

エミリアはユウゴによくそう教えていた。

(なら遺跡《いせき》の正確な位置さえ分かれば、別に全員で行く必要は無いのか……？)

極端《きょくたん》な事を言えば、こっそり問題の品を盗《ぬす》み出《だ》すのなら、ユウゴ一人がカミラに抱《かか》えてもらって遺跡《いせき》まで飛んでいけばよいだけだ。

百戦錬磨《ひゃくせんれんま》のモーガンや、召喚士《しょうかんし》としては自分より経験を積んでいるリゼルが一緒《いっしょ》にいた方が何かと心強いのは確かだが、どうしてもオウマの一派と戦闘《せんとう》をせねばならないというわけではないし、こっそり近寄って目的の品を取り返す事さえできれば——

(いや、駄目《だめ》だ、それだけじゃ駄目《だめ》なんだ)

とユウゴは脳裏《のうり》に泣いているサリタの姿を思い起こしながら考える。

(この町の現状を知って——そんな真似《まね》、出来ない)

自分の目的だけ果たして、さっさと逃《に》げるように立ち去るなど……ダンヴァーズの町の問題を放置していくなど、やはり抵抗《ていこう》がある。

「——兄様《にいさま》？」

とリゼルが半眼《はんがん》でユウゴを睨《にら》みながら言う。

「まさかとは思うけど、町の人質《ひとじち》を解放するとか、そういう余計な事は考えてないでしょうね？」

「――え？」

とユウゴは一瞬《いっしゅん》、驚《おどろ》いたように眼《め》を瞬《まばた》かせて。

「勿論《もちろん》、そのつもりなんだが……まずいか？」

「モーガン!!」

悲鳴じみた声を上げるリゼル。

「このお人よしの馬鹿に、あんたからも何か言ってやって!?」

「あー……」

モーガンは手入れをしていた銃《じゅう》を脇《わき》に置くと、ユウゴに眼《め》を向けながら苦笑《くしょう》した。

「聞いた限りだと、相手は召喚士《しょうかんし》と召喚獣《しょうかんじゅう》を除いても、五十人以上だろう。戦力比がえぐいぞ。しかも人質《ひとじち》救出となると、何かと面倒《めんどう》な部分が多い。人質《ひとじち》の数が多いからな。それでもやるとすれば、先に相手側が人質《ひとじち》をとる前にこっちで急襲《きゅうしゅう》して、指揮系統を潰《つぶ》さないと」

「おお。なるほど」

「ちょっと、馬鹿ユウゴだけならともかく、なんでモーガンまで人質《ひとじち》救出する前提なの!?」

とリゼルは傍《かたわ》らのバーレイグの襟首《えりくび》をつかんで喚《わめ》くが。

「二人はリゼルにもオウマ・ヴァーンズと戦え、とは言っていない」

「――え？」

「無理だ、不可能だ、あるいは『父様《とうさま》と戦う』なんてできない、と考えるなら、リゼルは無理に付き合う必要は無いだろう。そもそもリゼルの負わされた役割は、オウマ・ヴァーンズを追う上での手助けであって、それ以上の約束ではなかった筈《はず》だ」

「そ……それは」

怯《ひる》んだようにバーレイグの襟《えり》から手を離《はな》すリゼル。

確かによく考えればこの〈雷帝《らいてい》〉の言う通りなのである。

一度はヨシュアと戦ったとはいえ、リゼルはかつての仲間と——ましてやオウマ・ヴァーンズと直接戦う事にはやはり抵抗《ていこう》を覚える。いや。覚えて当然なのだ。

だからこそユウゴもモーガンもそこまではリゼルに求めない。

しかし……

「そうだな。うん」

とユウゴは頷《うなず》く。

「ここまで一緒《いっしょ》に来てくれただけでも十分だ。助かった」

「ユウゴ——」

「だから、リゼルはここで待っててくれていい」

「あんたは……！」

今度はユウゴに詰《つ》め寄《よ》り掛《か》けて——

「……………」

何かが抜《ぬ》け落《お》ちたかのように、ひどく疲《つか》れた表情を浮《う》かべてリゼルは椅子《いす》に再び座りなおした。

†

——夜。

宿の食堂にて夕食を採り終えると、ユウゴはふと戸外に出た。

食堂で食事を採っている際、窓の外に見覚えのある人影《ひとかげ》を見かけたように思ったからである。

町の住人や、未《ま》だ姿は確認《かくにん》できていないが、オウマの配下の監視者の眼《め》もあるので、モーガンとリゼルについては先に部屋に戻《もど》ってもらう事にした。

ちなみにユウゴは途中《とちゅう》で実体化したバーレイグと入《い》れ替《か》わり、部屋には頭から外套《がいとう》を被《かぶ》って『ユウゴのふりをした』バーレイグが戻《もど》っている。小手先の誤魔化《ごまか》しだが、しないよりはましだろう、というのがモーガンの判断だった。

同時に宿屋の裏口から出た時点でユウゴの傍《そば》には実体化したカミラが寄《よ》り添《そ》っている。一人になったところをオウマの配下に襲《おそ》われる可能性もあるので、念のためである。

で——

「どうした？　何か用か？」

宿屋の裏、建物と建物の隙間《すきま》に潜《ひそ》むようにしてうずくまっていたその人影《ひとかげ》に、ユウゴは声を掛《か》けた。

「……あ」

自分が見つかっているとは思っていなかったらしい。

サリタは眼《め》を瞬《まばた》かせながらユウゴとカミラを見上げた。

「ひょっとして腹が減ってるか？」

「ち……違《ちが》……違《ちが》う、お腹《なか》、減ってない」

サリタはぶんぶんと首を振《ふ》る。

「沢山《たくさん》、食べ物、もらった、から」

相変わらず長く人としゃべっていなかったせいか、言葉が何処《どこ》かたどたどしいが、サリタは積極的に会話に食いついてきた。

カミラに対しても、町長らや、自分の両親を殺した召喚獣《しょうかんじゅう》とは違《ちが》うと頭では理解しているらしく――怯《おび》えの色はなかなか抜《ぬ》けないが、恐怖《きょうふ》で固まってしまう事は無いようだった。

むしろ――

「お……お願い、ある、から」

「お願い？」

「町を……守って……違《ちが》う……皆《みな》を……えっと……」

サリタはうまく言葉が見つからないのか、しばらく、懊悩《おうのう》するかの様に唸《うな》っていたが。

「あいつら……やっつけて……」

「――召喚士《しょうかんし》と召喚獣《しょうかんじゅう》の事か？」

そしておそらくは他の連中も含《ふく》めた武装集団全員を。

「お前……」

「い……嫌《いや》、だから……」

とサリタは懸命《けんめい》の表情で訴《うった》えてくる。

「もう……嫌《いや》、だから……」

「ここから逃《に》げたいから、連れて行ってくれ、とかじゃなくて？」

とユウゴは確認《かくにん》するが、サリタは首を何度も横に振《ふ》った。

「……それ……考えた……けど」

「……ご両親の仇《かたき》を討《う》ってほしい？」

「……それ、も、考えた……けど……」

そこからサリタはやはり途切《とぎ》れ途切《とぎ》れながらも、必死に自分の考えをユウゴらに述べてきた。

曰《いわ》く――

自分はユウゴらに何かをお願いできる立場ではない。

出来たとしても、ユウゴらに渡《わた》せるお礼が無い。

なんでもするから、どんな事でもするから、と懇願《こんがん》したとしても、そんなに多くの事をお願い出来るとも思えない。サリタは未《ま》だ成人前の子供で、大人ほどにいろいろな事が出来るわけでもないからだ。

お願いできるとしたら……たった一つだ。

「…………」

ユウゴは唖然《あぜん》とした。

掏《す》りなんぞをしてきたから、もっと自分勝手なものの考え方をしているのかとも思ったのだが――随分《ずいぶん》と真っ当である。

喋《しゃべ》り方がひどく拙《つたな》いので、愚鈍《ぐどん》にも見えるが……実際には頭の良い少女なのだろう。

「……町の皆《みんな》……が……」

両親が死んだ後、今までサリタが生きてこられたのは、町の住人が陰《かげ》で彼女に食料や衣類を分《わ》け与《あた》えていたからだ。

食料は余りものや残飯であった事も多いし、毎日三食、というわけでもなかった。衣類もひどく汚《よご》れた古着やらぼろ布同然のものが多かったが、それでも彼等はオウマの配下の眼《め》を盗《ぬす》んで、サリタを生かしてきた。

それが純粋《じゅんすい》な善意から出た行動かどうかは、分からない。

単に人質《ひとじち》に連れ去られた自分の子の『代わり』だったのか。

あるいは自分達より惨《みじ》めな立場の子供を見て己《おのれ》を慰《なぐさ》めるためか。

なんにしても——

「だから……」

自分の両親はもう帰ってこない。

町長とその家族も帰ってこない。

仇討《かたきう》ちをしても、死んだ者は取《と》り戻《もど》せない。生きている者の利にもならない。せいぜい、一時の喜びが得られるだけだ。

それよりも……どうやったら、住人が互《たが》いに互《たが》いを監視《かんし》し合うぎすぎすした空気をこの町から取《と》り払《はら》えるのか？　どうやったら、元の町に戻《もど》せるのか？

「私……戻《もど》したい……」

サリタは自分の『故郷』を取《と》り戻《もど》したいのだと言った。

色々と不便も多い田舎町《いなかまち》だが、穏《おだ》やかだったあの日々を。

そのためには——

「なんでも……なんでも、する……から……！」

ユウゴの襟首《えりくび》を掴《つか》んでそう訴《うった》えてくるサリタ。

召喚士《しょうかんし》と召喚獣《しょうかんじゅう》は、同じ召喚士《しょうかんし》と召喚獣《しょうかんじゅう》でしか倒《たお》せない。

そんな道理を、この少女もよく理解しているのだ。

絶望に覆《おお》われるこの町にやってきた、召喚士《しょうかんし》と召喚獣《しょうかんじゅう》——それも二組。サリタにとってこれは最初で最後の『好機』に見えたのだろう。

「どんな事……だって……一生懸命《いっしょうけんめい》……働く……から……！」

「分かった」

ユウゴはサリタの懇願《こんがん》を遮《さえぎ》るように言った。

「何とか出来ないか考えてみる。だから家に戻《もど》って待ってろ」

「………」

「どんな事だってするとか、軽々しく言わない方がいいぞ。もし死ねと言われたら死ぬか？」

「………」

ぶんぶんと首を振《ふ》るサリタを、ユウゴは苦笑《くしょう》して眺《なが》めていたが。

「だから任せとけ。無理すんな」

そう言ってユウゴはサリタの背中を軽く叩《たた》く。

「気を付けて帰れよ」

「………ありがとう」

そう言って、何度も何度もユウゴとカミラを振《ふ》り返《かえ》りながら帰っていくサリタの後ろ姿をしばらく見送って。

「我が君――」

「分かってる……ええと」

カミラに注意を促《うなが》されるまでもなく、ユウゴは気付いていた。

「止めても無駄《むだ》だからな？」

「分かってるわよ」

振《ふ》り返《かえ》った先には、腕組《うでぐ》みしたリゼルの姿が在った。

どうやらしばらくユウゴが部屋に帰ってこないので、様子を見に来たらしい。

「分かってるから……いざ、やるときはちゃんと相談しなさいよね。猪突猛進《ちょとつもうしん》で考え無しに突《つ》っ込んだら、無駄死《むだじ》にするだけよ」

「——え？」

「私に気を回して一人で勝手にオウマ・ヴァーンズを討《う》ちに行くとか、そーゆー無謀《むぼう》は許さないからね」

ユウゴからは若干《じゃっかん》視線を脇《わき》に逸《そ》らして、リゼルは言う。

その様子はまるで何か照れているかのようにも見えたが——

「リゼル……？　どういう……」

心境の変化なのか。

さっきまで、オウマ・ヴァーンズと事を構える事そのものに、反対していたように思ったのだが……

「生まれ育ったこの町が、好きだ、取《と》り戻《もど》したいって言えるあの子が羨《うら》ましい、そう思っただけよ」

「………」

「私みたいな、故郷なんて思い出したくもない、滅《ほろ》んでせいせいしたなんて奴《やつ》は、居ない方がいい」

「リゼル……」

ユウゴは掛《か》けるべき言葉を思いつけない。

この召喚士《しょうかんし》の少女が心に負ったのは、部外者のお手軽な一言二言で癒《いや》されるような、浅い傷でもない筈《はず》だ。ここしばらくリゼルと共に行動していて、ユウゴはその事をよく理解していた。

だから――

「分かった。頼《たよ》りにしてる」

「――ん」

リゼルは――自分に向けて差し出されたユウゴの手を、握《にぎ》った。

†

ダンヴァーズの町の中央。

そこに他の建物を睥睨《へいげい》するような形で、時計塔《とけいとう》が建っている。

精密な携帯《けいたい》用の機械式時計は未《ま》だ高価であるので、周辺の農作地も含《ふく》め、町全体に時報を届けるための施設《しせつ》だ。

最上階には音色の異なる鐘《かね》が三つ設置されており、鳴る順番や回数で時刻を報《しら》せる事が出来るようになっている。

「……まったく」

この時計塔《とけいとう》は火事や、周辺地での各種災害をいち早く察知するための物見櫓《ものみやぐら》も兼《か》ねており、最上階の鐘撞堂《かねつきどう》には、時計の整備役として町の住人が交代で留《と》まる事になっている——否《いな》、なっていた。

「町の奴等《やつら》もしょうがねえな」

「どうしたよ?」

だが今、時計塔《とけいとう》の鐘撞堂《かねつきどう》に陣取《じんど》っているのは、町の住人ではなく、六人の武装した兵士達だった。

オウマ・ヴァーンズの配下である。

彼等は三交代制で町を常時、監視下《かんしか》に置いている。

万が一にも町の住人が反抗《はんこう》の気配でも示そうものなら、時報用の鐘《かね》を、予《あらかじ》め決めておいた順番で鳴らす事により、ソザートン湖北の遺跡《いせき》にいる仲間に、報《しら》せる事が出来る、という寸法だ。

「例の——ヴァーンズ様の息子《むすこ》とリゼルが来てるってのは聞いたろ？」

「ああ。そうらしいな。他にも傭兵《ようへい》みたいな野郎《やろう》が一人くっついてるんだったっけか？」

「逐一《ちくいち》、連中の動向を報告するように言っておいたんだがなあ。ろくに来ねえ。ここからだと遠眼鏡で見張るのも限界があるしな」

と言って武装兵士の一人が、遠眼鏡——硝子《ガラス》製のレンズが嵌《は》められた器具を振《ふ》って見せた。

元々は軍の斥候《せっこう》が使う道具で、遠くのものを拡大して観《み》る事が出来る。

ただし道具はあくまで道具、魔術師《まじゅつし》が使う〈遠見《ユニバーサルスコープ》〉の魔術《まじゅつ》ほどに融通《ゆうづう》が利《き》くものでもなく、遮蔽物《しゃへいぶつ》があれば当然、視線が通らない。町全体を見渡《みわた》すには便利だが、特定個人の動向を追いかけるとなると、むしろ死角だらけの町中では、役に立たない事が多い。

だからこそ、オウマ・ヴァーンズらは町の住人に対して密告制度を強《し》いており、相互《そうご》監視《かんし》でこの死角を補うようになっているわけだが。

「加点百で家族に合わせてやるっつってんのに、あいつら、やる気がねえのかよ」

「密告と違《ちが》って、連中の動向の報告は、点数設定してなかったからなあ。積極的にやりたがらねえんじゃねえの？」

ユウゴ・ヴァーンズらの監視《かんし》とその動向の報告は、通常の密告制度の体制外の『仕事』であるため、『御褒美《ごほうび》』の詳細《しょうさい》が決められておらず、具体的に『何がどうなったら報告するべきなのか』も曖昧《あいまい》だ。

結果として、町の住人は積極的にユウゴ・ヴァーンズらの動きを報告に来ない。むしろ迂闊《うかつ》な事を報告して兵士達の機嫌《きげん》を損ね『減点』されてはたまらないと思っているのかもしれない。

だが――

「――おい」

兵士の一人が鐘撞堂《かねつきどう》に繋《つな》がる螺旋《らせん》階段の方に目を向けながら、他の者に注意を促《うなが》す。ちなみに今現在、鐘撞堂《かねつきどう》にいるのは四人だが、二人は仮眠《かみん》中で寝《ね》袋《ぶくろ》の中に入って寝《ね》ている状態だ。そして残る二人は休憩《きゅうけい》時間という事で塔《とう》を出ている。

「休憩《きゅうけい》から戻《もど》ってくるのには早すぎないか？」

「……だな。ようやく報告に来たか？」

男達は念のためにと銃《じゅう》に手を掛《か》けながら、階段を上がってくる足音に耳を澄《す》ませる。

足音は一人分。塔《とう》内で幾重《いくえ》にも反響《はんきょう》しているため、足音の重い軽いは判別し難《にく》いが――妙《みょう》にゆっくりした歩調である。

「………………」

近づいてくる足音に男達が身構える。

そして――

「――ああもう、面倒《めんどう》くさいわね、何段あるのよ、この階段？」

そう言って、足音の主が姿を現す。

瞬間《しゅんかん》、兵士達は顔を見合わせ――そして銃《じゅう》を持ちあげた。

「お前は――」

「……父様《とうさま》に、リゼルが戻《もど》りましたって伝えてくれる？」

銃《じゅう》を向けられても殊更《ことさら》におびえる様子も無く、むしろ腰《こし》に手を当てて尊大な態度でリゼル・ヴァーンズは言った。

「……!?」

兵士達は愕然《がくぜん》と顔を見合わせる。

オウマは配下を幾《いく》つもの班に分けて動かしていたため、彼の下で働いていても、全員が顔見知りというわけではない。

ただ、この兵士達は予《あらかじ》めオウマの養女と実子がダンヴァーズの町にやってくると聞いていたため、来訪者三人組の中で、赤毛の少女がリゼルだと見当をつけていただけに過ぎない。

「なによ？　どうしたの？」

と兵士達の困惑《こんわく》に眉《まゆ》を顰《ひそ》めるリゼル。

「……お前は、本当にリゼル・ヴァーンズなのか？」

「召喚獣《しょうかんじゅう》でも喚《よ》び出《だ》してほしい？」

とリゼルが首を傾《かし》げて笑うと、彼女の脇《わき》の空間が揺《ゆ》らぎ、瞬《また》く間《ま》に〈雷帝《らいてい》〉バーレイグの姿が出現していた。

「……お前は、裏切ったと……」

「裏切り？　馬鹿じゃない？」

とリゼルは肩《かた》を竦《すく》めた。

「あいつらに従うふりをして逃《に》げてきたのよ。私が父様《とうさま》を裏切る筈《はず》がないでしょ。王都でもヨシュアが何か勘違《かんちが》いして襲《おそ》ってきたけど、いい迷惑《めいわく》だったわよ」

「…………」

兵士達はしかし——警戒《けいかい》を解かない。

「裏切ったなら、さっさとあんたら急襲《きゆうしゆう》して皆殺《みなごろ》しにする方が簡単でしょ？　そうしてほしいの？　ひょっとしてヨシュアみたいに、私を殺して名を上げたいとか、そういう馬鹿な事考えてる？」

「…………」

リゼルの言葉に応じたかのように、バーレイグが一歩前に出て杖《つえ》を掲《かか》げて見せる。

「い、いや、それは——」

「今はあいつら……ユウゴ・ヴァーンズと監視《かんし》役の傭兵《ようへい》は、気を失って宿に転がってるわ。〈雷帝《らいてい》〉の電撃《でんげき》食らわせたからね。多分、午後まで目は覚めない。連れていくなら今のうちよ？　あんた達の手柄《てがら》にしていいから」

そう言ってリゼルは歯を剝《む》いて獰猛《どうもう》に笑う。

「…………」

兵士達はまたも顔を見合わせて。

「待て、今、寝《ね》てる二人を起こす。休憩《きゅうけい》に出ている二人も帰ってきたら、全員で揃《そろ》ってヴァーンズ様の実子と傭兵《ようへい》を押さえに行こう」

銃《じゅう》を下ろしながらそう答えた。

†

武装兵士は六人が揃《そろ》った時点で、ユウゴ・ヴァーンズ達が宿泊《しゅくはく》している宿を急襲《きゅうしゅう》した。

「――よし」

既《すで》にリゼルがユウゴらを気絶させる際にひと悶着《もんちゃく》あったのだろう――宿を切り盛りしていた町役場の人間が、受付台の脇《わき》で、二人ばかり毛布を被《かぶ》って震《ふる》えている。

兵士達は彼等に銃《じゅう》を向けて問うた。

「おい。連中の部屋はどこだ？」

毛布の下から震《ふる》える手が通路の奥を指す。

「……四号室……」

声からすれば女性か。

武装兵士達は頷《うなず》き合《あ》うと、そのまま四人が奥の四号室に向かい、二人が銃《じゅう》を構えたまま受付に留《とど》まった。全員で向かわないのは、万が一にユウゴ達が気絶から復帰していて、反撃《はんげき》してきた際、町役場の人間を人質《ひとじち》にとるためだ。

だが――

「あ、あの、こ、殺すんですか？」

と毛布の下から震《ふる》える声が問う。

「いいや。安心しろ。ヴァーンズ様には生かしたまま連れて来いと言われてる。持ち物は全て没収《ぼっしゅう》した上でな」

「持ち物……？」

「何か勲章《メダル》のようなものを持ってる筈《はず》だと――」

とそこまで言って、兵士は気が付いた。

毛布の下から問うてくる声が若い。

確かこの宿を切り盛りしているのは、初老の男性と、その妻――

「――！」

次の瞬間《しゅんかん》、兵士達の視界いっぱいに毛布が広がる。

床《ゆか》に伏《ふ》せていた二人が一斉《いっせい》に立ち上がったのだろう。

「くっ⁉」

兵士達は揃《そろ》って小銃《ライフル》を発砲《はっぽう》するが、弾丸《だんがん》は毛布に穴をあけただけだった。次の瞬間《しゅんかん》、二人は膝《ひざ》にしがみつかれ、姿勢を崩《くず》して転倒《てんとう》する。

「こいつらっ——」

叫《さけ》び声《ごえ》に金属音が重なる。

兵士達が改めて掲《かか》げた小銃《ライフル》は、半ばで断《た》ち切《き》られ、前半分が揃《そろ》って床《ゆか》に落ちていた。

「——〈契約の剣《ソードオブプロミス》〉」

呟《つぶや》くような声と共に、ばさりと白い翼《つばさ》が広がる。

更《さら》に次の瞬間《しゅんかん》、兵士達の腰《こし》に巻いている弾帯《だんたい》や、鞘《さや》に入っていた銃剣《じゅうけん》が全て切り刻まれて床《ゆか》の上にぶちまけられる。

文字通りの武装解除だ。

「我が君？」

「ああ。大丈夫《だいじょうぶ》だ」

毛布の下に隠《かく》れ、奥の四号室を指さしてみせたのは——召喚獣《しょうかんじゅう》〈ヴァルキリー〉のカミラであった。

そして勿論《もちろん》、もう一人、兵士達の膝《ひざ》にしがみついて彼等を倒《たお》したのはユウゴである。

剣《けん》にしろ銃《じゅう》にしろ武器を持った人間は、ついつい下半身の防御《ぼうぎょ》がおろそかになるという。格《かく》闘《とう》戦の訓練を十分に積んでいる者には通用しない事もあるが、膝《ひざ》から下を狙《ねら》えば、比較的《ひかくてき》、相手の姿勢を崩《くず》しやすい――と彼に教えたのは、モーガンだった。

そして――

「モーガン！」

ユウゴが奥の四号室の方に声を掛《か》ける。

すると――

「――おう」

平然たる様子でモーガンが姿を現した。

四号室には四人の兵士が向かった筈《はず》だが、どうやら瞬《また》く間《ま》にモーガンに制圧されてしまったらしい。

「大丈夫《だいじょうぶ》か？」

「大丈夫《だいじょうぶ》だ。宿の連中を囮《おとり》に寝《ね》かしておいたからな」

と言ってモーガンは肩《かた》を竦《すく》める。

本来、ユウゴとカミラの代わりに受付に居る筈《はず》の二人は、モーガンが気絶させて毛布を被《かぶ》せ、寝台《ベッド》に寝《ね》かせておいたのである。

兵士達は不用意に踏《ふ》み込んで、入り口脇《わき》に待機していたモーガンに後ろから襲《おそ》われた。待《ま》ち伏《ぶ》せての奇襲《きしゅう》とはいえ、ほぼ一瞬《いっしゅん》で四人を無力化した――出来たのは、さすがに経験豊富な傭《よう》兵《へい》の、面目躍如《めんもくやくじょ》といったところか。

「さすがに手加減してる余裕《よゆう》が無くて、二人は重傷だけどな。すまんが、召喚獣《しようかんじゆう》の癒《いや》しの力で血止めだけでもしてやってくれ」

とモーガンは両手に持った銃剣《じゆうけん》をくるりと回して鞘《さや》に納めながら言ってくる。

「殺さないでいてくれたのか？」

「そういう約束だったしな」

と苦笑《くしよう》しながらモーガンが言うのは、オウマの配下とはいえ、出来るだけ人死にを出したくないというユウゴの頼《たの》みが在ったからだ。モーガンは『まあ努力はしてみるが保証はできねぇぞ』と面倒臭《めんどうくさ》そうに言っていたのだが……きちんと約束を果たしてくれたらしい。

ただ――

「それに、生かしておいた方がこの場合はいい。生きてれば……『痛い』とか『苦しい』とか、感じられる状態なら、やり方次第《しだい》で、色々と聞き出せるからな」

そう言ってにやりとモーガンは笑う。

「ま、この後の汚《よご》れ仕事は、経験豊富なお兄さんに任せておけって」

「…………『お兄さん』？」

ユウゴはカミラと顔を見合わせて、それから溜息《ためいき》をついた。

第三章

遺跡の死闘

イラスト：haru.

坑道《こうどう》の中を幾重《いくえ》にも足音が反響《はんきょう》する。

リゼルの灯《とも》した魔術《まじゅつ》の灯《あか》りを頼《たよ》りに、ユウゴ達は地面の下に穿《うが》たれた細長い『通路』を進んでいた。

「…………」

先頭はリゼル、その後にユウゴとモーガン、それにカミラとバーレイグが武装兵士から奪《うば》った服を着て歩いている。一応、帽子《ぼうし》を被《かぶ》っているので、顔は見えづらく、オウマの配下と遭遇《そうぐう》しても、少しの間だけならごまかせるだろうと踏《ふ》んでの事である。

「…………」

召喚獣勢《しょうかんじゅうぜい》は、どうもこの『変装』がお気に召《め》さないらしく、どちらもしかめ面《つら》になっている。カミラなどは普段《ふだん》の鎧甲冑姿《よろいかっちゅうすがた》よりも軽くて楽なのではとユウゴは思ったが、どうも慣れない格好は軽かろうが柔《やわ》らかかろうが、落ち着かないらしい。

リゼルが変装していないのは、単に、武装兵士達を騙《だま》した際の話——実はリゼルは裏切ってなどおらず、逆にユウゴらを騙《だま》してここまで連れてきたのだ、という言い訳を、この後も使う予定だからだが。

「なんなんだこれ……」

声を潜《ひそ》めながらもユウゴは思わずそう呟《つぶや》いていた。

武装兵士達からモーガンが聞きだしたところによると……召喚獣《しょうかんじゅう》や召喚士《しょうかんし》は空を飛んだり、険しい山林を踏破《とうは》したりして、ソザートン湖北の遺跡《いせき》に行く事が出来るが、魔術師《まじゅつし》や他の兵士達はさすがにそういうわけにはいかない。

故《ゆえ》にこの地下に掘《ほ》られた坑道《こうどう》を利用して町と行き来しているらしいのだが……

「気味が悪いぐらいに綺麗《きれい》だよな……？」

地下の坑道《こうどう》、と聞くと、炭坑《たんこう》や洞窟《どうくつ》の類《たぐい》を連想するものだろうが、今ユウゴ達が歩いているのは、ごつごつした岩肌《いわはだ》や土砂《どしゃ》が全く見当たらず、滑《なめ》らかな——それこそ貴族の屋敷《やしき》の床《ゆか》のように、タイル状の石材が敷《し》き詰《つ》められ、しかも壁面《へきめん》や天井《てんじょう》すら同様のもので覆《おお》われている。

まるで四角い筒《つつ》の中を歩いているかのように、何から何までが滑《なめ》らかにできているのだ。

召喚獣《しょうかんじゅう》の力や、あるいは魔術《まじゅつ》を使えば、ある程度の長さの坑道《こうどう》を掘《ほ》る事は出来るだろう。だがここまで長く、しかも綺麗《きれい》に整えられた道となると……一朝一夕《いっちょういっせき》に造れるものでもない。

少なくともこれはオウマとその配下が、ダンヴァーズの町を制圧した後に造ったものではないのだろう。

「これってひょっとして、この坑道《こうどう》も遺跡《いせき》の一部だったり？」

「……その可能性はあるわね」

とリゼルが肩越《かたご》しに振《ふ》り返《かえ》って言ってくる。

「〈大災厄《だいさいやく》〉以前は、地面の下に城塞《じょうさい》都市を作る、なんて奇想天外《きそうてんがい》な事も可能だったそうよ」

「都市を？」

もう完全にユウゴには想像の外である。

彼にとって『都市』といえば王都バラポリアスだが、あの規模の街並みがすっぽり入る穴を掘《ほ》るとなると、どれだけの時間がかかるのか、想像もつかない。

「〈大災厄《だいさいやく》〉以前は、召喚士《しょうかんし》の数も多かったから、一度に百も二百も召喚獣《しょうかんじゅう》を使って穴を掘《ほ》ることだって出来たし、魔術《まじゅつ》も、それに魔術《まじゅつ》を扱《あつか》うための補助装置——魔導《まどう》機関も、今とは比べ物にならないくらいに大規模だったたって話よ」

「大規模……」

「攻撃《こうげき》用の魔術《まじゅつ》で都市一つを丸ごと焼《や》き尽《つ》くすとか」

「都市丸ごとって——おい？」

とユウゴは眼《め》を丸くする。

「兵士じゃない、女子供もか⁉　まとめて？」

「当たり前じゃない」

とリゼルは言った。

「兵士かそうでないかなんていちいち確認《かくにん》も出来ないし、国をあげての戦争になったら、女子供だって武器を手にして戦うでしょ」

「……そ……そういうものか……」

とユウゴは呟《つぶや》いて――それからしばらく唸《うな》っていたが。

「――ユウゴ」

モーガンが声を掛《か》けてくる。

「今更《いまさら》だとは思うがな。この先、おぞましいものを見る事になるからな。覚悟《かくご》しておけよ」

「……モーガン？　どういう意味だ？」

「人質《ひとじち》って何人だ？」

「――え？」

唐突《とうとつ》に問われて戸惑《とまど》うユウゴ。

「百人だったか……？　正確な数字は知らないが、オウマの手勢は三十人か四十人ってところだった筈《はず》だろう。仮に百人の人質《ひとじち》がいたとして、それを五十に満たない兵士で管理できるもんか？」

「でも、実際に、連れてっちゃったわけだろ？　そもそもその三十人か四十人で、あのダンヴアーズの町を制圧しちゃったわけで……」

管理できないのに連れて行っても仕方がないのではないか？

とユウゴは思ったのだが――

「召喚獣《しょうかんじゅう》の圧倒的《あっとうてき》な力で、戦いに勝つのは簡単さ。一時的に言う事を聞かせるのもな。だがその後、倍以上の人員を何年にもわたって幽閉《ゆうへい》管理するとなると無理があるだろ」

「それは……」

「専用の施設《しせつ》……刑務所《けいむしょ》や収容所でもないんだぞ。一騎当千《いっきとうせん》の馬鹿強い兵士が一人や二人いたところで、千人の人間を捕《つか》まえたまま管理監督《かんとく》は出来ない」

淡々《たんたん》とした口調でモーガンが言う。

その声からは普段《ふだん》の軽さが抜《ぬ》け落《お》ちているかのようにもユウゴには思えたが。

「……つまり？」

そう促《うなが》すのはバーレイグである。

モーガンは一瞬《いっしゅん》、続けるかどうか迷うような間を置いて……

「もう殺されてる可能性があるってこった」

と言った。

「そんな馬鹿な――」

と反射的にユウゴは否定の言葉を口にしたが。

モーガンが正しかったという事を……彼はこの直後に知る事になった。

†

「……これは」

立ち止まったユウゴはそれだけを呟《つぶや》いて絶句した。

長い坑道《こうどう》を延々と歩いた後、急に開けた場所に出た。

それまでの『通路』と異なり、岩肌《いわはだ》が露出《ろしゅつ》している上に、複雑な凹凸《おうとつ》が生じているそこは、恐《おそ》らく天然の鍾乳洞《しょうにゅうどう》だ。

今までの坑道《こうどう》が〈大災厄《だいさいやく》〉時代に掘《ほ》られ、整備されたものだとしたら、ここは元から——何千年、何万年も前から存在していた自然の地形なのだろう。

この地下施設《しせつ》を作った者達は、たまたまこれに行き当たり、そのまま利用する事にしたに違《ちが》いない。

恐《おそ》らくは……ゴミ捨て場として。

「思った通りか」

とモーガンが言う。

ユウゴ達の目の前——足元には、巨大《きょだい》な大穴が開いており、その底には大量の白骨が積み上げられていた。いや。上から投げ捨てただけなら『堆積《たいせき》していた』というべきか。

「……大人も……子供もか……」

長い沈黙《ちんもく》の後、ユウゴはようやく言葉を絞《しぼ》り出《だ》す。

白骨は勿論《もちろん》、一見して個人を特定できるような部分はもう残っていないが、大小様々な骨があるのは分かる。恐《おそ》らく大人の遺骸《いがい》もあれば、子供のそれもあるとみて間違《まちが》いない。

骨の状態から見て、ダンヴァーズの町が制圧され、人質《ひとじち》が連れ去られてから——程《ほど》なくして殺されたのだろう。昨日今日に出来た死体ではなかった。

「モーガンの言った通りね」

呟《つぶや》くように言うリゼルの声にも若干《じゃっかん》の強張《こわば》りが在る。

血も乾《かわ》かぬ死体よりは随分《ずいぶん》と『マシ』ではあるが、何十人分もの亡骸《なきがら》を見せられれば、さすがの彼女でも悪寒《おかん》を感じずにはおれないのだろう。

「父——いえ、オウマ・ヴァーンズが、目的のためには人を殺す事も厭《いと》わないとは知ってはいたけれど……」

「いや。むしろオウマ・ヴァーンズらしいというべきだな」

と応じるのはバーレイグである。

「実に合理的だ」

「合理的⁉」

バーレイグの評価にほとんど反射的に食《く》って掛《か》かるユウゴ。

だが——

「先にもモーガンが言った通りだ。聞いた限り、この地に居座《いすわ》っているオウマ・ヴァーンズの手勢は五十人に満たない。専用の収監施設《しゅうかんしせつ》があるわけでもない以上、同数かそれ以上の人質《ひとじち》を管理し続けるには無理がある」

バーレイグの口調は淡々《たんたん》としていて、そこには何の感情も滲《にじ》んではいない。人と近似《きんじ》の姿をしてはいるが、彼は召喚獣《しょうかんじゅう》〈雷帝《らいてい》〉なのだ。自分達と同じ情緒《じょうちょ》をそこに期待するのは、人間の身勝手とも言える――

「ならば管理可能な数にまで減らすのは当然だろう。人質《ひとじち》としての効力さえ確保できているなら、別に生きている必要は無い」

ダンヴァーズの町の人間は、恐《おそ》らくこの事実を報《しら》されていない。

あるいはモーガンのように、道理から人質《ひとじち》の存命を疑ってかかっている者は居るかもしれないが、実際に身内を連れ去られた側からすれば、『死んだという証拠《しょうこ》』が無ければ、『生きているに違《ちが》いない』と信じたがるのは無理のない心理である。

まして――

「相互《そうご》監視《かんし》……住人同士でオウマ・ヴァーンズへの裏切りや反抗《はんこう》を密告し合う事で、点数稼《かせ》ぎが出来るって話だったか？」

とモーガンは小銃《ライフル》で肩《かた》を叩《たた》きながら言った。

「点数が一定数貯《た》まれば、人質《ひとじち》に――家族に会えるって事だが。実際に会った人間は少数か、居ないか……」

住人の側は『そういう制度が置かれている以上は、家族は生きているに違《ちが》いない』と思いたがる。

だがその一方で、問題の『点数』はそう簡単には貯《た》まらない。

そもそも外部の人間がほとんど出入りしない体制になっている以上、密告するような出来事はそう頻繁《ひんぱん》に生じないだろう。同時に家族に会いたいからとありもしない話をでっちあげれば、それが虚偽《きょぎ》だと知れた途端《とたん》に人質《ひとじち》は殺される。

その辺の事は早々に町の住人も理解した筈《はず》だ。

だからこそ彼等は迂闊《うかつ》に動けなくなる。

要するに『面会制度』も餌《えさ》として置かれてはいるが、事実上、それを利用する事は出来ない状態なのだ。

「えげつない……」

ユウゴとしてはそう言うしかない。

「オウマって野郎《やろう》……クズどころか……くっそ、くそっ！　なんなんだ、なんなんだよ、召《しょう》喚士《かんし》だからか？　それともそういう生まれなのか？　俺にそいつと同じ血が流れてるってのか⁉　俺は――」

「我が君」

「――ユウゴ」

発作《ほっさ》的に岩壁《がんぺき》を殴《なぐ》ろうとしたユウゴの肩《かた》を、モーガンとカミラが揃《そろ》って掴《つか》んで止める。

「言っておくがな。こういう事するのは、別にオウマ・ヴァーンズに限った事でもないし、召《しょう》喚士《かんし》に限った事でもねえんだよ。更《さら》に言えばこういう事をするから、悪意に満ちてるとか、底意地が悪い、頭が壊《こわ》れている、とも限らないんだ、厄介《やっかい》な話だがな？」

「……え？」

「人間ってのは、こういう事をするんだよ。誰《だれ》だってやらかしても不思議じゃないんだ。でもって――悪意とか、狂気《きょうき》とかではなく、むしろ『理想』とか『正義』とかを掲《かか》げる奴《やつ》の方が、やりがちなんだよ、本当に厄介《やっかい》な話なんだがな」

「り……理想？　正義？　でも」

「命よりも尊い何かがあるってのは耳障《みみざわ》りが良《い》いけどな。それを『言い訳』にしてばんばん人を殺す事に躊躇《ちゅうちょ》がなくなってる連中ってのは何時の時代、どこにでも湧《わ》いてくるんだよ」

言ってモーガンは溜息《ためいき》をついた。

オウマ・ヴァーンズに限った話でもない。

例の〈大災厄《だいさいやく》〉後……召喚士《しょうかんし》が『世界を滅《ほろ》ぼしかけた』反動で、召喚士《しょうかんし》に対する迫害《はくがい》が苛《か》烈《れつ》だった時期や地域もある。召喚士《しょうかんし》ならばどんな残虐《ざんぎゃく》な殺し方をしても、天誅《てんちゅう》、当然の報《むく》いであるとされていた時代が在る。

そもそも普通《ふつう》の人間が召喚士《しょうかんし》や召喚獣《しょうかんじゅう》と戦って勝てる筈《はず》がないので、騙《だま》し討《う》ちや毒殺といった『卑怯《ひきょう》な』手段が、『正義遂行《すいこう》の手段』として推奨《すいしょう》された時代すらある。

「……それこそ、人質《ひとじち》とかとったりね」

と自嘲《じちょう》気味に言うのはリゼルだ。

彼女の母親は、幼い自分の子供達を人質《ひとじち》にとられていたからこそ、召喚士《しょうかんし》ながらも奴隷《どれい》同然の扱《あつか》いに甘んじ、挙句に息子《むすこ》を殺され自身も殺される事となった。

「王都でも経験したろうが。召喚士《しょうかんし》への恐怖《きょうふ》から、召喚士《しょうかんし》を排斥《はいせき》しようって考えは、根強い。時代や世相にもよるが、その傾向《けいこう》が何らかの形で強くなれば——召喚士《しょうかんし》排斥《はいせき》の動きは、最終的に人死にに発展する可能性だって十分にある」

「…………」

「だからこそ、アルマス師は、町に尽力《じんりょく》する事で、その最悪の事態を回避《かいひ》しよう、自分と家族を、特にお前を護《まも》ろうとしたんだろう？」

「それは——」

恐《おそ》らくその通りだろう。

「だからな、ユウゴ、それにリゼル」

モーガンは、ふっとユウゴの、そしてリゼルの肩《かた》に背後から腕《うで》を回して、二人を抱《だ》き寄せた。

「心しておけ。お前達は今から『召喚獣《しょうかんじゅう》』や『召喚士《しょうかんし》』と戦うわけじゃないんだ」

「……どういう意味？」

とリゼルが目を伏《ふ》せながら問う。

あるいは彼女はモーガンの言いたい事を既《すで》に理解しているのかもしれないが——

「『世界の敵』とか『正義の敵』とか……ましてや抽象的《ちゆうしよう》な『悪』と戦うのでもないからな？　お前達の『父ちゃん』と戦うのでもない」

「それは……」

「人間、何かの張り紙《レツテル》を貼《は》り付《つ》けて分かった気になると、危《あや》ういんだよ」

とモーガンは囁《ささや》くように言った。

「俺達は、お前達は、ただ、俺達が、実際にこの眼《め》で見てきた非道の責任を、その張本人に、とらせにいく。人でなしでくそったれな真似《まね》をしてきたオウマ・ヴァーンズって野郎《やろう》を、ぶん殴《なぐ》って止めて、自分のしでかした事の償《つぐな》いをさせに行く。それだけだ」

「…………」

「正義のためとか、理想のためとか、そういうのを掲《かか》げるな。俺達は、『犯罪者』個人にケジメをつけさせるために行くんだ、それ以上でもそれ以下でもないってのを——忘れるな」

人間は自分の行為《こうい》が『間違《まちが》っていない』と思いたがる。

だから揺《ゆ》らぐ事の無い指針《ばんじ》、万事に適用できる便利な免罪符《めんざいふ》として、『正義』や『理想』を掲《かか》げたがる。

だが個々の事例はそれぞれに事情があって、それぞれに原因と結果がある。良くも悪くもそれだけだ。『世の中の良くない出来事の全ての原因たりえる』ものなど——それを全て背負わせる事の出来る純粋《じゆんすい》な『悪』など存在しない。

だから純粋《じゅんすい》な『正義』も無い。

『正義』を手にしたと思い込んで思考を止めるな――モーガンの言っているのはそういう事だろう。

それはユウゴも理解できた。

恐《おそ》らくはリゼルも。

ただ――

「……それ、ひょっとして、私達を気遣《きづか》ってる?」

半眼で自分やユウゴの肩《かた》を抱《だ》き寄せているモーガンの腕《うで》を見ながらリゼルが言う。

「モーガンって変なところで親切だよなぁ」

とユウゴも苦笑《くしょう》を浮かべて言う。

「ああもう、可愛《かわい》げのないガキ共だな、全く!!」

とモーガンは腕《うで》を離《はな》しながら肩《かた》を竦《すく》める。

そしてそれを振《ふ》り返《かえ》って見ながら、笑うユウゴとリゼル。

「…………」

「…………」

そんな人間達のやりとりを、召喚獣《しょうかんじゅう》たるカミラとバーレイグは黙《だま》って見つめていたが……

「それはそれとしても」

などとカミラがふと言葉を発する。

珍《めずら》しい事である。彼女がユウゴ自身の言動に関する事以外で、自分から会話に加わってくる
だが……

「オウマ・ヴァーンズが手にするであろう『正義』と『理想』があるとしたら、それは一体、どういうものなのでしょうか？」

そもオウマ・ヴァーンズはここまでの事をして何をしようとしているのか？　ここまでの事をしなければ、達成できない目的とは一体、何なのか？

ソザートン湖北の遺跡《いせき》には何が在る？

そしてそれは召喚士《しょうかんし》や召喚獣《しょうかんじゅう》に関係するのか？

「……分からない」

とユウゴは言う。

「分からないから……確かめに、行くんだ。分からないまま、責任はとらせられない」

「…………御意《ぎょい》」

「悪い。貴方《あなた》達の仇《かたき》討《う》ちではなく、俺達はそのために、行く」

そう言って彼は深呼吸すると、穴の底の死者達に向けて頭《こうべ》を垂れた。

†

白骨死体の積み重なった鍾乳洞《しょうにゅうどう》から——程《ほど》なくして。

ユウゴ達は坑道《こうどう》を進んで再び開けた場所に出た。

ただし今度は明らかに『造られた』場所である。城塞《じょうさい》でも建てられそうなほどの、前後左右、上下にも広い円形状の広場だ。

床《ゆか》や壁面《へきめん》は白い石材に覆《おお》われており、天井《てんじょう》は……崩落《ほうらく》したのかほとんど無く、見上げれば青空が見えている。つまりは巨大《きょだい》な縦穴、盆地《ぼんち》の底という事になる。

そしてその中央に、上から押し潰したかのような、平たい印象の四角錐《しかくすい》が——奇妙《きみょう》な形の建物が存在した。

「これが遺跡《いせき》……」

厳密に言えば、先の坑道《こうどう》も含《ふく》めて遺跡《いせき》なのだろうが、恐《おそ》らく、その中枢《ちゅうすう》とも言うべき場所は此処《ここ》なのだろう。

だが何のための施設《しせつ》なのかが、外から見た限りでは全く分からない。

四角錐《しかくすい》の簡素極《きわ》まりない外見からすれば、住宅の類《たぐい》でない事は想像がつくが、その一方で倉庫や時計塔《とけいとう》のような、何かの機能に特化した建物とも思えない。

しいて言えば、簡素であるが故《ゆえ》に、何処《どこ》か、何らかの『真理』を示すかのような、荘厳《そうごん》さを感じる事から――

（――寺院？　墳墓《ふんぼ》？）

ある種の宗教に関連した建築物にも見えるが。

「――ユウゴ」

モーガンが小声で囁《ささや》いてくる、

「顔下げろ」

「……！」

言われて慌《あわ》てて俯《うつむ》くユウゴ。

その際、四角錐《しかくすい》の『麓《ふもと》』部分から、十人ばかりの人影《ひとかげ》が近づいてくるのが見えた。ユウゴは頂上付近ばかり見ていたので、気付くのが遅《おく》れたのである。

（……召喚獣《しょうかんじゅう》！）

人影《ひとかげ》はいずれも概《おおむ》ね人間の形と大差無いが……その中に頭部に一対《いっつい》の角《つの》を生やしている異《い》形《ぎょう》の青年と、同じく角《つの》は生やしているが、更《さら》に獅子《しし》の頭部と狒々《ひひ》の如《ご》き体型の胴体《どうたい》手足、更《さら》には巨大《きょだい》な翼《つばさ》まで備えた異形《いぎょう》の存在が交じっていた。

〈イフリート〉と〈キメラ〉だろう。

つまりヨシュアのような例外でもない限り、近づいてくる集団には、最低二名の召喚士《しょうかんし》が交じっているという事になる。

（召喚士《しょうかんし》二、召喚獣《しょうかんじゅう》二、武装兵士七……いや、召喚獣《しょうかんじゅう》を出していない召喚士《しょうかんし》が交じっている可能性もあるのか……）

頭の中で相手の戦力を見積もるユウゴ。

（警備……の割には……）

大きな戦力と言える。

ユウゴの抱《いだ》く違和感《いわかん》に気付いているのかいないのか、近づいてくる者達を見て、リゼルが一歩前に出た。

「リゼル・ヴァーンズよ！　会った事は無くとも、名前ぐらい、聞いてるでしょう？」

「………………」

近づいてきた一団がそこで止まった。

距離《きょり》にすれば二十メルトルあまり。刀剣《とうけん》や格闘《かくとう》での戦いでは更《さら》に間を詰《つ》めねばならないが、銃《じゅう》や召喚獣《しょうかんじゅう》での戦闘《せんとう》では十分に間合いの内である。

「先のブロドリック襲撃《しゅうげき》では、逃《に》げ遅《おく》れて捕《つか》まってたけど、隙《すき》を見て逃《に》げ出《だ》してきたわ。父《とう》様《さま》に――オウマ・ヴァーンズ様にリゼルが帰ったと伝えて！」

「他の者達は？　貴様一人だけか？」

と――武装集団の中の一人が尋《たず》ねてくる。

「ブロドリックを襲撃《しゅうげき》した面子《メンツ》って事？　さすがに自分一人逃《に》げ出《だ》すので精一杯《せいいっぱい》だったわよ。特に私は召喚士《しょうかんし》だから、こういうのを着けられてたし」

そう言ってリゼルは襟《えり》を開いて『首輪』を見せる。

ブロドリックでリゼルとユウゴに着けられた、反抗《はんこう》防止、裏切防止の魔法具《アーテイファクト》である。対応する音叉《おんさ》を一定の方法で鳴らせば、瞬間《しゅんかん》的に輪が縮まり、絞殺《こうさつ》されるという寸法だ。

「…………」

武装集団が顔を見合わせる。

「そいつらは？　町の見張りに出ていたダルトン達じゃないな？」

「――！」

ばれた。

勿論《もちろん》、武装集団は相互《そうご》に顔を覚えているであろうから、当然と言えば当然の話だが――

「…………手土産《てみやげ》よ」

とリゼルは平然と言った。

「手土産《てみやげ》？」

「私を追いかけてきたブロドリックの魔術師《まじゅつし》組合関係者。町の見張りの六人と……ダルトンっての？　力を合わせて、逆に捕《つか》まえてやった」

言ってリゼルは懐《ふところ》から音叉《おんさ》を抜《ぬ》いて示した。

「召喚獣《しょうかんじゅう》以外は、首に私のと同じやつを着けてある。この音叉《おんさ》を使えば一瞬《いっしゅん》で絞殺《こうさつ》出来るわ。召喚士《しょうかんし》を殺せば、召喚獣《しょうかんじゅう》もすぐに実体化できなくなる」

「何故《なぜ》、即座《そくざ》に殺していない？」

「勘弁《かんべん》して。父様《とうさま》から聞いてない？　私は『殺し』はしない主義なの。どうしてもって言うなら貴方《あなた》達でやって」

言ってリゼルは音叉《おんさ》を振《ふ》る。

「何なら渡《わた》しましょうか？　ああ、でも使うなら離《はな》れた場所でやってね。私の首輪まで絞《し》まったらたまんないから」

「…………」

武装集団の中から、すっと〈イフリート〉が前に出る。

上半身裸で、腰に紀章付きの帯《ベルト》を巻いた召喚獣《しょうかんじゅう》は空中を滑《すべ》るように移動してリゼルの目の前にやってくると、無言でその右手を差し出してくる。

渡《わた》せ、という事だろう。

「丁寧《ていねい》に扱《あつか》ってね」

そう言って〈イフリート〉に音叉《おんさ》を渡《わた》すリゼル。

（……偽物《にせもの》だけどな）

とその様子を見ながら思うユウゴ。

ついでに言えばモーガンの首に巻かれているのも、それらしく偽装《ぎそう》しただけの単なる金属環《かん》だ。如何《いか》に相手を信用させるためとはいえ、本当に相手にこちらの生き死にを握《にぎ》らせるほど、ユウゴ達も迂闊《うかつ》ではない。

だが次の瞬間《しゅんかん》――

「――⁉」

閃光《せんこう》が〈イフリート〉を中心に迸《ほとばし》る。

それは文字通りに一瞬《いっしゅん》の事であったが――

「ちょっと⁉」

リゼルが声を上げたのは、音叉《おんさ》が〈イフリート〉の掌《てのひら》の上で、原形をとどめぬほどに溶《と》け崩《くず》れていたからだ。

「何を――」

「ヨシュアも同じ手で騙《だま》して不意を突《つ》いたのか？」

武装集団の中からあざけるような声が飛んでくる。

「………！」

「お前達はブロドリックからずっと見張られていたんだよ。〈遠見《ユニバーサルスコープ》〉の魔術《まじゅつ》でな？　お前がそこの二人――傭兵《ようへい》と、オウマ・ヴァーンズ様の御子息《ごしそく》と仲良くやっているのは、先刻承知だ」

「あんたら……」

「オウマ・ヴァーンズ様は、御子息《ごしそく》は生かして連れてこいとの事だが、リゼル、貴様と傭兵《ようへい》は要《い》らんので殺してよいとの事だ」

武装集団の中から低い笑い声が漏《も》れる。

彼等にしてみれば、ユウゴ達は、のこのこ此処《ここ》までやってきて、下手な芝居《しばい》を打っていた間《ま》抜《ぬ》け、に見えるのだろう。

「ああ、念のため。生かしてというのは『とりあえず会話が出来る程度』でいいそうだ。暴れるなら、手足の一本や二本、折るなり斬り落《お》とすなり、好《き》きにしていいとさ」

その言葉と同時に――威嚇《いかく》なのか〈キメラ〉が吠《ほ》え声を上げた。

†

召喚士《しょうかんし》には召喚士《しょうかんし》、召喚獣《しょうかんじゅう》には召喚獣《しょうかんじゅう》。

これは〈大災厄《だいさいやく》〉時代より前から繰《く》り返《かえ》し唱えられてきた常識である。奇襲《きしゅう》や騙《だま》し討《う》ちのような――毒殺や遠方から狙撃《そげき》等――奇策《きさく》を用いるのでもなければ、召喚士《しょうかんし》は召喚士《しょうかんし》にしか倒《たお》せず、召喚獣《しょうかんじゅう》の力には召喚獣《しょうかんじゅう》の力を以《もっ》てしか抗《こう》し得ない。

故《ゆえ》に……

「召喚士《しょうかんし》は任せたからな！」

モーガンはそう言うとユウゴらの返事は待たず、小銃《ライフル》を発砲《はっぽう》しながら後方に——坑道《こうどう》の方へと下がる。無責任なようだが、これならモーガンがユウゴらの足を引っ張る事も無い。

（さて——）

広い場所で数に優《まさ》る相手と戦うのは下策だ。使う武器が銃《じゅう》であれ、刀剣《とうけん》であれ、あるいは武器無しの素手《すで》であれ、大抵《たいてい》は囲まれて袋叩《ふくろだた》きである。

ならば先の坑道《こうどう》へと後退し、相手の攻《せ》めてくる方向を一つに絞《しぼ》ってやれば、一人でも時間稼《じかんかせ》ぎは出来る。まっすぐな道を走ってくる敵は、射撃《しゃげき》の標的そのものだ。

（問題があるとすれば——）

良くも悪くもこの坑道《こうどう》が本当にまっすぐの一本道という事だ。

モーガンが敵を迎《むか》え撃《う》つ際に、身を隠《かく》すための遮蔽物《しゃへいぶつ》が無い。

あの白骨死体の在った鍾乳洞《しょうにゅうどう》の辺りまで戻《もど》れば別だが、恐《おそ》らくそこに至る前に背中に銃撃《じゅうげき》を喰《く》らうだろう。直線道路で銃弾《じゅうだん》と速さ比べをしようと考えるほどに、モーガンは愚《おろ》かではなかった。

（となると——伏射《プローン》一択《いったく》か）

モーガンは荷物を投げ出すと、その向こう側に飛び込み、一回転。

続く動作で小銃《ライフル》を荷物の上に置いて構え、自分は床《ゆか》に伏《ふ》せた。

銃撃戦《じゆうげきせん》において、隠《かく》れるべき物陰《ものかげ》が無い時は、地に伏《ふ》せるのが最善である。俯角《ふかく》をとっての射撃《しゃげき》は難しく、わずかでも狙《ねら》いが狂《くる》うと、標的よりも先の地面に着弾《ちゃくだん》したり、標的よりも遥《はる》か上を通り過ぎてしまうからだ。

また相手に対して頭を向けて寝《ね》そべる事は、被弾《ひだん》面積を下げる事にも繋《つな》がる。普通《ふつう》に立っている相手ならば、頭だろうが胴体《どうたい》だろうが手足だろうがどこでも狙《ねら》えるが、自分に頭を向けて寝転《ねころ》んでいる相手は、大抵《たいてい》、角度の問題で頭部と肩《かた》の一部しか見えず——かなり近づかない事には、背中を狙《ねら》うのも難しい。

(さて、向こうもその辺を知ってて、膠着《こうちゃく》状態になってくれるとありがたいんだがな?)

照門《リアサイト》と照星《フロントサイト》の向こうに、坑道《こうどう》の出口を見据《みす》える。

(………おいおい)

モーガンは胸の内で溜息《ためいき》をついた。

武装兵士達が二人ばかり、金属製らしき盾《たて》を構えて前進してくる。

彼等も銃《じゆう》を装備している以上、その貫通力《かんつうりよく》は熟知しているだろう。つまり彼等の掲《かか》げている盾《たて》は、それを防げる頑強《がんきよう》さがある——対銃弾防御《じゆうだんぼうぎよ》として十分な代物《しろもの》である筈《はず》なのだ。

ただ——

「ユウゴ達だけじゃなくて、敵にも講義が必要か?」

苦笑《くしよう》を浮《う》かべてモーガンは呟《つぶや》き、引き金を絞《しぼ》る。

——轟音《ごうおん》。

次の瞬間《しゅんかん》、武装兵士の片方がつんのめるようにしてその場に倒《たお》れた。

「本当、実戦経験の乏《とぼ》しい奴等《やつら》は、足元がお留守なんだよな」

武装兵士達の掲《かか》げている盾《たて》は、彼等の全身を覆《おお》い隠《かく》すにはあまりに小さい。せいぜい、上半身を何とか護《まも》れる程度でしかなく、下半身は無防備の状態である。

かといって、もし、全身を覆《おお》い隠《かく》せてなおかつ、銃弾《じゅうだん》を確実に止められる金属の盾《たて》となると、重くてとても持ち歩けたものではない。

つまり——

「こういう場合は匍匐前進《ほふくぜんしん》が基本なんだよ」

慌《あわ》てて被弾《ひだん》した仲間を引きずって後退する武装兵士に、追撃《ついげき》の銃弾《じゅうだん》を送り込みながら、モーガンはそう言った。

†

——ごうあっ!!

傲然《ごうぜん》と〈キメラ〉が吠《ほ》える。

次の瞬間《しゅんかん》、蝙蝠《こうもり》を思わせる翼《つばさ》が空《くう》を叩《たた》き、その巨体《きょたい》が空中へと舞《ま》い上《あ》がって——否《いな》、跳《は》ね上《あ》がっていた。

「あっちのデカブツは俺達が！」

「……任せた！」

端的《たんてき》にそう言葉を交《か》わすユウゴとリゼル。

実際に共に戦ったのは王都での一度きりだが、此処《ここ》に来るまでに二人は何度となく模擬戦《もぎせん》を繰《く》り返《かえ》している。その結果、お互《たが》いの戦い方、召喚獣《しょうかんじゅう》の得手不得手をよく理解していた。

翼《つばさ》を持ち、見るからに格闘《かくとう》戦を得意としている〈キメラ〉は同じく飛行可能で格闘戦《かくとうせん》向きの〈ヴァルキリー〉が。

魔術《まじゅつ》による遠隔攻撃《えんかくこうげき》を主体としているであろう〈イフリート〉は同じく『砲台《ほうだい》』的な戦いを主体とする〈雷帝《らいてい》〉が。

そういう担当だ。

勿論《もちろん》……逆の組み合わせで、相手の不得意分野から仕掛《しか》けるというのも方法としては考えられる。だが、高速移動が不得意なリゼルとバーレイグに〈キメラ〉が向かえば、早々に二人が制圧されてしまう可能性もあった。

ここはユウゴとカミラがリゼルらから、〈キメラ〉を引《ひ》き離《はな》すのが得策で――それをリゼルらも、一瞬《いっしゅん》で理解して承諾《しょうだく》したのである。

「来い、デカブツ！」

言いながらユウゴはカミラと共にリゼルらから離《はな》れる。

（召喚士《しょうかんし》は……駄目《だめ》だ、見分けがつかないか）

弱点とも言うべき召喚士《しょうかんし》を叩《たた》くのが最も手早い対処法なのだが、それは相手も理解しているのだろう、武装兵士達に交じっているようで、誰《だれ》が〈キメラ〉の召喚士《しょうかんし》なのか分からない。

武装兵士達の中に、〈キメラ〉に指示を出すべく、ユウゴ達をちらちらと見ている者がいれば、それと判別がつくだろうが――そんな分《わ》かり易《やす》い動きをしている者は見当たらない。

（召喚獣《しょうかんじゅう》と感覚共有出来てれば、こっちを見る必要もないしな……）

つまり〈キメラ〉とは真っ向勝負してこれを制さなければならない。

しかも相手は逆に召喚士《しょうかんし》であるユウゴの存在を認識《にんしき》しているので、カミラではなくユウゴを狙《ねら》ってくる可能性は高い。

となると……ユウゴはカミラと離《はな》れて戦うわけにもいかない。〈キメラ〉の一撃《いちげき》を防ぎきるだけの防御力《ぼうぎょりょく》も、耐《た》えきるだけの体力も、ユウゴには無いからだ。

ヨシュア戦で行った、召喚獣《しょうかんじゅう》と事実上の一心同体になるあの『極意《ごくい》』が使えれば、ユウゴでも〈キメラ〉相手に殴《なぐ》り合《あ》いは可能かもしれない。

だがあれは、以後、何度か試《ため》しているが、一度も成功していない。ならばこの土壇場《どたんば》でそれを期待して戦うのはあまりにも愚《おろ》かだろう。

となると――

（見たところ火属性か……）

ならば水属性であるカミラとは多少だが相性《あいしょう》が悪い筈《はず》だ。

（けど〈キメラ〉は耐久性《たいきゅうせい》が高い……攻撃力《こうげきりょく》もだ……）

その大柄《おおがら》で獣《けもの》じみた見た目通りに、〈キメラ〉はその耐久《たいきゅう》性の高さで相手の攻撃《こうげき》に耐《た》えながら、致命《ちめい》の一撃《いちげき》を送り込むのが基本の戦い方であろう。

対してカミラも水属性の〈ヴァルキリー〉――耐久性《たいきゅうせい》と回復力では群を抜《ぬ》く召喚獣《しょうかんじゅう》である。

結果として――

ごあああああっ！

「――――ッ‼」

急降下して襲《おそ》い掛《か》かってくる〈キメラ〉に対し、地を走るユウゴに寄《よ》り添《そ》って飛んでいたカミラが半回転、仰向《あおむ》けの状態で〈キメラ〉の巨大《きょだい》な籠手《こて》に覆《おお》われた拳《こぶし》を受け止めていた。

がん！　と身を捻《ひね》ったカミラの左肩《ひだりかた》の装甲《そうこう》が音を立てて凹《へこ》み、カミラ自身も地面に叩《たた》きつけられる。

だがそこで〈ヴァルキリー〉は悶絶《もんぜつ》する事無く、地を転がって追撃《ついげき》を回避《かいひ》。〈キメラ〉が続けて放った拳《こぶし》の打撃《だげき》は、彼女をかすめながらも、地面に深々とめり込んでいた。

「カミラ！」

「御意《ぎょい》！」

好機──とばかりにユウゴはカミラの背後に立って胸元《むなもと》で両腕《りょううで》を交差させる。それを『足場』として蹴《け》ったカミラは、翼《つばさ》での飛翔《ひしょう》よりも更《さら》に高速で、拳《こぶし》を地面から抜《ぬ》くべく足掻《あが》いている〈キメラ〉に襲《おそ》い掛《か》かった。

「〈契約の剣《ソードオブプロミス》〉ッ！」

彼女の斬撃技《ざんげきぎ》が〈キメラ〉に向けて炸裂《さくれつ》する。

だがこれを異形《いぎょう》の召喚獣《しょうかんじゅう》は左腕《さわん》の籠手《こて》で受け止めていた。

攻撃《こうげき》と防御《ぼうぎょ》が拮抗《きっこう》し、余剰《よじょう》の威力《いりょく》が、様々な現象となって周囲に降り注ぐ。火花が弾《はじ》け、稲妻《いなずま》が走り、衝撃波《しょうげきは》が地面の上に幾重《いくえ》もの波紋《はもん》を描《えが》いて埃《ほこり》を吹《ふ》き飛《と》ばす。

「ぐっ──」

全身を叩《たた》く衝撃波《しょうげきは》に対し、片膝《かたひざ》をつきながらもこれに耐《た》えるユウゴ。

たとえ単純な殴《なぐ》り合い、斬《き》り合いに見えたとて、召喚獣《しょうかんじゅう》そのものが『意思ある魔術《まじゅつ》』と言われるように、その攻撃《こうげき》もまた、本質的には魔術攻撃《まじゅつこうげき》に等しい。

相殺《そうさい》しきれなかった威力《いりょく》が別の現象になって周囲を脅《おびや》かすのも、いつもの事であった。

そして──

──がん！　がん！　がん！

カミラの斬撃《ざんげき》と〈キメラ〉の打撃《だげき》。

連続するそれらが猛烈《もうれつ》な勢いで相手に叩《たた》き込まれる。

どちらも攻撃《こうげき》する瞬間《しゅんかん》にはどうしても防御《ぼうぎょ》がおろそかになる。

攻撃《こうげき》が受け止められればなおさらだ。

故《ゆえ》に、相手はそこを狙《ねら》い――二体の召喚獣《しょうかんじゅう》は、『先に魔力《まりょく》が尽《つ》きた方が負け』とばかりに、相手の攻撃《こうげき》は弾《はじ》かず避《さ》けず受けて、同時に自分の攻撃《こうげき》を送り込む、という戦い方を続けているのだ。

顔を。肩《かた》を、胸を。腹を。

鋼《はがね》の籠手《こて》に覆《おお》われた巨大《きょだい》な拳《こぶし》が容赦《ようしゃ》なく打《う》ち据《す》える。

その度にしかし、カミラは姿勢を崩《くず》しつつも、剣《けん》の斬撃《ざんげき》を相手に送り込み、〈キメラ〉の剛《ごう》毛《もう》に覆《おお》われた身体《からだ》に、幾《いく》つもの傷を刻んでいく。

瞬《まばた》きする間に傷は修復されるものの、無傷に戻《もど》るのは許さぬとばかりに、次の攻撃《こうげき》、その次の攻撃《こうげき》が、繰《く》り返《かえ》される。

（カミラ――）

痛々しい。見ているのが辛《つら》い。

そんな感情がユウゴの脳裏《のうり》を過《よぎ》るが、ここで目を逸《そ》らしてしまえば、カミラに送り込まれるユウゴの魔力《まりょく》がわずかでも目減りしかねない。

（この距離《きより》なら……！）

代わりに――ユウゴは腰《こし》の後ろに吊《つ》っていた拳銃《けんじゅう》を抜《ぬ》き放《はな》つと、撃鉄《げきてつ》を起こし、前に突《つ》き出《だ》す様にして発砲《はっぽう》した。

種類の違《ちが》う轟音《ごうおん》が召喚獣達《しょうかんじゅうたち》の激突《げきとつ》の最中《さなか》に割り込む。

無論、それはカミラの斬撃《ざんげき》に比べると、ささやかに過ぎる威力《いりょく》ではあったのだろう。

だが――

――ごあああああっ⁉

〈キメラ〉が悲鳴じみた声を上げる。

銃弾《じゅうだん》が鼻先に命中した事に加えて、至近距離《きょり》で銃口《じゅうこう》の発する発射火炎《マズルフラッシュ》をまともに見たためだろう。

恐《おそ》らく〈キメラ〉は五感が獣《けもの》並みに鋭《するど》い。

だからこそ、若干《じゃっかん》、薄暗《うすぐら》いこの縦穴の底で、いきなり閃光《せんこう》を目の前に浴びせられると、目が眩《くら》むのだ。

「――ッ！」

ここぞとばかりにカミラが畳《たた》みかける。

嵐《あらし》のように続けざまの斬撃《ざんげき》が〈キメラ〉の身体《からだ》に叩《たた》き込まれ、血とも肉片《にくへん》ともつかぬものが、次々と舞《ま》い散《ち》っていく。

いかに耐久力《たいきゅうりょく》が高く、回復力が高くとも、それを上回る威力《いりょく》で攻撃《こうげき》され続ければ消耗《しょうもう》するのが道理。

——ごあっ！

〈キメラ〉が短く吠《ほ》えながらその左右の剛腕《ごうわん》を無茶苦茶に振《ふ》り回《まわ》し始める。技《わざ》も何もあったものではないが、カミラの攻撃《こうげき》を少しでも逸《そ》らし、視力の回復のための時間を稼《かせ》いでいるのだろう——が。

——突如《とつじょ》、閃光《せんこう》が走る。

硬《かた》く瞼《まぶた》を閉じていた〈キメラ〉がわずかにそれを開いた瞬間《しゅんかん》、狙《ねら》いすましたかのように、青白い光がその鼻先を過《よぎ》った。

——ごあああああっ⁉

「——感謝！」

ユウゴは振《ふ》り返《かえ》りこそしなかったが、背後で戦っているリゼルらに向けてそう叫《さけ》ぶ。

今の閃光《せんこう》はバーレイグの稲妻《いなずま》だ。

〈イフリート〉と戦っている最中、何発も立て続けに放った稲妻《いなずま》の内の一発を、こちらに向けてくれたのだ。

（訓練の甲斐《かい》があったってもんだよな）

以前のヨシュア戦で、特性の異なる召喚獣《しょうかんじゅう》を連携《れんけい》させて戦う事の威力《いりょく》について、ユウゴらは嫌《いや》というほどに学んだ。

格闘《かくとう》戦の最中の召喚士《しょうかんし》や召喚獣《しょうかんじゅう》は、どうしても視野が狭《せば》まる。

その結果生じた隙《すき》に、遠距離《えんきょり》攻撃《こうげき》を加えてやれば、防ぎきれるものではない。たとえ一撃《いちげき》で相手を倒《たお》しきる事は出来なくても、戦力が拮抗《きっこう》していた場合、これを自分達の有利に傾《かたむ》ける事が出来る。

勿論《もちろん》、これには二体の召喚獣《しょうかんじゅう》を、一人が扱《あつか》うかの如《ごと》き、緻密《ちみつ》な連携《れんけい》が必要となるが——今のユウゴらは、そのための訓練を十二分に積んできた。

「さっさと片づけてこっち手伝って‼」

そんなリゼルの叫《さけ》びが飛んでくる。

「おう、待ってろ！」

そう叫《さけ》び返すと、ユウゴは気合を入れてカミラに魔力《まりょく》を——普段《ふだん》と違《ちが》い意識的に送り込む。

「決めるぞ、カミラ！」

「——〈契約の剣《ソードオブプロミス》〉ッ！」

未《ま》だ視界が戻《もど》らないのか、ふらついている〈キメラ〉に対し、間合いの外から仮想の『刃《やいば》』を飛ばしての一撃《いちげき》。

いや。それは『刃《やいば》』というよりも『鉄槌《てっつい》』だ。

ごぉんっ‼　というそれまでとは比較《ひかく》にならぬほどの大きな打撃音《だげきおん》が響《ひび》き渡《わた》り、両腕《りょううで》を交差させて身構えていた〈キメラ〉に、破城槌《はじょうつい》の如《ごと》き衝撃《しょうげき》が叩《たた》き込まれる。

その両腕《りょううで》の籠手《こて》が歪《ゆが》みながら吹《ふ》っ飛《と》び、〈キメラ〉は無防備に両腕《りょううで》を掲《かか》げる体勢で仰向《あおむ》けに倒《たお》れる。

次の瞬間《しゅんかん》、その胸の上にカミラが着地。

「慈悲深《じひぶか》き我が君に感謝を」

そう言うや否《いな》や、剣身《けんしん》ではなく、その反対側たる持ち手の部分——柄頭《つかがしら》を〈キメラ〉の顔面に叩《たた》き下《お》ろした。

「召喚獣《しょうかんじゅう》であろうと、殺すな、との仰《おお》せ故《ゆえ》に」

――ごあああ……

苦鳴のような声を漏《も》らしながら実体化を解いて消える〈キメラ〉。

「よし！」

とカミラと頷《うなず》き合《あ》うと、ユウゴは勝利の余韻《よいん》に浸《ひた》る間も己《おのれ》には許さず、約束通りにリゼルらの方へと向かう。

（思った通りだ……こいつら、対召喚士《しょうかんし》戦に慣れてない）

ブロドリックの町を襲《おそ》った時のリゼルも同様だが……オウマの配下の召喚士《しょうかんし》達は、召喚獣《しょうかんじゅう》を使って、一般《いっぱん》市民や普通《ふつう》の兵士を襲《おそ》い、一方的に蹂躙《じゅうりん》する戦い方ばかりをしてきたためか、召喚士《しょうかんし》同士、召喚獣《しょうかんじゅう》同士の戦いにあまり慣れていないのだ。

元々召喚士《しょうかんし》は数が少ないから、召喚士《しょうかんし》同士が戦う場面自体が少ない事も在るだろう。そもそも経験を積む場が少ないのだ。

ユウゴ達はそれを自覚したために、意識的に模擬《もぎ》戦を繰《く》り返《かえ》してきたが、オウマの配下は各地に分散していた事もあってか、そういう修練を積んでいなかったようだ。

「…………二対一か」

正面にリゼルとバーレイグ、背後にユウゴとカミラと、挟《はさ》み撃《う》ちされる態勢になっても、〈イフリート〉は慌《あわ》てるでもなくそう呟《つぶや》く。

今までリゼルらとやり合って、勝てていない以上、こうなれば明らかに〈イフリート〉は不利である筈《はず》なのだが。

何か秘策でもあるのか。

「二対一？　いいや？」

ユウゴは挑発《ちょうはつ》的に笑って見せた。

「四対一だぜ？」

「…………」

〈イフリート〉がわずかにその秀麗《しゅうれい》な顔を歪《ゆが》める。

「人間なんて頭数に入れなくてもいいってか？」

「…………」

「なら俺やリゼルの事は無視してくれよ。その方が助かる」

というユウゴの言葉と同時にカミラが前に出る。

〈イフリート〉は身構えつつも、右手を掲《かか》げて――

「〈ギガクラッシュ〉」

複数目標に対する範囲《はんい》攻撃《こうげき》。

光を伴《ともな》わない強烈《きょうれつ》な熱波が放射状に放たれる。

『包囲された』という事は、逆にいえば、どの方向に攻撃《こうげき》をしても外れる事は無いという意味

でもある。

「――っ！」

全身を焼かれるかの様な激痛に思わず苦鳴を漏《も》らすユウゴ。

（確か〈イフリート〉のこの技《わざ》は……）

一定の確率で、相手の神経系を焼いて一時的に麻痺《まひ》させる効果が在った筈《はず》だ。

だが――

「……相性《あいしょう》が悪いな」

と呟《つぶや》くように言うのはバーレイグだ。

火属性の〈雷帝《らいてい》〉にとって熱波攻撃《こうげき》はむしろ受け流しやすい。それでも完全無効化は出来ないが、自分とリゼルを気絶させない程度には護《まも》る事が出来ている。

しかも――

「――ッ！」

白い煙《けむり》――いや水蒸気を突《つ》き破《やぶ》って、カミラが突撃《とつげき》する。

一定の確率で相手を麻痺《まひ》させる。

ならば相手の数が増えれば増えるほどに、全員を麻痺《まひ》させる事が出来る可能性は下がり、同時に、麻痺《まひ》を免《まぬが》れた敵から攻撃《こうげき》を受ける可能性は――上がってしまう。

「――〈契約の剣《ソードオブプロミス》〉」

カミラの剣《けん》が〈イフリート〉に斬《き》りかかる。

咄嗟《とっさ》に〈イフリート〉は右手でこれを防ごうとするが、熱波を剣《けん》に纏《まと》わせた水を蒸発させることで受け流したカミラは、易々《やすやす》と〈イフリート〉の肩《かた》に剣《けん》を食い込ませていた。

「ぐっ――？」

「――ふっ！」

入《い》れ替《か》えるように剣《けん》を引き――それに引きずられる様にして前に出た〈イフリート〉の顔面を、これまた左の拳《こぶし》が正面から打《う》ち据《す》える。

「………………」

〈イフリート〉は大きくのけ反って――しかし何とか未《ま》だ実体化を解除せずに耐《た》えている。あるいは事前に召喚士《しょうかんし》から何らかの強化を――魔術《まじゅつ》を施《ほどこ》されているのかもしれない。

ただ――

「とどめ！」

とリゼルが叫《さけ》び、バーレイグが杖《つえ》を掲《かか》げたその瞬間《しゅんかん》。

「それは待ってもらおうか！」

そんな声が飛んでくる。

「――!?」

「お仲間の命が惜《お》しければ、おとなしく投降しろ」

振《ふ》り返《かえ》ったユウゴ達が見たものは、ぐったりとして気絶しているらしいモーガンと——それを背中に乗せて運んでいる、巨大《きよだい》な黒い獣《けもの》の姿だった。

「〈ビーストライダー〉……？」

黒い獣《けもの》の背にはモーガンの他に、長く尖《とが》った耳を持つ娘《むすめ》が乗っている。

召喚獣《しょうかんじゅう》〈ビーストライダー〉……二体に見えるが、娘《むすめ》と獣《けもの》、両方を一体分の魔力《まりょく》で維持《いじ》できる事から、カミラの剣《けん》や鎧《よろい》と同様、どちらかがどちらかの『付属物』であるというのが、魔《ま》術師《じゅつし》らの認識《にんしき》だった。

武装集団の中に、三人目の召喚士《しょうかんし》が交じっていたのか。

あるいは——

（ヨシュアみたいに……？　それでモーガンも？）

あの強制的な魔力《まりょく》吸い上げを喰《く》らったら、装備が万全《ばんぜん》のモーガンでも成す術《すべ》は無かろう。

ヨシュアと同様に、周囲から魔力《まりょく》を吸い上げて、複数の召喚獣《しょうかんじゅう》を同時使役《しえき》できる召喚士《しょうかんし》の存在は、警戒《けいかい》してしかるべきだった。

「私もモーガンも殺すって言ってなかった？」

リゼルが目を細めて言う。

「それで人質《ひとじち》とか、馬鹿じゃないの？」

「殺してもいいとは言われたが、是《ぜ》が非《ひ》でも殺せと命じられているわけではないからな」

と黒い獣《けもの》の横に立つ男が笑いながら言う。

恐《おそ》らくこの男が召喚士《しょうかんし》なのだろう。

「さて、どうするね？」

「………………」

嘲《あざけ》りを含《ふく》んだ問いに、ユウゴは唇《くちびる》を噛《か》んだ。

†

先《ま》ず召喚獣《しょうかんじゅう》を『消せ』と命じられた。

「………………」

モーガンの頭に銃《じゅう》を突《つ》きつけられていては、従うしかない。

ユウゴが口頭で命じるまでもなく、カミラは黙《だま》って実体化を解き、続いて若干《じゃっかん》の躊躇《ちゅうちょ》を示しながらも、バーレイグが姿を消した。

勿論《もちろん》、契約《けいやく》を解除したわけではないから、喚《よ》べば再び彼等は姿を現すし、自発的に実体化をする事も不可能ではないが……いずれにせよそれには若干《じゃっかん》の『間』を要する。

オウマの配下達は、その『間』でモーガンを、そしてユウゴやリゼルを悠々《ゆうゆう》と射殺できるという寸法だ。勿論《もちろん》、改めてモーガンから取り上げた『本物』の音叉《おんさ》を使ってもいいだろう。

オウマの下に居るだけあって、召喚士《しょうかんし》の扱《あつか》いというものを彼等はよく心得ているようだった。

当然、銃《じゅう》も、その他持ち物は全て取り上げられた。

「さて、思いの外、てこずらせてくれたね」

と召喚士《しょうかんし》らしい男はにやにやと笑いながら言った。

「先にも言ったが、殺しはしないよ。殺しはね」

「……有難《ありがた》がって涙《なみだ》でも流せばいいのか？」

とユウゴが睨《にら》みながら問うと、男は首を振《ふ》った。

「まあ有難《ありがた》がる必要は無いね。ただ、まあ涙《なみだ》は流す事になると思うがね。今まで泣かずに耐《た》えられた奴《やつ》は居ない」

「……？」

何やら意味深な言い方である。

「言ったろう。手足が揃《そろ》っている必要は無いんだ。会話さえできればね。そして君等は少々、乱暴に過ぎる。なので暴れられないように、手足を一本ずつ落としておこうか」

「ちょっと!?」

とリゼルが驚《おどろ》いたように声を上げる。

「話が違《ちが》う――」

「だから殺さないよ？　オウマ・ヴァーンズ様も、御子息《ごしそく》には話があるらしいしね。右手、右足を斬《き》り落《お》とした後は、ちゃんと止血もしてあげよう」

と男は言いながら、腰《こし》の後ろから大振《おおぶ》りの刃物《はもの》を――鉈《なた》を引《ひ》き抜《ぬ》いた。それでユウゴらの手足を落とそうというのだろう。

「拘束具《こうそくぐ》を使えばいいでしょ!?」

「手枷足枷《てかせあしかせ》は、身体《からだ》しか拘束《こうそく》出来ないからねえ」

と楽し気に指先で鉈《なた》の刃《は》を撫《な》でながら男は言った。

「でもねえ、腕《うで》を落としてやると、誰《だれ》しも、泣《な》き叫《さけ》んで『もうやめて』『なんでもします』『だから許して』って言うんだよ。強情《ごうじよう》な奴《やつ》でも、最初は指、次に手首、次に肘《ひじ》、って感じで順番に斬《き》り落としてやると、大体、腕《うで》一本なくなった時点で泣いて許しを請《こ》うよ」

「…………」

「そうなると、もう反抗《はんこう》する気力も無くなるのさ。オウマ・ヴァーンズ様のお話も、素直《すなお》に聞ける筈《はず》だ。『合理的』だろ？」

と男は言ってリゼルの頬《ほお》にその鉈《なた》を当てる。

「…………」

リゼルの表情は、恐怖《きようふ》に引《ひ》き攣《つ》っていた。

かつて自分の故郷の村で、何年も鎖《くさり》に繋《つな》がれ、歩けるように回復するまでにも何年もかかった彼女からすれば――今度は手を不自由にすると言われれば、世界が闇《やみ》に閉ざされたかのような絶望を味わうに違《ちが》いない。

気丈《きじょう》に見えても未《ま》だ十代の少女なのだ。

この場で泣き出し、自分だけでも助けてくれと叫《さけ》んでも不思議は無いし、それを誰《だれ》が責められようか。

だから――

「壊《こわ》れてるな」

とユウゴは言った。

「頭おかしいんじゃないか、お前」

「…………そうそう。そういうのだよ」

ユウゴに視線を向けながら男はむしろ嬉《うれ》しそうに言った。

「そういう生意気な口もきけなくなるとおもうよ、坊《ぼっ》ちゃん？」

「よく、オウマ・ヴァーンズの野郎《やろう》もこんなバカを手下に使ってるな。いや。そもそもどこで見つけてきたんだ、こんな人間のクズ」

「んん？　挑発《ちょうはつ》してるのかな？　まあいい。俺に関して言えば、収監所《しゅうかんじょ》さ。いや、まあ大抵《たいてい》の奴《やつ》が似たり寄ったりだ――ねっと！」

男は言って、ユウゴの足を払《はら》う。

立っていられず、その場に倒《たお》れたユウゴの上に馬乗りになり――更《さら》にその右手の上に、鉈《なた》を置いて見せながら男は更《さら》に続けた。

「この世界がね、間違《まちが》ってるんだってオウマ・ヴァーンズ様はおっしゃった。間違《まちが》ってるから正すんだってさ。世界が正されれば、俺達みたいな罪人も、獄《ごく》に繋《つな》がれる事は無くなる――」

「世界を……正す？」

国家転覆《てんぷく》でも考えているのか。

それとも――

「俺も大手を振《ふ》って、正しい事が出来る。生意気なクソガキの指を一本一本、斬《き》り落《お》として、絶望で泣《な》き叫《さけ》ぶ、喜んで俺の足を舐《な》める、そんな風に正しく教育してやっても、いちいち文句を言ってくる、出しゃばりの馬鹿が居ない世界さ」

「…………」

この男に限らず……召喚獣《しょうかんじゅう》の力を集めて、『世界を変革する』事をオウマは唱え、その言葉に惹《ひ》かれて、真っ当な生き方の出来ない連中が集まってきたという事か。

自分がこんなに苦しいのは、こんなに辛《つら》いのは、自分が悪いからではなくて、世界が間違《まちが》っているからだ。

そう――考える人間がいる事そのものは、ユウゴにも理解できる。

彼自身、ブロドリックの町で物心ついた時から虐《いじ》められてきたし、それが『自分が悪いからだ』とはどうしても思えないから、『周りがみんなおかしい』と考えていた時期はある。

だが……

だからといって何人もの人間を傷つけ、殺して、どうなるというのか。それで世界が変わると思っているのなら、とんだ馬鹿だ。

恨《うら》みは消えない。

ブロドリックの人々が十年以上の歳月《さいげつ》を経てもオウマへの嫌悪《けんお》感拒否《かんきょひ》感《かん》を忘れていないように。

だからこんな暴力沙汰《ざた》で世界が変えられるのだと本気で思っているのなら、救いがたい愚《おろ》か者《もの》だ。

この男も。他のオウマの配下も。あるいはオウマ自身も。

「さて。教育その一だお坊《ぼっ》ちゃん」

男はとんと鉈《なた》の背でユウゴの右手の甲《こう》を叩《たた》く。

「大人に生意気な口をきいてはいけません。罰《ばつ》として君は右手の指を永遠に取り上げられてしまいます」

そんな言葉と共に鉈《なた》が振《ふ》り上《あ》げられる。

「………」

視界の端《はし》でリゼルが表情を歪《ゆが》めて眼《め》を逸《そ》らすのが見えた。

次の瞬間《しゅんかん》に来るであろう、激痛と衝撃《しょうげき》に備えて歯を食いしばるユウゴ。それで耐《た》えられるかどうかの自信はなかったが――

「――ユウゴ」

そして。

「なにしているのか質問。です」

全く何の脈絡《みゃくらく》もなく。

それこそいつものように。

「――カティ⁉」

「うぉっ⁉」

唐突《とうとつ》にその場に存在する銀髪《ぎんぱつ》の少女を見て、男は驚《おどろ》きの声を上げていた。それどころか、余程《ほど》に慌《あわ》てたのか、ユウゴの上から転がり落ちてしまう。

カティは、地に伏《ふ》せたユウゴのすぐ目の前にいた。

一体、いつ、どうやって？

それこそ、召喚獣《しょうかんじゅう》が実体化して出現するかのように、虚空《こくう》から現れたとした思えなかった。

その証拠《しょうこ》に、武装兵士達も、驚《おどろ》いた様子で身構えているが――

「カティ、危ない、逃《に》げ――」

「てめえ、いきなり何を――」

とユウゴと同時に鉈《なた》の男が激昂《げっこう》したかのように叫《さけ》ぶが。

「私に攻撃《こうげき》する、ですか？」

首を傾《かし》げてカティが問うと――男は我に返ったかのように何度か瞬《まばた》きをしてから、慌《あわ》てて首を振《ふ》った。

「い、いや、いや！　め、滅相《めっそう》もない、そんな事をしたら――」

「オウマ・ヴァーンズ様に殺され――」

武装兵士達も口々にそんな事を言ってくる。

彼等を見ながら――

「ユウゴは、私の『主人』です」

カティはそう言った。

「――え？」

「――へ？」

と武装兵士達と、そしてリゼルが間の抜《ぬ》けた声を漏《も》らす。

「ちょっと、カティ、『主人』って――」

「なのでユウゴを害されては困る、です」

リゼルの声は何故《なぜ》かきっぱりと無視して、カティは鉈《なた》の男や武装兵士達にそう言った。

「う……うっ……」

鉈《なた》の男はしばらく唸《うな》っていたが。

「わ、分かった……分かりました」

言って立ち上がると、武装兵士達を見回して言った。

「暴れないように気を付けて、『中央大聖堂』に連れてこい。俺は先に行ってオウマ・ヴァーンズ様にご報告申し上げる」

そして鉈《なた》の男は〈ビーストライダー〉と共に縦穴の真ん中に在る『平たい四角錐《しかくすい》』の方へと歩いていく。

ちなみにモーガンは獣《けもの》の背に乗せられたままである。

「…………りょ、了解《りようかい》」

と——気圧《けお》された様子で頷《うなず》く武装兵士達。

カティが傷つけるなと訴《うつた》えたのはユウゴに対してのみだったが、彼等は一応、リゼルやモーガンも含《ふく》めての事と理解してくれたらしい。

だが一体、何故《なぜ》、彼等はこんなにも素直《すなお》にカティの言う事を聞く？

「……本当……何者なんだ、お前……？」

と身を起こしながらユウゴは尋《たず》ねる。

武装兵士達の言い方からすれば、彼女はオウマ・ヴァーンズに対して強い影響力《えいきようりよく》を——発言力を持っている存在の様にも思える。

だがもしそうだったとして、そんな人物がどうして――

「……前に説明した。です」

「前に？」

「初めて会ったときに……ユウゴが忘れているだけ。です」

というカティの表情が若干《じゃっかん》、拗《す》ねているように見えるのは、ユウゴの気のせいだろうか。

「……来い」

武装兵士達が銃《じゅう》を突《つ》き付《つ》けつつそう命じてくる。

「………………」

ユウゴはリゼル共々、安堵《あんど》と絶望が入り混じった溜息《ためいき》をついた。

第四章

摂理の改変

イラスト：haru.

ソザートン湖北の地下遺跡《いせき》。

地面の下である事、更《さら》には開拓《かいたく》線の外側に在る事から、永らくその存在は知られてこなかった。この遺跡《いせき》の存在が魔術師《まじゅつし》組合の派遣《はけん》する調査隊によって明らかにされたのは、七年前の事である。

調査隊はダンヴァーズの町を拠点《きょてん》として、何年も調査を続けていたわけだが、当然、地下遺《い》跡《せき》の周辺に泊《と》まり込む事もあったらしい。

「……………くそ」

ユウゴらが連れ込まれ、繋《つな》がれていたのは、恐《おそ》らく調査隊が造ったものらしき、小屋——数棟《むね》在る内の一つだった。

「……ユウゴ」

隣《となり》のリゼルが囁《ささや》くように言ってくる。

「他の小屋、見た?」

「……え?」

「窓が少し開いてて、ちらっとだけど、中が見えたの……多分、生き残りの人質《ひとじち》は、あの中に居るわよ」

「…………やけに用意が良《い》いと思ったら……元々、人質《ひとじち》を繋《つな》いでおくための場所か、ここ」

「……でしょうね」

　今、ユウゴは、リゼル、モーガンと共に手枷《てかせ》を着けられ、小屋の床《ゆか》に打ち込まれた杭《くい》に、鎖《くさり》で繋《つな》がれている状態である。

　勿論《もちろん》、カミラとバーレイグは実体化を解かれていて姿が見えず、召喚獣《しょうかんじゅう》を喚《よ》ぶ仕草を見せようものなら、見張りに立っている二人の武装兵士が即座《そくざ》に銃《じゅう》を撃《う》つだろう。

　先にリゼルが相手に渡《わた》した音叉《おんさ》──イフリートに溶《と》かされたものは見せかけだけの偽物《ダミー》だが、モーガンが持っていた『本物』の方も相手に取り上げられて武装兵士の手の中だ。銃弾《じゅうだん》が外れてもこちらを使えば彼等は一瞬《いっしゅん》で、ユウゴとリゼルを絞殺《こうさつ》出来る。

　とりあえずは、おとなしくしているしかない。

　明日か、明後日《あさって》か、更《さら》に後か──そのうち、オウマ・ヴァーンズと顔を合わせる機会も在るだろうから、反撃《はんげき》の機会はその時と考えるべきだろう。そのためにも体調は万全《ばんぜん》にしておきたい。迂闊《うかつ》に暴れて武装兵士と揉《も》めるのは得策ではないだろう。

（今は我慢《がまん》だ我慢《がまん》──）

　そう思っていたのだが──

「おや。君でしたか」

「──⁉」

　いきなり扉《とびら》を開いてオウマ本人が姿を現した事で、ユウゴは息を呑《の》んで固まった。

　ユウゴの中でオウマ・ヴァーンズはいわば『悪の親玉』のような印象になっていた為《ため》──ユ

ウゴらと顔を合わせるにしても、もっと勿体《もったい》をつけて、自分から出向いてくるような事は無いのだと思い込んでいたのである。それこそ、自分は玉座に座って左右に配下を並べ、ユウゴらを自分の前に引き立てる——みたいな。

「ブロドリックで会った時は、全く気付きませんでしたが」

「………」

「なるほど。よく見ればマティアの面影《おもかげ》が在る」

オウマはユウゴの前まで歩いてくると、わずかに腰《こし》を屈《かが》めて彼の顔を覗《のぞ》き込んできた。

「……なに？」

「マティア。君の母親ですよ」

とオウマは平然とそう言ってきた。

「………」

オウマの『乱心』以前に亡《な》くなった母親については、ユウゴもよく知らない。事故で亡《な》くなったとは聞いたが、どういう人物であったのか——どころか名前すら知らなかった。どうしても母親の話をしようとすれば、オウマの話も避《さ》けて通れないからだろう。エミリア達もほとんど話題にしなかったのだ。

ユウゴもそれで納得《なっとく》していた——のだが。

「目つきの悪いところなどマティアそっくりです」

「気が短くて怖《こわ》いもの知らずで。話を聞く限り、君の気質はマティア譲《ゆず》りなのかもしれませんね」

「………………」

「し……知った風な事を……」

お前に俺の何が分かる？

そう喉《のど》まで出かかったユウゴだったが、それを口にすると、まるでオウマに『理解してほしい』と心の底で願っているかのようにも思えて、ユウゴはその言葉を飲み込んだ。

血の繋《つな》がりという意味では父かもしれないが。

心の繋《つな》がりという意味ではこいつは他人だ。

言葉を交《か》わしてやる義理なんてない。

そう――ユウゴは自分に言い聞かせたのだが。

「私を召喚士《しょうかんし》と知ってなお、殴《なぐ》ってきたのは彼女だけですよ」

「――は？」

思わずそんな声が漏《も》れていた。

「殴《なぐ》って？」

「ええ。怖《こわ》いもの知らずだと言ったでしょう。でも乱暴というより、思い切りが良《い》いというか、気風《きっぷ》が良《い》いというのはああいう人の事を言うのでしょうね。私と結婚《けっこん》すると決めた時も、それはもう、あっさりと。『あんたに家族ってものの良さを教えてやる』と」

「………」

形容しがたい感情が、ユウゴの胸の内で泡立《あわだ》っている。

ひょっとして……自分は今、実の父に、亡《な》き母の事を、その、惚気《のろけ》られているのか？

（……っていうか、いや、待て、『家族ってものを教える』？）

それは自分が以前、リゼルに言った言葉でもあって。

彼女が何やら妙《みよう》に頬《ほお》を赤らめていたのは、まさか、ユウゴから求婚《きゆうこん》したとでも思われていたのか。

（いや、いやいやいやいやいや⁉）

今はそんな事を気にしている場合ではない。

自分は『敵』の親玉と相まみえているのだから。

（だけどリゼル――）

ふとユウゴは傍《かたわ》らのリゼルに目を向けるが、彼女はうつむいたまま身じろぎもしない。オウマの顔を見ようともしていない。

ユウゴはてっきり、彼女はオウマに何か言うものだと思っていたのだが――

「――まあその手の話は、機会があればまた今度」

そう言ってオウマは背を伸《の》ばし、一歩、斜《なな》めに後ずさる。

彼の動きで——今まで彼の背後に隠《かく》れていた人物の姿が、ユウゴの眼《め》にも明らかになった。

「カティ⁉」

と声を上げるユウゴ。

銀髪《ぎんぱつ》の小柄《こがら》な少女——ユウゴ達の旅先で不意に現れては姿を消し、先程《さきほど》はユウゴの危機を救ってくれた。

先程《さきほど》は、武装兵士達にどこかに連れられて行ったようだが——

「……いや、違《ちが》う、のか？」

よく見れば何か違《ちが》う。

髪型《かみがた》、目鼻立ち、実によく似ているのだが、まるで鏡に映った虚像《きよぞう》のように言葉にし難《がた》い違《い》和感《わかん》がある。

「ええ。違《ちが》いますね」

「個体名カティとは違《ちが》う。です」

オウマがそう言い、本人までもがカティそっくりのしゃべり方で、同一人物たる事を、否定してくる。

「君が持っていたこのメダル」

とオウマが懐《ふところ》から取り出すのは、カティから渡《わた》されたあの勲章《メダル》の事である。銀色のそれは、オウマの指先できらりと存在を主張するかのように光った。

「これはね、この遺跡《いせき》の取扱《とりあつかい》説明書であると同時に、始動のための鍵《かぎ》でもあるのですよ」

「取扱《とりあつかい》説明書？」

「ああ、勿論《もちろん》、本や書類の様なものではありません。いちいち読まなければいけないようなものだと、面倒《めんどう》だ、と古代の魔術師《まじゅつし》は——いえ、召喚士《しょうかんし》達は考えたのでしょうね。だから、取《とり》扱《あつかい》説明書が自ら喋《しゃべ》って教えてくれます」

「——は？」

自ら喋《しゃべ》って教える？

それは——

「………………」

オウマは指先で勲章《メダル》を軽く弾《はじ》く。

次の瞬間《しゅんかん》——まるで召喚獣《しょうかんじゅう》が出現する時と同じように、空間に歪《ゆが》みが生じ、そこに色彩《しきさい》が流れ込み、輪郭《りんかく》が形成され、瞬《また》く間《ま》に一人の少女の姿を生み出していた。

銀髪《ぎんぱつ》の、超然《ちょうぜん》とした美しさの、少女。

「カティ——」

「はい。カティ、です」

と無表情にカティは頷《うなず》いた。

「これも、それも」

とオウマが二人の銀髪《ぎんぱつ》の少女を交互《こうご》に指さす。

「人間のように見えますが、人間ではありません。勿論《もちろん》、召喚獣《しょうかんじゅう》でもありません。これらの人間としての姿形は、あくまで人間と対話するための『繋《インターフェイス》ぎ』に過ぎないのですよ」

「…………」

「これらが取扱《とりあつかい》説明書であり、その本体はこの勲章《メダル》——つまり人間としての姿は、召喚獣《しょうかんじゅう》が実体化する原理を応用、模倣《もほう》して造られただけのものであるのですよ。実に素晴《すば》らしいですね、旧時代の魔法《まほう》機関は」

とオウマはにこやかに説明してくる。

「十五年前、私は石板の文献《ぶんけん》から、遺跡《いせき》の取扱《とりあつかい》説明書兼《けん》始動鍵《かぎ》がこの勲章《メダル》である事を突《つ》き止《と》め、魔術師《まじゅつし》組合のブロドリック支部で保管されていたこれを狙《ねら》ったのですが。石板の記述の欠落から、それが『二つ』必要だという事を知らなかったのですよ」

「…………」

「私が十五年前に零《ゼロ》番倉庫を訪《おとず》れた際に、保管用の箱に入っていたのはそもそも一つだけ、でした。しかし同種のものがたまたま何年も経《た》ってから別の場所から見つかり、ブロドリック支部に運び込まれたのだと、つい先日、知りました」

とオウマは眼《め》を細めて言った。

「偶然《ぐうぜん》とはいえ、間の抜《ぬ》けた話です。で——ブロドリックまで取りに行ったわけですがね。問題の箱の中はやはり空っぽでした」

「……ご愁傷様《しゅうしょう》だな」

とユウゴはようやく驚愕《きょうがく》を抑《おさ》え込み、憎《にく》まれ口《ぐち》を叩《たた》いて見せたが、オウマはまるで気にした様子が無く、淡々《たんたん》と話を進めていく。

「まさかとっくに、もう一つの鍵《かぎ》が起動していて、特定個人と契約《けいやく》を済ませ、自ら歩いて倉庫から逃《に》げ出《だ》すなどとは思ってもみませんでしたよ」

「…………え？」

「鍵《かぎ》と言いましたが、これは資格証的な部分もありましてね」

とオウマはもう一枚の勲章《メダル》を懐《ふところ》から取り出して示す。

その『取扱《とりあつかい》説明書』は、最初に触《ふ》れて起動させた人間に、所有権が存在する事になるという――

「恐《おそ》らく……遺跡《いせき》を個人が独《ひと》り占《じ》めしないようにとの、安全策だったのでしょうけれど」

とオウマが言う。

「私が先日、十五年ぶりにあの町の魔術師《まじゅっし》組合を訪《おとず》れた時には、既《すで》にもう一枚の勲章《メダル》は、起動済みで所有者が登録されていました」

「それって――」

カテイが確か言っていた。

「ユウゴは、私の『主人』です」

「初めて会ったときに……ユウゴが忘れているだけ。です」

カティは遺跡《いせき》の鍵《かぎ》にして取扱《とりあつかい》説明書。

最初に触《ふ》れて起動させた人間に所有権が生じる。

ユウゴは初めてカティと会った時の事を忘れている。

つまり――

「そう、あなたですよ、我が息子《むすこ》、ユウゴ・ヴァーンズ」

「……！」

言われて、ようやくユウゴは思い出した。

†

扉《とびら》が閉まるとそこは完全な闇《やみ》に満たされていた。

「エミ姉《ねえ》っ……！」

幼いユウゴは慌《あわ》てて姉のエミリアを呼んだが、彼の声は分厚い扉《とびら》に遮《さえぎ》られて零《ゼロ》番倉庫の外までは届かなかったようだ。

返事は来ない。エミリアが戻《もど》ってくる事も無い。

彼女の後ろについて、こっそりこの零《ゼロ》番倉庫の中にユウゴは入り込んだ。普段《ふだん》から『入ってはいけない』と言われ、出入り口は基本的に常時施錠《せじょう》されているが故《ゆえ》、中を覗《のぞ》き見《み》る事さえ出来ないこの地下の部屋は、ユウゴの興味をいたくそそっていたのだ。

きっとすごく面白《おもしろ》いものがあるに違《ちが》いない。

そんな風に思っていた。

元々オウマ・ヴァーンズの息子《むすこ》という事もあって、周囲の者達はどうしてもユウゴとは距離《きょり》を置きがちである。普段《ふだん》から何気ない会話を交《か》わす相手はエミリアとその両親ぐらいのもので、ユウゴは同世代の友達が一人も居ない。

だから彼は退屈《たいくつ》を持てあましていた。

零《ゼロ》番倉庫に忍《しの》び込んだのはそういう理由からだ。

だが、ユウゴが中を『探検』するのに夢中になっている間に、エミリアは用を済ませて出て行ってしまった。手のかかる弟の存在に全く気がつく事無く。

なので――

「……エミ姉《ねえ》っ！　エミ姉《ねえ》っ!!」

扉《とびら》の方と覚《おぼ》しき辺りに歩いて行くが、自分の手足すら見えない濃密《のうみつ》な闇《やみ》の中……ただ真《ま》っ直《す》ぐに歩く事すら難しい。

「エミ姉《ねえ》――あっ⁉」

当然のようにユウゴは何かに足を引っかけて姿勢を崩《くず》し、咄嗟《とっさ》に伸《の》ばした手が何かを掴《つか》もうとして……零《ゼロ》番倉庫の中の棚《たな》に引っかかる。

結局、彼はその場に座り込んでしまい、その頭上に棚《たな》の上から落ちてきた何かがこつんと当たった。

「――痛っ……」

思わず頭に手をやって――そこでユウゴは、何か奇跡《きせき》的な均衡《きんこう》を保って自分の上に乗っかっている硬《かた》く冷たいものを掴《つか》んだ。

「なんだこれ……」

ユウゴが不思議に思ったのは、それがこの闇《やみ》の中でぼんやりと光って見えたからである。銀色の――金属円盤《えんばん》。いや。何やら複雑な紋様《もんよう》と文字が彫《ほ》り込まれている事を思えば、勲章《メダル》か何かか。

何度か手に持ったそれを表裏《おもてうら》ひっくり返してユウゴは眺《なが》めていたが。

「本当、なんだこれ……？」

呟《つぶや》きながら立ち上がったのは、これを『灯《あか》り』にして足下《あしもと》を照らせば、とりあえず扉《とびら》の辺りまでは行けそうだと思ったからである。

「光ってるけど……」

だが全体が燐光《りんこう》を帯びているような感じで、何か光源が埋《う》め込まれているという感じでもない。強《し》いて言えば、姉エミリアの召喚獣《しょうかんじゅう》エルーシャが出現し実体化する際の輝《かがや》きに似ている気がした。

そして……

「やっぱり駄目《だめ》か……」

扉《とびら》の前で顔をしかめるユウゴ。

ごついその扉《とびら》は、内側には把手《とって》すら無いただの板だ。

勿論《もちろん》、生身の人間が叩《たた》こうが引《ひ》っ掻《か》こうが体当たりしようが、破れるものではないし、向こう側まで声が届くかどうかすら怪《あや》しい。

どうしたものか。

扉《とびら》を背にしてユウゴは座り込んで――

「――起動確認《かくにん》」

「うわっ⁉」

不意に耳元で響《ひび》いた声にユウゴは慌《あわ》てて左右を見回した。

だが誰《だれ》の姿も見えない。勲章《メダル》の光が照らし出すほんのわずかな範囲《はんい》、見えるのはユウゴ自身のみで――

「だ、誰《だれ》？」

「召喚士《しょうかんし》登録をすべし。です」

「だ、誰《だれ》だ？　誰《だれ》だよ⁉」

「召喚士《しょうかんし》登録をすべし。です」

怯《おび》えすら含《ふく》んだ声をユウゴは闇《やみ》の中に投げるが、相手はただ淡々《たんたん》と同じ言葉を繰《く》り返《かえ》すだけだった。

「召喚士《しょうかんし》登録をすべし。です」

「……何をしろって？」

……その後、十回ばかり同じ事を言われて、ユウゴは根負けし、とりあえずそう問うてみた。

「貴方《あなた》の名前を口頭で入力を。です」

「……ユウゴ……アル……じゃなくて」

ユウゴは小さく首を振《ふ》って言った。

「ユウゴ・ヴァーンズ……だよ」

「ユウゴ・ヴァーンズ――召喚士《しょうかんし》名《めい》、登録完了《かんりょう》。魔力《まりょく》波形登録――完了《かんりょう》。最終意思確認《かくにん》。です」

「……？」

「ユウゴ・ヴァーンズ。貴方《あなた》は『力』を望むか？　です」

「力……？　よく分からないけど、力があったらここから出られたりする？　それに、エミ姉《ねえ》のお手伝いとかも出来たりする？　それから……友達とかも出来たりするかな？」

「問いが明確ではない為《ため》、回答も不完全にならざるを得ない。です」

と声はそう言ってから。

「『力』は全てを可能にする。不可能はない。です」

「そうなんだ！」

聞きようによってはひどく不穏《ふおん》なその言葉を、しかし未《ま》だ幼かったユウゴは素直《すなお》に受け止めて喜んだ。

「じゃあ望む。その『力』っていうの、頂戴《ちょうだい》」

「意思確認《かくにん》――完了《かんりょう》。これで『力』は貴方《あなた》のものであり、私は貴方《あなた》のものとして登録された。です」

「……これでその『力』っていうのは貰《もら》えたの？」

「『力』の実際的な行使には主機を起動させねばならない。です」

「しゅき？」

「本体です」

「……よく分かんないけど、つまり、未《ま》だその『力』は使えない？」

「その通り。です」

「役に立たないじゃん⁉」

と悲鳴じみた声をユウゴは上げた。

『役に立たない』――意味不明。です。『力』は万能を志向して造り出されたものであり――」

「いや、だから！　俺はここから出たいの！　今すぐ！」

言ってユウゴは左手で背後の扉《とびら》を叩《たた》いた。

「この扉《とびら》を開けたいの！」

「了解《りょうかい》――私の補助機能を使って所有者の要望に応える。です」

そんな言葉と同時に――

「――え？」

ふわりとユウゴの視界を銀色の何かが過《よぎ》った。

慌《あわ》てて彼がそちらに眼《め》を向けた時には、その何かは――何者かは、分厚い扉《とびら》の中に『入って』いく所だった。

まるで水面下に沈《しず》んでいくかのように。

どうやら何者かは実体のない幻《まぼろし》の如《ごと》く、硬《かた》い扉《とびら》の中にするすると消えていく。ユウゴは眼《め》を向けるのが一瞬《いっしゅんおく》遅れたせいで、その何者かが誰《だれ》なのか、顔も見る事は出来なかったが――その人物が銀色の髪《かみ》をしているのだけは分かった。

そして……

「………」

待つ事――しばし。

何やら分厚い扉《とびら》の向こうからごんごんと鈍《にぶ》く重い音が聞こえていたが。

「――え？」

ごつごつと音を立てながら扉《とびら》が開く。

外から入り込んでくる光が闇《やみ》を切《き》り裂《さ》いて押《お》し退《の》けていき――

「やった、開いた――」

そこに立っていたのは。

「………」

ユウゴの頬《ほお》を一筋の汗《あせ》が滑《すべ》り落《お》ちる。

彼に語《かた》り掛《か》けていた何者かが、外で何をしたのか――しでかしたのかは、分からなかったが。

零番《ゼロ》倉庫の出入り口には、厳《いか》つい岩の巨人《きょじん》が二体、今にも殴《なぐ》り掛《か》からんばかりに拳《こぶし》を振《ふ》り上《あ》げていた。

†

「……カティ」

ユウゴは半眼で銀髪《ぎんぱつ》の少女を睨《にら》みながら言った。

「そうか。あの時の声か」

「思い出せたようで何より。です」

とカティは頷《うなず》くが。

「何よりじゃないだろ⁉　あの後、どれだけ俺が――」

幼い頃《ころ》――ユウゴはエミリアにくっついてよく魔術師《まじゅつし》組合の建物に出入りしていて、冒険《ぼうけん》心から、というより悪戯心《いたずらごころ》から、零《ゼロ》番倉庫にも入り込んでしまった事がある。

そしてその時に、どうやらカティに――あの勲章《メダル》に触《さわ》ってしまったらしい。

その後、ユウゴは『門番』のストーンゴーレムに追い回され、必死に逃《に》げ回《まわ》り、騒《さわ》ぎを聞きつけて駆《か》けつけてきたエミリアらに保護された途端《とたん》、疲労《ひろう》で気絶したのだ。

「召喚士《しょうかんし》が、自分達の権勢をより増すために、そして自分達の理想の世界を作るために、作った巨大魔法《きょだいまほう》機関ですから……召喚士《しょうかんし》以外の一般人《いっぱんじん》が触《さわ》っても、これは起動しません」

ユウゴとカティのやりとりが聞こえているのかいないのか、オウマは変わらず淡々《たんたん》とした口調で説明を加えてくる。

零番倉庫《ゼロばんそうこ》の『遺物』の管理は、魔術師《まじゅつし》達が行っていたが、発掘《はっくつ》時や運搬《うんぱん》時には一般人《いっぱんじん》も触《ふ》れる事がある。それでもカティの勲章《メダル》が起動しなかったのは、彼等が召喚士《しょうかんし》としての才を持たなかったからだ。

「じゃあ俺は――」

そもそもオウマは『遺物』を奪《うば》い去《さ》ってなどいなかったのだ。

オウマの襲撃《しゅうげき》を察知した『遺物』が自ら人の姿をとって零番倉庫《ゼロばんそうこ》から逃《に》げ出《だ》し、ユウゴ達の所に来ていた。

だがブロドリックの魔術師《まじゅつし》組合は、『遺物』が無くなっていた事から、これがオウマに強奪《ごうだつ》されたものだと判断――ユウゴらに奪還《だっかん》を求めたわけだが、その実、問題の『遺物』はずっとユウゴの懐《ふところ》にあったという事である。

(なんて間抜《まぬ》けな話なんだ……関係者全員、勘違《かんちが》いしてたのか)

そしてユウゴ自身はわざわざ、問題の『遺物』をオウマの所まで運んできただけなのだ。

いや。それどころか――

「君達の動向は、人を遣《つか》って把握《はあく》していました」

とオウマは言う。

「これの所有者であり登録者はユウゴ……君です。解除方法は分かっていないので……こうなると、君には私に協力してもらうしかありません」

「協力って――」

「私と君の二人が揃《そろ》えば遺跡《いせき》を本格起動させる事が出来る」

笑顔《えがお》で――徹頭徹尾《てっとうてつび》まるで揺《ゆ》らがぬ朗《ほが》らかな笑《え》みを浮《う》かべる顔で、オウマはそう告げてきた。

「お……俺があんたに協力するとでも思っているのか？」

ユウゴは必死に気力を振《ふ》り絞《しぼ》ってそう言った。

実の父とか、エミリアの師だとか、そういう部分を差し引いても、ユウゴはこの目の前の男を恐《おそ》ろしいと思った。

人の形をした何か別のものではないのか。

話が――通じているようで微妙《びみょう》に噛《か》み合《あ》っていない気がする。

この男はユウゴを『生きた一人の人間』と認識《にんしき》していない。周囲の風景とか現象の一部ぐらいにしか思っていない。喜怒哀楽《きどあいらく》を持ち合わせ、自分の意志で行動する人間だと思っていない。

他人に対して『共感する』という行為《こうい》を一切放棄《いっさいほうき》している。

恐《おそ》らくはユウゴのみならず、周りの人間全てに対して――

「……見たぞ、鍾乳洞《しょうにゅうどう》の白骨死体。エミリア姉にも怪我《けが》させて――」

「ああ。もっともです。君の怒りは至極《しごく》、真っ当でしょう」

そう言いつつもオウマはまるで悪びれた様子が無い。

「ですが君は知らない。私の目的を。私の目的を知れば、君も私を非難する事は無くなるでしょう」

オウマはくるりと踵《きびす》を返《かえ》すと、小屋の外に歩いていく。

「ユウゴ君の枷《かせ》を外してあげなさい」

壁際《かべぎわ》に立っている武装兵士にそう命じ、そしてオウマは立ち止まって肩越《かたご》しにユウゴを振《ふ》り返《かえ》ってきた。

「――ついてきなさい、私の目的を見せてあげましょう。同じ召喚士《しょうかんし》として、同じ遺跡《いせき》の所有者として、君なら理解できる筈《はず》だ」

†

ユウゴが連れて行かれてしばらくして。

「……そのままの姿勢で聞けよ」

「――！」

背後から、ふと囁《ささや》かれた声に――リゼルは振《ふ》り返《かえ》りそうになるのを懸命《けんめい》に堪《こら》えた。

モーガンだ。

ずっと気絶していたようだが、ようやく息を吹《ふ》き返《かえ》したらしい。

彼の体調が気掛《きが》かりではあったが、手枷《てかせ》を嵌《は》められ、『余計な動きを示したら撃《う》つ』と宣言されて銃《じゅう》を持った兵士に見張られている現状では、何もできなかったのである。

「俺がくたばる前に言っておくぞ。嬢《じょう》ちゃんとユウゴの首輪だが、とっくに鍵《かぎ》は壊《こわ》してある」

「…………」

「非常用の機能だそうだがね。音叉《おんさ》の鳴らし方によっては、緊急《きんきゅう》解除出来るんだとさ。今のその首輪はただのお洒落《しゃれ》な装身具ってとこだ」

「……何がお洒落《しゃれ》よ」

兵士に会話を気取《けど》られないように、俯《うつむ》いたまま、リゼルは言った。

「いつ壊《こわ》したの？」

「俺が意味も無く報告書送ってたと思うか？　嬢《じょう》ちゃんの今までの行動で、魔術師《まじゅつし》組合側も、もう首輪の必要無しって判断になったんだよ。アルマス師からの口添《くちぞ》えもあってな」

「…………」

「隙《すき》を見つけてここから逃《に》げ出《だ》す算段をしろ。俺の事は置いて行け。さっきの話も聞いてた限り、ユウゴは必要ってことでしばらく殺される事はないだろうが、嬢《じょう》ちゃんは分からんだろ」

「……そうね」

と自嘲《じちょう》の笑《え》みを唇《くちびる》の端《はし》に浮《う》かべてリゼルは言った。

「オウマ・ヴァーンズは私の方を見もしなかったし、声も掛《か》けなかったわ。もう用済みって事なんでしょう」

リゼルが自分からオウマに声を掛《か》けなかったのは、それを確かめるためだった。既《すで》にリゼルはユウゴらの側についているわけだが――個人として、オウマの居ないところで、彼に見限られたつもり、彼を見限ったつもりになっているのは、それはそれで一方的だと思ったからだ。

(別に、私を見捨てた言い訳が聞きたかったわけでもないけど……)

曲がりなりにも自分を父と呼んで付き従っていたリゼルに対して、何らかの反応を示すのではないかと――そんな最低限の人間らしい感情を示してくれるのではないかと、思ったのだ。

だが……オウマは、リゼルを裏切り者と詰《なじ》る事すらしなかった。

(無視、ですらないのよね……)

無視には対象に対する一定の関心と、それに関与《かんよ》しないという確固たる意志が必要だ。オウマは視界の中に居るリゼルから殊更《ことさら》に眼《め》を逸《そ》らす事もなかった。

以前から薄々《うすうす》気付いてはいたが……本当に彼にとってリゼルの存在は『多少使える手駒《てごま》』でしかなかったという事だろう。

「それはともかく。私一人で逃《に》げろって言われてもね。モーガン、あんたは――」

「傭兵《ようへい》は金で命売ってんだよ。勝利摑《つか》むのに死ぬのも仕事のうちだ」

声も無くモーガンが笑う気配をリゼルは背中で感じる。

「……どうして、そこまでしてくれるの」

モーガンはただ魔術師《まじゅつし》組合に雇《やと》われただけの、傭兵《ようへい》だった筈《はず》だ。

確かに傭兵《ようへい》は生き死にを金に換《か》える存在ではあるわけだが、だからこそ他を犠牲《ぎせい》にしてでも、自分が生き残る事を優先するのが筋というものだろう。そうでもなければそれは……既《すで》に『仕事』ではない。

だが――

「……俺の生まれた村は、お前さんと同じで、辺境に在ってな」

モーガンは掠《かす》れ気味の声でそう言った。

自分も辺境の生まれの癖《くせ》にユウゴを田舎者《いなかもの》と呼んでいたらしい。

「……詳細《しょうさい》はこの際、省くが、耳当たりの良い『理想』を掲《かか》げる野郎《やろう》がある日、ふらっとやってきてな。魔術師《まじゅつし》でも召喚士《しょうかんし》でもない、普通《ふつう》のおっさんだったが、やたらと口が上手《うま》くてね」

「…………」

「村の連中がころっと騙《だま》されて……その男の唱える『理想』のために、誰《だれ》も彼もが考えも無く従ってな。で、俺には歳《とし》の離《はな》れた弟と妹がいたんだが……」

ある時、村を流行《はや》り病《やまい》が襲《おそ》った。

弟と妹もその病気に罹《かか》ったが、既《すで》にその時には村を支配する立場にいた男は、医術師や魔《ま》術師《じゅつし》を街から呼ぶ事を許さず、独自の『治療法《ちりょう》』で病人を救って見せると言った。

「今にして思えば……外から誰《だれ》かを呼び込む事で……支配できていた村人の『眼《め》が覚める』のを恐《おそ》れたんだろうな……」

だが当然、医術の知識も魔術《まじゅつ》の技能も無いこの男に、病人を救う事は出来なかった。

出来なかったが、男はその事実を認めず、死体を焼いて『炎《ほのお》で清める』『この後に復活する』などという妄言《もうげん》を唱え始めた。

その顛末《てんまつ》は殊更《ことさら》に聞くまでもない。

村は流行《はや》り病《やまい》と、出鱈目《でたらめ》な火葬《かそう》の延焼《えんしょう》による火災で全滅《ぜんめつ》し——その事で目が覚めた少数の生き残りが、村を離《はな》れた。

モーガンはその一人なのだそうだ。

「生きてりゃお前等くらいの歳《とし》だよ。俺に力が無かったから、助けてやれなかったが。ずっとそれが心残りでな……」

そんな傭兵《ようへい》の声に、微《かす》かながらも満足げな響《ひび》きを聞き取って、リゼルは柳眉《りゅうび》を逆立てた。

「——馬鹿⁉」

さすがに大声で叫《さけ》ばないだけの理性は働いてはいたものの。

リゼルはそのまま背後のモーガンへ苛立《いらだ》ちに煮《に》えた声を投げつけた。

「あんたの昔話には同情するけど！　だからってあんたを見殺しにしたら今度は私があんたと同じものを背負わされるんでしょうが！」

リゼルは気がついていた。

わざわざモーガンが茶化さずに自分の過去を喋《しゃべ》ったのは、つまり『遺言《ゆいごん》』なのだという事に。自分の行動の意味、自分の人生の価値、そういったものを誰《だれ》かに知ってもらうために、死を目前にして言葉を遺《のこ》す——それは人間なら誰《だれ》しもが考える事であろう。

だが——

「既《すで》に私はそういうの背負わされてんのよ！」

死んだ弟。死んだ母。

自分に力が在ったならば、いや、むしろ理不尽《りふじん》と戦う勇気さえ在ったならば、救えていたかもしれない——家族。

「この上、あんたの分まで背負えっての⁉ あんたは私達を助けて死んだら、満足かもしれないけどね！ ここで死ぬとか許さないからね⁉」

言うだけ言って——リゼルは溜息《ためいき》をつく。

囁《ささや》き声《ごえ》で誰《だれ》かを怒鳴《どな》りつけるというのは、これでなかなか、気力を消耗《しょうもう》する行為《こうい》だった。

モーガンは——啞然《あぜん》としたのか、しばらく黙《だま》っていたが。

「そういやそうかもな、すまん」

驚《おどろ》いた事に、そう謝ってきた。

遺跡《いせき》は外から見れば『平たい四角錐《かくすい》』の形状をしている。

細かな凹凸《おうとつ》は無数にあれど、外見は非常に単純で簡素だ。

だからこそユウゴはオウマの言う『旧世界の魔法《まほう》機関』であるそれの内部は、外見とは反対に、非常に緻密《ちみつ》で複雑な形状をしているのだろうと勝手に想像していたのだが。

「——これは」

中には一本の黒い塔《とう》がそびえている。

それだけだ。他には何もなく、塔《とう》も基部こそ多少複雑な形状をしているようだったが、全体としてはただの『円柱』だ。

その先端《せんたん》は天井《てんじょう》付近まで伸《の》びており、下から——『麓《ふもと》』から見ている限りでは分からなかったが、天井《てんじょう》付近には穴が開いている。

元々遺跡《いせき》が縦穴の底にあるためか、仰《あお》げば青空が見えた。

「——そも」

ふと——先を歩いていたオウマが立ち止まって言った。

「召喚術《しょうかんじゅつ》とは何か？　召喚獣《しょうかんじゅう》とは何か？」

「…………」

一瞬《いっしゅん》、ユウゴはここまで一緒《いっしょ》に歩いてきたカティと、カティそっくりの少女の方に目を向けるが、二人は特に何の反応も示していない。

やはりオウマの問いはユウゴに投げかけられたものだろう。

「エミリアからはどう教わりましたか？」

改めて息子《むすこ》を振《ふ》り返《かえ》ってそう尋《たず》ねてくるオウマ。

ユウゴはしばらく、投げ返す罵倒《ばとう》の言葉を考えていたが――恐《おそ》らくこの男は何を言われてもその仮面の如《ごと》き笑《え》みを崩《くず》しはしないだろうと思いなおし、真っ当に答える事にした。

「召喚術《しょうかんじゅつ》とは『ここではない何処《どこ》か』から『ここには居ない何者か』を呼び込む魔術《まじゅつ》……召喚獣《しょうかんじゅう》とは『ここには居ない何者か』だ」

「はい。教科書通りですね」

とオウマは満足げに頷《うなず》く。

「では更《さら》に質問です。『ここではない何処《どこ》か』とは何ですか？」

「海を越《こ》えても空を舞《ま》っても辿《たど》り着《つ》けない、距離《きょり》とは別の何かで隔《へだ》てられている場所。人によっては『異界』とか『異世界』と呼ぶ」

「そうですね。では『ここには居ない何者か』とされる召喚獣《しょうかんじゅう》はつまり、『ここではない何処《どこ》か』の住人という事になります」

「…………」

　無意味な言葉遊びだ。

　ユウゴはそう思ったが――

「この世界は諸々《もろもろ》のもので成り立っていますが――私達も、その一部、構成要素として存在しています。では異界から召喚獣《しょうかんじゅう》を呼び込むという召喚術《しょうかんじゅつ》はつまり、異界の一部をこの世界に引きずり込んで組み込むという事に他なりません――ここまでは？」

「分かる」

　とユウゴは頷《うなず》いた。

「似たような話はエミ姉《ねえ》から聞いた」

「それは結構。では更《さら》に――世界は、本来、己《おのれ》の中に異物が入り込むのを好みません。我々に喩《たと》えれば、無理やり、身体《からだ》の中に石を詰《つ》め込まれたり、刃物《はもの》で刺《さ》されたりしているようなものです。世界は己《おのれ》の『純粋性《じゅんすいせい》』を守ろうとする。だから当然――拒否《きょひ》反応が出る」

　言ってオウマは軽く手を振《ふ》る。

　ふぉん、と空気が鳴って、そこに彼の召喚獣《しょうかんじゅう》〈ウェポンマスター〉が姿を現していた。

「本来ならば、異界の一部である召喚獣《しょうかんじゅう》は、この世界にとって拒《こば》むべき異物。だから押し出そうとする力が、追《お》い払《はら》おうとする力が、働く。それを防ぎ、召喚獣《しょうかんじゅう》をこの世界に繋《つな》ぎとめているのが――」

「召喚士《しょうかんし》」

「その通りです」

とオウマはまたも頷《うなず》く。

召喚士《しょうかんし》からの魔力《まりょく》を供給される事で、召喚獣《しょうかんじゅう》はこちらの世界に存在し続ける事が出来る。

「世界が異物を拒《こば》もうとする力は、医術師達がいうところの『免疫《めんえき》』であり、我々召喚士《しょうかんし》の存在は召喚獣《しょうかんじゅう》を繋《つな》ぎとめるための楔《くさび》、『免疫抑制剤《めんえきよくせいざい》』に相当するわけです」

「………」

初めて聞く言葉が出てきたが、オウマの言わんとするところは分からないでもない。

「例えば……医術において、他人の身体《からだ》を移植するという治療法《ちりょうほう》があります。広義では輸血などもそうですが、深い火傷《やけど》を負った部分に、他人からもらった皮膚《ひふ》を植え付けるとか、腎臓《じんぞう》のように、臓器の一部を他人からもらって自分の身体《からだ》に植え付けるとか」

「……そういう医療《いりょう》技術があるのも、聞いた事はある」

大抵《たいてい》は王都のような都会で、何人もの医術師や魔術師《まじゅつし》が集まって実行される極《きわ》めて高度な治療《ちりょう》で、田舎《いなか》住まいの庶民《しょみん》には縁《ふち》のない高額医療《いりょう》であるという事も知っている。

「それが？」

「……元々召喚獣《しょうかんじゅう》は異界の一部」

とユウゴの問いを無視する様に話を戻《もど》すオウマ。

「この世界を律する条理の因果から、本質的には切り離《はな》された存在であるが故《ゆえ》に、召喚獣《しょうかんじゅう》の力は強い。召喚獣《しょうかんじゅう》はつまり、そこに存在するだけで、一定範囲《はんい》を異界に書き換《か》えているようなものであり、その結果として、この世界の因果関係は不安定になる」

「それは——」

本来、召喚獣《しょうかんじゅう》というよりも魔術《まじゅつ》の原理だ。

強い意志の力と、呪文詠唱《じゅもんえいしょう》や結印《けついん》という『本来的には意味のない仮想的な手順』を踏《ふ》む事により、この世界の『摂理《せつり》』を一部ながらも捻《ね》じ曲《ま》げ、自分の求める効果を生み出す。

火薬が燃える、燃焼《ねんしょう》によって生じる瓦斯《ガス》の圧力を利用して弾丸《だんがん》を飛ばす、というこの世界の『摂理《せつり》』に従った武器が銃器《じゅうき》だとすると、『燃えるものも無い場所に燃焼《ねんしょう》という現象だけを希望して呼び込む』のが魔術《まじゅつ》である筈《はず》なのだ。

「そう。元々この世界の摂理《せつり》、がっちりと決まっている因果関係を人間の意志の力でほんの少し、ほんのひと時、捻《ね》じ曲《ま》げるのが魔術《まじゅつ》であるわけですが。召喚獣《しょうかんじゅう》はその由来故《ゆえ》に、そこに存在するだけで、ある種の魔術《まじゅつ》と同じ効果を発揮する——発揮し続けている」

「つまり?」

「召喚術《しょうかんじゅつ》とは、世界のごく一部を異界に書《か》き換《か》える事に他ならない」

オウマは〈ウェポンマスター〉の肩《かた》に手を置きながら、淡々《たんたん》とした口調でそう告げてきた。

「勿論《もちろん》、召喚士《しょうかんし》の魔力《まりょく》供給によって存在を維持《いじ》されなければ、召喚獣《しょうかんじゅう》はこの世界から弾《はじ》き出《だ》されてしまう。『書《か》き換《か》え』は維持《いじ》されず、速《すみ》やかに修正される。世界の純粋《じゅんすい》性を守ろうとする作用によって」

刃物《はもの》で傷つけられた生き物の身体《からだ》もいつかは自然治癒《しぜんちゆ》するかのように。

しかし——

「では大量の召喚獣《しょうかんじゅう》を一度に召喚《しょうかん》すればどうなるでしょうか？」

「……え？」

「世界の純粋性《じゅんすいせい》を保とうとする性質、その作用、それを圧倒的《あっとうてき》に上回る速度と物量で、召喚《しょうかん》術を行使し、大量の召喚獣《しょうかんじゅう》を呼び込んだ場合、どうなりますか？」

「不可能だ！」

とユウゴは即答《そくとう》していた。

「そもそも召喚士《しょうかんし》がそんなに数居ないし、召喚士《しょうかんし》は一人一体しか召喚獣《しょうかんじゅう》を——」

そこまで言ってユウゴは気付いた。

（——ヨシュア・ガルノス！）

王都で戦ったあの召喚士《しょうかんし》。

彼は複数の召喚獣《しょうかんじゅう》を扱《あつか》っていた。同時に喚《よ》び出《だ》せるのは三体までだったようだが、結局あの男は四体の召喚獣《しょうかんじゅう》と繋《つな》がっていた事になる。

「まさか——」

「ええ。そうですよ」

出来の良い生徒を前にした教師のように、深々と満足げに頷《うなず》くオウマ。

「世界の、自分自身を純粋《じゅんすい》に保とうとする力は、押し寄せる異物の群れに押し潰され、破綻《はたん》し、世界は不可逆的に『書《か》き換《か》え』られます」

「…………」

「例えば先程《さきほど》の『移植』の話ですが。仮に私の眼《め》をユウゴ、君に移植したとしても、君はユウゴ・ヴァーンズのままでしょう」

「気色の悪い話を――」

「ですからたとえ話ですよ。腕《うで》を一本移植したって、両足を移植したって、やはり君はユウゴ・ヴァーンズであって、オウマ・ヴァーンズではないでしょうね。ですが――」

オウマはわずかに身を乗り出し、息子《むすこ》の顔を覗《のぞ》き込む。

相も変わらず、朗《ほが》らかな笑顔《えがお》の仮面で。

「例えば首を丸ごと挿《す》げ替《か》えたら？　心臓も、肺も、腎臓《じんぞう》も、肝臓《かんぞう》も、大腸も、小腸も、骨格も、片《かた》っ端《ぱし》から挿《す》げ替《か》えて言ったら？」

「…………！」

「あなたは、いつまでユウゴ・ヴァーンズでいられるしょうか？」

それはつまり……

「世界の、異界化!?」

「概《おお》ね正解です」

とオウマは緩《ゆる》やかに手を叩《たた》く。

やはりその姿は生徒を褒《ほ》める教師のようで——邪気《じゃき》などまるで感じられないのだが。その一方で何か根本的で大事なものが……人として備えていて当然の何かが、抜《ぬ》け落《お》ちているかのようにも見える。

「正確には世界という既存《きそん》の『機構《システム》』を一旦《いったん》壊《こわ》して、再設計する、という話です」

「………………」

さすがにここまで規模が大きくなると、ユウゴの理解の範疇《はんちゅう》を超《こ》え始めている。世界の書き換《か》えだの何だの。まるで神話だ。常軌《じょうき》を逸《いっ》している——

だがオウマは構わず穏《おだ》やかに笑いながら告げてきた。

「そうです。創世の神になる。いや。この世界を創った神に異を唱えてその後釜《あとがま》に座る。この遺跡《いせき》……通称《つうしょう》『無限召喚器《しょうかんき》』は、そのための設備なのですよ」

†

オウマ・ヴァーンズは天才だった。

召喚士《しょうかんし》としての才が在るというだけではない。語学にも堪能《たんのう》、医学や薬学をも苦も無く修め、魔術師《まじゅつし》としても若くして二十を超《こ》える多彩《たさい》な魔術《まじゅつ》を使いこなしてみせた。

だからこそ彼は孤独《こどく》だった。

普通《ふつう》の人間とは見ている場所が違《ちが》う。見えているものが全く違《ちが》う。

つまりは考え方が違《ちが》う。

大抵《たいてい》の書物を一瞥《いちべつ》しただけで子細に記憶《きおく》し忘れない。計算をさせても途方《とほう》もない桁数《けたすう》の数字を暗算で自在に操《あやつ》る。彼は、頭の中で数字を足し引きや掛《か》け割《わ》りしている自覚すら無い。何か問題を見せられれば彼は白紙の部分に答えが書いてあるように見えるのだから。

そんな超人《ちょうじん》に……凡人《ぼんじん》の心の機微《きび》など分かろう筈《はず》も無い。

会話が嚙《か》み合《あ》わない。

共感が得られない。

召喚術《しょうかんじゅつ》を含《ふく》め、凄《すご》い力を持っているのは一目瞭然《いちもくりょうぜん》――もし、万が一、その力を自分達に向けられたらどうなるのか？　そうならないという保証はどこにもないではないか？　何を考えているのか、分からない奴《やつ》なのだから。

誰《だれ》もがそう考えたらしい。

だから自然と彼の周りからは人がいなくなる。

魔術《まじゅつ》や召喚術《しょうかんじゅつ》の師匠《ししょう》ですら彼を恐《おそ》れた。実の親さえも、ある時を境にオウマとは縁《えん》を切ってきた。気持ち悪い、と。

そしてその事を辛《つら》いとも悲しいとも彼は思わなかった。

ただ漠然《ばくぜん》と、人間はそういうものなのだとだけ考えた。

だが——

「変な人だね、貴方《あんた》は」

たまたま魔術師《まじゅつし》組合の要請《ようせい》で出向いた田舎町《いなかまち》。

そこでオウマは初めて彼を恐《おそ》れない人間と出会った。

ブロドリックの町の青年団。

警士達とは別に、町の安寧《あんねい》を守るべく出回っていた若《わか》い衆《しゅ》の一人、女ながらに青年団をまとめ上げていた、女傑《じょけつ》——マティア。

ブロドリックの町にやってきて早々、召喚士《しょうかんし》というだけで周囲が委縮している中、マティアはオウマを指して正面からそう言った。

「周囲の連中が怖《こわ》がってるんだよ。ほら、笑顔《えがお》笑顔《えがお》。はい——ああもう。顔の筋肉どうなってんの、貴方《あんた》は？」

マティアはオウマに対して全く臆《おく》する事無く、むしろ馴《な》れ馴《な》れしいとも言うべき態度で接してきた。そのためか、彼女は周囲からオウマの世話役を任せられ、本人も嫌《いや》な顔もせずにそれを務めた。

オウマは……

「善人……いや。聖人君子というものが本当に居るのなら、恐らく君がそうなのだろうね、マティア」

「はぁ？　何たわけた事言ってるの、この召喚士《しょうかんし》様は？」

……殊更《ことさら》に嬉《うれ》しかったわけでも、救われたわけでもなく。

ただ、自分のような『変な人』と関係が破綻《はたん》する事無く付き合い続けられる彼女は、何らかの超人《ちょうじん》、何らかの特異な存在なのではないか、と思うようになった。

あるいはそれは——恋愛《れんあい》感情というより崇拝《すうはい》の一種だったのかもしれない。

オウマは生まれて初めて他人に興味を持ち、執着《しゅうちゃく》を覚えた。

「……それって求婚《きゅうこん》なんだけど。自分で意味分かってる？」

オウマはずっと一緒《いっしょ》に居てほしいとマティアに要請《ようせい》し、マティアは戸惑《とまど》いこそしたようだが、程《ほど》なくしてオウマとの結婚《けっこん》を承諾《しょうだく》した。

あるいはそれは、彼女なりの打算が在っての事だったかもしれない。

在った方が未《ま》だオウマとしては理解できた。

ブロドリックの住人であるマティアと結婚《けっこん》すれば、オウマは末永くこの町に留《とど》まるだろう。それは恐《おそ》らく町の利益になる。その事をマティアが全く意識しなかったかというと、まずそんな事は無いだろう。

何にしてもオウマは満足だった。

これが幸せというものか、と自分の感情を他人事《ひとごと》のように観察して日記につけたりもした。

マティアに見つかって、彼女を慌《あわ》てさせたのは誤算だったが。

マティアの夫、という立場は町の人々との距離《きょり》感にも影響《えいきょう》した。

以前は、若き天才召喚士《しょうかんし》に気後《きおく》れしている者が大半であったが、マティアの伴侶《はんりょ》となった後は、人々は比較的《ひかくてき》気易《きやす》く話しかけてくるようになったし、オウマに対して世間話すらしてくる者も出てきた。

オウマに対するブロドリックの町の住人による高評価は、概《おおむ》ね、マティアとの結婚《けっこん》後のものである。

ただ――

「ああ……ええと……ええと……わ、私は何をすれば……？」

マティアは事故で死んだ。

結婚《けっこん》し、一児をもうけた後も、マティアは青年団の一員として働いていた。息子《むすこ》のユウゴを抱《だ》きかかえながら、町の若《わか》い衆《しゅ》に指示を飛ばして、皆《みな》に慕《した》われていた。火事や洪水《こうずい》といった災害が起きた際には、自ら陣頭《じんとう》指揮をとった。

だから……ある豪雨《ごうう》の日、落石にあたって、死んだ。

弟子《でし》のエミリアと共に、別の現場でのごたごたを片付けて、オウマが彼女の担当する現場に駆《か》け付《つ》けた時……既《すで》にマティアは手の施《ほどこ》しようが無い状態だった。

勿論《もちろん》、事件性は無い。

誰《だれ》のせいでもない。ただの偶然《ぐうぜん》。

だから――誰《だれ》を恨《うら》む事も憎《にく》む事も出来ない。

「どうして……」

オウマはただただ不思議で納得《なっとく》がいかなかった。

自分と違《ちが》ってマティアは本当に素晴《すば》らしい善人だった。聖人君子とさえ思っていた。自分のような『異物』を受け入れてくれた。

なのに何故《なぜ》、彼女が死ぬ？

確かに人間は死ぬ。いつか必ず死ぬ。誰《だれ》だって死ぬ。

しかし……

彼女でなくてもよかった筈《はず》だ。

今日でなくてもよかった筈《はず》だ。

偶然《ぐうぜん》なのか？　必然なのか？

それが摂理《せつり》なのか？

だが……それが偶然《ぐうぜん》であり摂理《せつり》なのだというのなら。

そんな偶然《ぐうぜん》が起こり得る世界は、そんな摂理《せつり》に律された世界は間違《まちが》っている。間違《まちが》っているとオウマは思った。そんな不安定でいい加減な『機構《システム》』は不完全で故障しているに等しい。

間違《まちが》いは正さねばならない。

間違《まちが》っているのは世界。

間違《まちが》っているのは摂理《せつり》。

ではそれを正すためには——何が必要だ？

†

「あるいはこれを創った者達は、もっと些細《ささい》な事が目的であったのかもしれません」

オウマは問題の遺跡《いせき》——『無限召喚器《しょうかんき》』の黒い表面に掌《てのひら》を当てながら静かな口調で言った。

「知っていますか？　旧時代——〈大災厄《だいさいやく》〉以前は、一人の召喚士《しょうかんし》が三体、四体の召喚獣《しょうかんじゅう》と契約《けいやく》し、同時に複数を顕現《けんげん》させて使役《しえき》する事も珍《めずら》しくはなかったそうです。少なくともそのように記された文献《ぶんけん》が幾《いく》つか残っています」

「……え？」

「ええ。今現在は、どんな召喚士《しょうかんし》であれ、一体の召喚獣《しょうかんじゅう》と契約《けいやく》して維持《いじ》するのがせいぜいです。ではどうして〈大災厄《だいさいやく》〉の前と後でそんな差が生じてしまったと思います？」

「…………」

無限召喚器《しょうかんき》による摂理《せつり》の書《か》き換《か》え？

『召喚獣《しょうかんじゅう》は一人一体』という制限は無限召喚器《しょうかんき》を行使した結果だと？

だが——

「多分に推測が混じりますが。召喚士《しょうかんし》の敵は召喚士《しょうかんし》。ならばより力を得て頂点に君臨しようとする召喚士《しょうかんし》は、自分以外の召喚士《しょうかんし》をより格下に置きたいと考えるのが自然でしょう」

「格下……って」

「ええ。勿論《もちろん》、個々人の力量は異なりますし、戦うとなっても勝敗は不確定要素が多すぎる──いわゆる『時の運』というやつですね」

と人差し指を立ててオウマは言う。

「ですから、誰《だれ》にでも一目で分かる差異をつける。戦戯盤《チエス》と同じですよ。規則《ルール》として設定する。

『二は一よりも確実に多い』『二は一に勝つ』と──」

確かにそれは分《わ》かり易《やす》い区別だろう。

使役《しえき》できる召喚獣《しょうかんじゅう》の数を制限する、世界の摂理《せつり》としてそう設定する──自分以外は。

そうする事で絶対的な支配者としての地位が確立する。

凡俗《ぼんぞく》は勿論《もちろん》、他の召喚士《しょうかんし》達をも足元にひれ伏《ふ》させ──

「ともあれ──これはそういう魔法機関です」

とオウマは言った。

魔術《まじゅつ》機関、ではなく、魔法《まほう》機関。

人間の手になる『術』ではないが故《ゆえ》に、人間の手を離《はな》れても、人間が死して後も、『法』として永続し得るものを造る機関。

「大量の召喚獣《しょうかんじゅう》を一斉《いっせい》に召喚《しょうかん》する事で、世界を一度、分解して、それから思い通りに組み立てるための魔法《まほう》機関。当然、人の死だって無かった事に出来ますよ」

「…………！」

「魔術師《まじゅつし》組合や官吏《かんり》は私を大量殺人の罪で裁こうとしているとの事ですが、それも意味を失います」

「だ、だからって――」

「世界を造《つく》り替《か》えるという事は、当たり前を造《つく》り替《か》えるという事です」

改めてユウゴの方に目を向けながらオウマは愉《たの》し気に言った。

「今の世界はあまりにも不完全だ。私には、召喚術《しょうかんじゅつ》は――そして無限召喚器《しょうかんき》は、神が残した『仕上げ』のための道具なのではないかと思えるのですよ。神などというものが居るとすればの、話ですが」

「…………」

ユウゴは言葉が出てこない。

ただ――

(ダメだ……)

分かってはいたが。

この目の前の男は――説得など不可能だ。叶《かな》う事なら、戦わずに事を収めたい、もしこの男にも一分《いちぶ》の理があるなら、話し合いは出来るかもしれない、とここまでついてきたが。

世界の在り方すら変えようという相手に、法や理を説く事の無意味さを、ユウゴは思い知らされていた。

この男は徹頭徹尾《てっとうてつび》、個人としての興味、個人としての感情で……言ってみれば、究極的な私利私欲で動いていて、それ以外のものにまるで価値を見いだしていない。

他者に共感などしない。出来ない。

そんな相手に道理や常識を説いても、路傍《ろぼう》の石に道徳を教えるが如《ごと》き徒労に過ぎない――

（こいつは……もう……）

絶望的な気分でユウゴは短く呻《うめ》いた。

†

「う……ううっ……」

ひどく苦し気な呻《うめ》き声《ごえ》が床《ゆか》の上を這《は》う。

「モーガン!?」

見張りの兵士達も気にせず、背後の傭兵《ようへい》を振《ふ》り返《かえ》って、声を上げるリゼル。彼女はモーガンの様子を見ながら――

「ちょっと、死んじゃ駄目《だめ》、死なないで、駄目《だめ》だから！」

そう声を枯《か》らさんばかりの勢いで叫《さけ》ぶ。

「…………」

戸口の左右に立つ武装兵士達は、しかし動かない。

むしろそうやって自分達を近づかせて、攻撃《こうげき》しようとしているのではないか——と警戒《けいかい》しているのである。彼等は銃《じゅう》を構えながら、リゼルらの方に眼《め》を向けると、若干《じゃっかん》、嘲《あざけ》りの色を含《ふく》んだ声で言った。

「下手な芝居《しばい》はよすんだな、御嬢《おじょう》？」

「おとなしくしてろ。今すぐ射殺してやってもいいんだぜ？」

そう言って彼等はこれ見よがしに銃口《じゅうこう》を向ける。

一人はリゼルに。もう一人は背後のモーガンに。

だが——

「——下手な芝居《しばい》でも愚《おろ》か者《もの》の眼《め》を向ける役には立つ」

背後からそんな囁《ささや》きが聞こえた瞬間《しゅんかん》、兵士達は弾《はじ》かれたように左右に跳《と》んだ。一人は同時にモーガンから奪《うば》った音叉《おんさ》に手を掛《か》けるが——

「寝《ね》ていろ」

そんな言葉と共に稲妻《いなずま》が走る。

むしろ鋼鉄の銃身《じゅうしん》は雷気《らいき》を引き寄せ、武装兵士二人は揃《そろ》って全身の毛を逆立てながら硬直《こうちょく》

――そして昏倒《こんとう》した。

「ありがとう、バーレイグ」

「何を考えているかは勿論《もちろん》、分かったが、少しひやひやしたぞ」

とバーレイグはリゼルらに歩み寄りながら言う。

彼が手を掛《か》けると、あっさりリゼルらの両腕《りょううで》を拘束《こうそく》していた木製の手枷《てかせ》はへし折れた。

「銃《じゅう》を構える時には、当然、銃口《じゅうこう》の方を向くからな、人間は」

バーレイグに手を貸してもらって起き上がりながら、モーガンは苦笑《くしょう》を浮《う》かべて言った。

「お前さんみたいに、見もしないで攻撃《こうげき》を当てられる奴《やつ》なんか……まあ、めったにいねえよ」

武装兵士二人の失策は、リゼルらが小細工をしないようにと、『さして広くもない部屋の出入り口で見張っていた』事である。

召喚獣《しょうかんじゅう》は大抵《たいてい》、召喚士《しょうかんし》の傍《そば》に現れるが、真横だの真後ろだのと位置が決まっているわけでもなし、距離《きょり》もある程度までは自由が利《き》く。

バーレイグは小屋の外に実体化して、二人を背後から襲《おそ》ったのである。リゼルが騒《さわ》いで武装兵士二人の視線を自分に引き付けていた――視野を固定していたため、実体化を悟《さと》られる事も無かったというわけだ。

「さて。武器も手に入った事だし、行くかね」

「というかあんたはここで寝《ね》てなさいよ」

とリゼルが目を細めて言う。

「オウマ・ヴァーンズや召喚士《しょうかんし》が相手だと、むしろ、体調不良のあんたなんて、ひたすら足手まといなんだから」

「お？　心配してくれてる？」

「足手まといだって言ってんでしょ‼」

にやにや笑うモーガンにそう怒鳴《どな》るリゼル。

だが傭兵《ようへい》はふっと真顔になって——

「エミリア・アルマス師から頼《たの》まれてんだよ」

「……え？」

予想外の名前が出てきたので、目を瞬《まばた》かせるリゼル。

「ブロドリックを出る直前と——それから報告書の返事にも書き添《か》《そ》えてあった。ユウゴをくれぐれもよろしく、特に彼に父親殺しをさせるのだけは何としてでも避《さ》けてくれ、ってな」

「…………」

「だから、あの野郎《やろう》を止めるために殺すしかないって状況《じょうきょう》になったら、俺が手を下すしかねえんだよ」

「……本当、腹立たしいくらいに、『家族』に恵《めぐ》まれてるわね、あいつ」

「ついでと言っちゃなんだが、俺はお前さんにも『お父ちゃん』を殺させるつもりはないからな？」

　とモーガンは言った。

「誰《だれ》もがそうとは限らねえがな、人を一人殺すと、変に『悟《さと》る』奴《やつ》がいるんだ」

「『悟《さと》る』？」

「タガが外れるとでも言うのかね。まあつまり……なあんだ、人殺しなんて大した事ねえじゃん、全然平気、やれるやれる――ってな」

　と皮肉気な笑《え》みをモーガンが浮《う》かべるのは、あるいはそれは彼自身の実体験からか。

「越《こ》えちゃいけない一線――かどうかはさておき、変な方向に踏《ふ》み外《はず》したまま進むと、それこそ、あのオウマ・ヴァーンズやその手下どもみたいになっちまう。戻《もど》ってこれる奴《やつ》も勿論《もちろん》、いるが、戻《もど》ってこれない奴《やつ》もいて、ユウゴやお前さんがどっちかなんてのは、どこにも保証が無いんだよ」

「…………」

「だからな。そういう状況《じょうきょう》になったら俺に譲《ゆず》れ。いいな？」

　そう言ってリゼルに指を突《つ》き付けるモーガン。

　かつてオウマ・ヴァーンズの娘《むすめ》を自認《じにん》していた少女は、しばらく眉《まゆ》を顰《ひそ》めて何か考えていたが。

「本当、男ってのは……」

呆《あき》れたようにそう呟《つぶや》いた。

†

旧時代に造られた魔法《まほう》機関——無限召喚器《しょうかんき》。

それはより力を求めた召喚士《しょうかんし》達の作り上げた、『世界を壊《こわ》して組み立てなおす事が可能な神《じん》器《ぎ》』であるわけだが、その威力故《いりょくゆえ》に、使える者が制限された。

それが即《すなわ》ち『鍵《かぎ》』であり『取扱《とりあつかい》説明書』である二枚の勲章《メダル》、その『所有者』である。

オウマ・ヴァーンズ。

ユウゴ・ヴァーンズ。

奇《く》しくも父と子が二枚の勲章《メダル》の『所有者』として登録されている。

元々勲章《メダル》が二枚あったのは、一枚だけであった場合、敵対する者に奪《うば》われてしまうのを恐《おそ》れての事であったらしい。

故《ゆえ》に、勲章《メダル》が一枚では無限召喚《しょうかん》器はその機能を十全に発揮できない。

逆に言えば……

「動作試験程度の事は出来るのですがね」

とオウマは無限召喚《しょうかん》器の黒い表面を指先で撫《な》でながら言う。

彼のすぐ隣《となり》にはカティそっくりの銀髪《ぎんぱつ》少女が立っている。

「試験ですから、他に影響《えいきよう》が及《およ》ばないように、補助器を使って、無限召喚器《しようかんき》から離《はな》れた場所で、『所有者』とは別の人間に権能を委託《いたく》して使う事も出来るようになっています」

それが、ヨシュア・ガルノスが複数の召喚獣《しようかんじゆう》を従えていた秘密であり、彼がユウゴ達を襲《おそ》った際に、ゲッテンズ伯爵邸《はくしやくてい》を囲むように設置していた『杖《つえ》』の正体だ。

「試験――」

「というより実験ですね。ヨシュア君には実に役に立ってもらいました。感謝しています。補助器の予想外の使い方も分かりましたし」

とオウマは頷《うなず》く。

予想外の使い方というのは……魔力《まりよく》を強制徴収《ちようしゆう》する補助器を、武器、いや、兵器として使えるという事か。実際、モーガンらはそれで立っていられないほどに衰弱《すいじやく》していた。

しかも――

「その実験で、あいつは瀕死《ひんし》の状態に……」

ヨシュアは瞬《また》く間《ま》に数十年分の寿命《じゆみよう》を削《けず》られたかのように老いて衰弱《すいじやく》していた。

「そうですね」

それがなにか？　とでも言うかのようにオウマは笑顔《えがお》のままだ。

「さて。細かい話は後程《のちほど》。リゼルやあの傭兵《ようへい》とは仲良くやってきたようですが、彼等を人質《ひとじち》として用いれば、君は私の言う事を聞いてくれるでしょうか？」

「…………」

この遺跡《いせき》の中にはあちこちにオウマの配下が居る。

ユウゴらと戦った召喚士《しょうかんし》達も居るだろう。

オウマは彼等に一言声を掛《か》けるだけで、リゼルとモーガンを殺す事が出来る。それを止めるだけの力はユウゴには無い。

「魔力《まりょく》を強制徴収《ちょうしゅう》するって言ったよな」

「そうですね。そういう機能もあります」

「無限召喚器《しょうかんき》なんか使ったら、召喚士《しょうかんし》以外はみんな、死んでしまうんじゃないのか？」

「ああ。それを心配していますか。とりあえず周囲の人間から魔力《まりょく》を強制徴収《ちょうしゅう》しなくとも、稼働《かどう》させる方法はありますよ」

「そうなのか？」

「ええ。地下坑道《こうどう》を伝ってきたならば、あれも見たでしょう？」

「あれって……まさか」

鍾乳洞《しょうにゅうどう》の死体の山の事か。

「私達は何度も実験を繰《く》り返《かえ》していますからね。そのための魔力《まりょく》を『貯《た》めておく』機能も無限召喚器《しょうかんき》にはあります」

「……」

「つまり──あの死体は、単に、管理が難しいから『減らされた』結果ではなく、魔力《まりょく》を限界以上に吸い取られて、死んだ者達か。

「元々、人質《ひとじち》全員を生かしておくだけの余裕《よゆう》は我々にはありませんのでね。ただ減らすよりは、無限召喚器《しょうかんき》の動作試験用に魔力《まりょく》を提供してもらった方が、合理的でしょう」

「てめぇは……」

分かってはいたが。

十分以上に理解していたつもりだが。

本当にこの男は──

（サリタになんて言い訳すりゃいいんだよ……！）

両親を殺されて、盗《ぬす》みにまで手を出すほどに追《お》い詰《つ》められて。

それでも自分の溜飲《りゅういん》を下げるための復讐《ふくしゅう》よりも、町の住人の救出を望んだ少女──

「さあ。ユウゴ君。ここにきて無限召喚器《しょうかんき》に触《ふ》れなさい。扱《あつか》い方は君の勲章《メダル》が──カティと呼んでいましたか、それが君の意識に直接、情報を転写して教えてくれます」

「……」

「転写する。です」

と──ユウゴに目を向けられたカティは無表情に頷《うなず》く。

「お前は——お前も」

この人でなしの召喚士《しょうかんし》と同じか。

そんな罵倒《ばとう》の言葉が口をついて出《で》かけたが。

「私は器物。被造物《ひぞうぶつ》。目的の元に生み出されたもの。です」

カティはわずかに首を傾《かし》げながらそう言った。

「私の使命はその機能を果たす事。です」

「…………」

召喚獣《しょうかんじゅう》と同じだ。

根本的に人間とは違《ちが》う。

だから人間の理屈《りくつ》を押し付けても仕方がない。

人間でありながら人間たる事を辞《や》めたオウマとは——この少女は、良くも悪くも違《ちが》うものだ。

彼女を憎《にく》み罵倒《ばとう》する事は、天や地に向かって『何故地震《なぜじしん》を起こすのだ』『何故旱魃《なぜかんばつ》を起こすのだ』と怒《おこ》るようなものだった。

だが——

「無限召喚器《しょうかんき》の操作に関する私の情報は全て貴方《あなた》に転写する。です。全て。子細もらさず。一つ残らず。完全に。です」

「…………？」

わざわざそう言い重ねるのは何か意味があるのか？

一瞬《いっしゅん》、ユウゴは怪訝《けげん》に思ったが――

「ユウゴ・ヴァーンズ君？　返答や如何《いか》に？」

「………分かった」

選択《せんたく》の余地は無い。

ユウゴは――リゼルとモーガンを殺されたくなかった。

大事な『妹』と大事な『師匠《せんせい》』だ。

「触《ふ》れれば、いいんだな？」

言ってユウゴは無限召喚器《しょうかんき》を挟《はさ》んでオウマの反対側に立つと、その黒い表面に手を触《ふ》れる。

途端《とたん》――

「――っ⁉」

具体的に何が？　と問われると言葉にし難《がた》い。

ただ、〈遠見〉の魔術《まじゅつ》を使った時のように、ある種の頭痛と――それに伴《ともな》う感覚の拡大が生じたような気がした。視野は変わらず、聞こえているものも変わらないが、何か、感覚器官から入ってくる情報の量が桁違《けたちが》いに跳《は》ね上《あ》がったかのような。

頭痛はすぐに晴れた。

だが感覚を拡張されたかのような感じは続いたままだ。

そして——

（——カミラ⁉）

実体化していない筈《はず》のカミラの存在を、明確に自分の脇《わき》に感じる。

元々カミラとは魔力《まりょく》回路で繋《つな》がっている筈《はず》だが、それ以上に、手で触《ふ》れられそうな感じだ。

いや、それどころか——

（……カミラの身体《からだ》の感覚が……？）

以前、ヨシュア戦の際に生じた『一心同体』のように、カミラの身体《からだ》が自分のもののように
すら感じられる。

これが無限召喚器《しょうかんき》の力か。

ともあれ——

「では——とりあえず多重召喚《しょうかん》を行いましょう」

とオウマが言ってくる。

「操作は私の側で行います、君はそれを承認《しょうにん》するだけでいい」

「…………」

一瞬《いっしゅん》の躊躇《ちゅうちょ》の後、ユウゴは、脳裏《のうり》に流れ込んでくるカティの知識に従って、『多重召喚《しょうかん》』

を認証《にんしょう》する。

すると——

「──‼」

頭上に幾《いく》つもの──何十という召喚《しょうかん》用の魔術陣《サークル》が発生する。

それらは激しく回転し発光しながら、いずれもが励起《れいき》状態、いつでも召喚獣《しょうかんじゅう》をこちら側に呼び込める状態になっているのだと、自ら主張していた。

「召喚《しょうかん》第一段階。召喚数《しょうかんすう》──百。補助器起動。貯蔵魔力補塡《まりょくほてん》開始」

オウマと──そして彼の背後にいる銀髪《ぎんぱつ》の少女の声が重なって響《ひび》く。

猛烈《もうれつ》な魔力《まりょく》の奔流《ほんりゅう》が、四方八方から無限召喚器《しょうかんき》に流れ込んでいくのをユウゴは感じる。

(すごい……)

事の是非《ぜひ》はさておき、召喚士《しょうかんし》として、ユウゴはその事実に感動にも近い驚《おどろ》きを覚えていた。

ただ──

「…………⁉」

ばたばたと音を立てて、人が倒《たお》れていく。

遺跡《いせき》のこの部屋の壁際《かべぎわ》に立ち、ユウゴに銃《じゅう》を向けていた武装兵士達が、一斉《いっせい》に失神したらしい。

「こ……この嘘吐《うそつ》き野郎《やろう》っ⁉」

ユウゴは怒鳴《どな》った。

「何が魔力《まりょく》を貯《た》めておくだ⁉」

「ああ。いけませんね」

とオウマは平然としている。

「この規模で――というか全機能を解放した状態で召喚《しょうかん》した事が無かったのですよ。なので
この魔力《まりょく》の消費量は予想外です。貯《た》めておいた分は召喚《しょうかん》で使い果たしてしまったようです。

単純に召喚数《しょうかんすう》を十倍にすれば魔力《まりょく》消費量が十倍、という風に考えていたのですがね」

オウマはわずかに首を傾《かし》げる。

「なるほど、一定数以上の召喚《しょうかん》は……ふむ、『異物』の与《あた》える影響《えいきょう》が閾値《しきいち》を超《こ》えると、世界
の『抵抗《ていこう》』が等比級数的に上昇《じょうしょう》するので、魔力《まりょく》消費も同じく上昇《じょうしょう》すると。これは意外でした。

やはり実験は必要ですね。覚えておきましょう」

「…………！」

「それから。勿論《もちろん》、無限召喚《しょうかん》といっても、召喚《しょうかん》した後は魔力《まりょく》を使って召喚獣《しょうかんじゅう》をこの世界に繋《つな》
ぎ止《と》めねばなりません。そのための魔力《まりょく》を、この遺跡《いせき》は周囲から強制徴集《ちょうしゅう》してくれます」

「強制徴収《ちょうしゅう》してくれます――じゃねえよ‼　あれは、お前の手下じゃなかったのかよ！」

とユウゴは叫《さけ》ぶ。

その間にも兵士達は床《ゆか》の上で痙攣《けいれん》し、彼等の髪《かみ》はみるみる白くなっていく。肌《はだ》にはしわが刻
まれ、乾《かわ》いた地面にひび割れが生じるかのように、あちらこちらに裂傷《れっしょう》が生じる。

ヨシュアの時の比ではない。

彼等はほどなくして死ぬだろう。

「手下――というか、確かに私に従う者達ではありますが」

とオウマはやはり微塵《みじん》の動揺《どうよう》も示していない。

「だからこそ私が『消費』する権利が在ります」

「なに言ってんだ⁉」

「元々人の命にさしたる価値を認めていない者達なので……自分の命も同じく消費されたとしても異を唱える資格はありますまい？」

「――っ‼」

息を呑《の》むユウゴ。

痙攣《けいれん》していた兵士達の様子に変化が生じた。

乾《かわ》ききってひび割れた皮膚《ひふ》。

それが更《さら》に――粒《つぶ》上に、いや、砂状に分解していく。

死した後の腐敗《ふはい》すら……細菌《さいきん》の生命活動による生物的分解すら許さない速度で、魔力《まりょく》の根源たる生命力が吸い上げられているのだ。

「やめろ、やめてくれ！」

ユウゴはそう叫《さけ》ぶが、オウマからの返事は無い。

それどころか――

「では第二段階。召喚《しょうかん》数千――」

「…………っ‼　やめろぉっ⁉」

そして――

「――っ‼」

唐突《とうとつ》に脳裏《のうり》にある知識が閃《ひらめ》いた。

（カティ……？）

彼女から送り込まれた『取扱説明書《とりあつかいせつめいしょ》』の内容。

勲章《メダル》の持ち主に与《あた》えられる『使用者権限』の範囲《はんい》。

それはすなわち――

「――止まれっ！　召喚《しょうかん》中止‼」

ユウゴの叫《さけ》びと共に、頭上に――まるで夜空の星の如《ごと》く無数に咲《さ》きかけていた召喚陣《しょうかんじん》の群れが、消滅《しょうめつ》する。

「てめえは……てめえはっ……！」

怒《いか》りと憎《にく》しみに血走る眼《め》でユウゴは無限召喚器《しょうかんき》越《ご》しにオウマを睨《にら》む。

いつの間にか拡大されていた彼の視界は、四方八方から――召喚獣達《しょうかんじゅうたち》に同期・同調して、オウマを凝視《ぎょうし》していた。

「――我が君」

と実体化したカミラがユウゴに寄《よ》り添《そ》いながら声を掛《か》けてくる。

ユウゴが——オウマと戦うつもりだという事を察したのだろう。

（こんな事続けてたら、リゼルやモーガンどころか——）

『取扱説明書《とりあつかいせつめいしょ》』を得たユウゴには分かる。

魔力《まりょく》が強制徴収《ちょうしゅう》される範囲《はんい》は無限に広げる事が出来る。

世界を創り変える以上、それは当然の事だ。

つまり、このまま続けば、ダンヴァーズの町どころか、王都、そしてブロドリック、更《さら》には他国にまで原因不明の大量死が発生する。

脳裏《のうり》にエミリアが砂になって消えていく様子が思《おも》い浮《う》かんで、ユウゴは血が沸騰《ふっとう》するかのような怒《いか》りを覚えた。

「困りましたね」

とオウマは平然たる声でそう言った。

「この期《ご》に及《およ》んで、協力を拒《こば》みますか」

「何がこの期《ご》に及《およ》んでだ！　このっ——」

「仕方ない。私の血を半分継《つ》いでいるのだから、そして残り半分は私を受け入れてくれたマテイアの血を継《つ》いでいるのだから、理解できるかとも思ったのですが。あくまでも協力できないというのなら、面倒《めんどう》ですが君を殺して勲章《メダル》は私が再契約《さいけいやく》しましょう」

そうオウマが宣言する。

次の瞬間《しゅんかん》、彼の背後に何十という召喚獣《しょうかんじゅう》の群れが陣《じん》を敷《し》いていた。

「くっそ……」

無限召喚器《しょうかんき》によって召喚《しょうかん》された召喚獣《しょうかんじゅう》は、無限召喚器《しょうかんき》の使用者に従う。だとすればヨシュアどころの話ではない。召喚獣《しょうかんじゅう》を一騎当千《いっきとうせん》というのであれば、今やオウマは一国の軍隊に等しい力を、個人で扱《あつか》えるようになっているのだ。

対してユウゴ側の勢力はカミラ一騎《いっき》。

これでは一方的に殺されるだけ――

「……でも権限は同じ。です」

不意にカティの声が聞こえた。

『取扱《とりあつかい》説明書』補足。理論上、ユウゴが強く望めば召喚《しょうかん》された召喚獣《しょうかんじゅう》の半数はユウゴに従う。です」

「…………！」

ユウゴは咄嗟《とっさ》に無限召喚器《しょうかんき》を介《かい》して召喚獣達《しょうかんじゅうたち》に語《かた》り掛《か》ける。

「俺に――手を貸してくれ！」

必死の叫《さけ》びが遺跡《いせき》の中に木霊《こだま》する。

「あいつに手を貸さないでくれ！」

だが――

「確かに権限は同じですが」

尚《なお》もオウマに慌《あわ》てる様子は無い。

「私の方が無限召喚器《しょうかんき》は扱《あつか》い慣《な》れていますよ。さて、どれだけの数がユウゴ、君に従うでしょうか？」

「…………」

ユウゴは黙《だま》って召喚獣達《しょうかんじゅうたち》の反応を待つ。

そして――

「聞け。私と同じ異界よりの訪問者、この世界の稀人《まれびと》よ」

口を開いたのは――カミラだった。

「我が君の言葉に耳を傾《かたむ》けよ。我が君の、魂《たましい》の叫《さけ》びをどうか聞き届けたまえ。己《おの》がためではなく、他人のために泣き、弱者のために血を流す、その気高き御方《おかた》の、望み……どうかかなえたまえ」

それは……聞きようによっては、何の具体性も無い、証拠《しょうこ》も無い、戯言《たわごと》の類《たぐい》にも思えたかもしれない。召喚《しょうかん》されたばかりの召喚獣達《しょうかんじゅうたち》にとって、確固たる判断を下せるだけの情報ではなかっただろう。

実際、召喚獣《しょうかんじゅう》の多くはろくに反応を見せなかった。

ただ──

「よくは分からないけど、私はこっちがいいかな」

「義を見てせざるは勇なきなり──助太刀《すけだち》いたす」

「んん？　こっち、ぴぴっときた」

「コッチノ方ガ私ノ好ミカナー」

そんな言葉が降ってくる。

見上げれば、数体の召喚獣達《しょうかんじゅうたち》が、オウマの陣《じん》から離《はな》れてユウゴの方に、空を泳ぐようにしてやってくる。

〈パラディン〉。〈魔導士《まどうし》〉。〈魔剣士《まけんし》〉。〈キャノンガール〉。〈カウガール〉──

無論それでもオウマの陣《じん》の召喚獣達《しょうかんじゅうたち》と比べると桁違《けたちが》いに小さな戦力に過ぎない。

一対九──戦力差としては絶望的だ。

それでも……

「……ありがとう」

とユウゴは言う。

自分の側に来てくれた召喚獣達《しょうかんじゅうたち》だけでなく──

「…………ふむ？」

オウマが首を傾《かし》げる。

彼の側にいた召喚獣達《しょうかんじゅうたち》が——その大半が上昇《じょうしょう》し、オウマの陣《じん》から離脱《りだつ》していく。彼等は無限召喚器《しょうかんき》の真上、オウマとユウゴの中間にまとまって位置すると、両者を睥睨《へいげい》した。

状況《じょうきょう》が分からないので中立の立場をとる——という事だろう。

オウマの側に残ったのは十体あまりだった。

つまり——

「これで……」

対等とまでは言わずとも、絶望的ではなくなった。

オウマの側には元からの召喚獣《しょうかんじゅう》〈ウェポンマスター〉も居る。

恐《おそ》らく召喚士《しょうかんし》としての戦闘《せんとう》経験はユウゴよりも遥《はる》かにオウマの方が上だろう。それはもう間違《まちが》いないし、動かしがたい事実だ。

しかし……

「俺だって以前の俺じゃない」

カミラも以前のカミラではない。

ならば勝敗は——分からないではないか。

「行くぞ……！」

ユウゴは呟《つぶや》くように言って——自分の全感覚を召喚獣達《しょうかんじゅうたち》と繋《つな》いだ。

†

ユウゴ・ヴァーンズ。

自分とマティアの間に生まれた子。自分の血を受《う》け継《つ》ぎ自分の才をも受《う》け継《つ》いでいる息子《むすこ》。

そのユウゴが今、自分と戦う姿勢を見せている。

恐《おそ》らく世間一般《いっぱん》の『親』の感覚からすれば何か、感慨深《かんがいぶか》いものを覚えたりするのだろう。あるいは悲しんだり怒《おこ》ったりするのかもしれない。

だがオウマは別に何も感じなかった。

あるいは……マティアが死ぬ前には、自分も『親』としての感情を持ち合わせていたのかもしれない。ユウゴが生まれた時には、何か言葉に出来ない興奮を覚えた記憶《きおく》がある。

だが……

「――オウマよ」

不意に傍《かたわ》らの〈ウェポンマスター〉マクシミリアンが声を掛《か》けてくる。何かを問われたわけでもないのに、この寡黙《かもく》な召喚獣《しょうかんじゅう》が口を開くのは極《きわ》めて珍《めずら》しい事だった。

「良いのだな？」

「なにがですか？」

「あれを殺しても」

　とマクシミリアンが眼《め》を向けているのはユウゴである。

「良いも何も。私が目的を達成すれば全てを『無かった』事にする事も可能ですからね。忌避《きひ》する理由も、躊躇《ちゅうちょ》する理由も、ありません」

元より親子の情など覚えていないのだから尚更だ。邪魔者は除ける。ただそれだけの簡単な道理。

それはそうだろう。だが貴様は覚えている」

「……？」

「世界を書《か》き換《か》えても創造主たる貴様は、自分の行為《こうい》を、決断を、覚えている。あれを殺して、たとえ生き返らせる事が出来たとしても、貴様はあれを殺した事実を忘れはすまい。貴様の中では『無かった』事にはなるまい」

「そうですね。それはその通りです」

　とオウマは頷《うなず》く。

「それがどうかしましたか？」

「…………」

　マクシミリアンは束《つか》の間《ま》、眉《まゆ》を顰《ひそ》めて黙《だま》って居たが。

「いや。今更《いまさら》、詮無《せんな》い事を聞いた。召喚獣《しょうかんじゅう》にあるまじき行為《こうい》。許せ、我が召喚主《しょうかんぬし》」

とそう答える。

「マクシミリアン？」

「貴様は――貴様の中の『人』は、マティア・ヴァーンズが亡《な》くなったあの日、貴様が摂理《せつり》に抗《あらが》う事を決めた日に、死んでいたのだったな」

そう告げてマクシミリアンは――両手に武器を握《にぎ》った。

†

とんでもない事態が起きている。

それは――遺跡《いせき》の中に向かう途中《とちゅう》で分かっていた。

「ちょっと、モーガン⁉」

バーレイグに肩《かた》を貸してもらって歩いていたモーガンは、しかし途中《とちゅう》で意識を失ったらしく、ずるずると滑《すべ》り落《お》ちて地に横たわっていた。

リゼルが頬《ほお》を叩《たた》いても、反応が無い。

「何やってんの、ユウゴにオウマ・ヴァーンズは殺させないんでしょ？　ここであんたが気絶したら誰《だれ》がユウゴを止めるのよ⁉」

そう耳元で喚《わめ》いてもぴくりとも反応が無い。

　とりあえず呼吸はしているし脈拍《みゃくはく》も確認《かくにん》できるが――

「これって――」

「あの時と同じだな」

　とバーレイグが言う。

　ゲッテンズ伯爵邸《はくしゃくてい》においてヨシュアが周囲の人間から魔力《まりょく》を強制徴収《ちょうしゅう》した時の事である。

　魔力《まりょく》は生命力に直結しているため、魔力《まりょく》を際限なく吸い上げられると、生命活動そのものが弱るのだ。

　ただ――

「それは分かるけど」

　言ってリゼルは改めて周囲を見渡《みわた》す。

　ちらほらと物陰《ものかげ》に倒《たお》れている武装兵士の姿が認められた。

　それも一人や二人ではない。見えている限りでも五人。

　しかも――

「リゼル！」

　バーレイグの声に注意を促《うなが》されてリゼルが振《ふ》り返《かえ》ると、一人の男がふらふらとした足取りでリゼルらの方に向かってくるのが見えた。

「あいつは――」

恐《おそ》らく、先に戦った〈キメラ〉そして〈イフリート〉の召喚士《しょうかんし》だ。実際、それらの召喚獣《しょうかんじゅう》も少し遅《おく》れて姿を現した。

まずい。単純に召喚獣《しょうかんじゅう》の数だけを比較《ひかく》しても勝てる相手ではない。

一瞬《いっしゅん》、そう思ったリゼルだったが——

「た……助け……け………」

リゼルらに涙《なみだ》と鼻水でぐしゃぐしゃになった顔を向けて男はそう懇願《こんがん》し、その場に倒《たお》れる。

「な、なに!? なんなの?」

「助け………」

倒《たお》れて——そして俯《うつむ》きに横たわる男の髪《かみ》が見る間に白くなっていく。それどころか皮膚《ひふ》にしわが刻まれ、骨と皮ばかりにやせ細っていき、瞬《まばた》きを何度か繰《く》り返《かえ》している間に、その身体《からだ》には無数のひび割れが生じていた。

「ちょっ——」

「近寄るな、リゼル」

敵である事も忘れて慌《あわ》てて駆《か》け寄《よ》ろうとしたリゼルを、バーレイグが引き留める。

そしてその間にも男は……崩壊《ほうかい》を始めていた。

まるで砂で創った像が乾《かわ》ききって崩《くず》れるかのように、身体《からだ》が結合力を失ってざらざらと輪郭《りんかく》が失われていく。

「これって、まさか、魔力《まりょく》を奪《うば》われて？」

「そのようだ」

「で、でも、モーガン――モーガンは大丈夫《だいじょうぶ》⁉」

と慌《あわ》てて振《ふ》り返《かえ》ると、とりあえずモーガンは『崩壊《ほうかい》』していないようだったが。

「どういう事？」

「多分に推測が混じるが」

「いいから言って」

「連中の話から、この遺跡《いせき》に在るのが、例の複数召喚《しょうかん》を可能にする『遺物』である事は間違《まちが》いなかろう。あるいは遺跡《いせき》そのものがその機能を持った魔法《まほう》機関か……」

「…………」

「ゲッテンズ伯爵邸《はくしゃくてい》の時もそうだったが、召喚獣《しょうかんじゅう》と契約《けいやく》している召喚士《しょうかんし》は、この魔力《まりょく》を強制徴収《ちょうしゅう》する場でも、奪《うば》われる事が無い。リゼルやユウゴは普通《ふつう》に活動できる。魔力《まりょく》を供給する先が決まっているからだ」

「なるほど。でもじゃあこいつは――」

と指さすのは、既《すで》に人としての形すら失った砂粒《すなつぶ》のわだかまりだ。

「単純な疑問だが、その魔法《まほう》機関は、魔力《まりょく》を奪《うば》う対象、及《およ》び供給する対象の優先順位はどうなっている？」

「え？　………まさか」

「オウマ・ヴァーンズが、魔《ま》法《ほう》機関の制御者《せいぎょしゃ》として最優先の権限を持っているなら、一度、魔《ま》法《ほう》機関に組み込まれた対象、召喚士《しょうかんし》の魔力《まりょく》を、どう扱《あつか》うかは彼が自由にできるのではないか？」

言ってバーレイグは召喚士《しょうかんし》が文字通りに死滅《しめつ》してもその場にとどまっている三体の召喚獣《しょうかんじゅう》を杖《つえ》で指し示した。

「召喚士《しょうかんし》が死んでもあれらは消えていない。となると別の誰《だれ》かと契約《けいやく》を即時《そくじ》に結びなおしたか——元々『貸《か》し与《あた》えられていた』ものだったか……」

「………分かった、とにかく、ええと、モーガンはここに置いていきましょう。で、私達はユウゴ達の所に急ぐ。本当にそんな魔《ま》法《ほう》機関が動いているのなら、止めないと」

どの規模で魔力《まりょく》の吸い上げが起こっているのかは分からないが、下手をするとモーガンも、そして小屋に囚《とら》われたままの人質《ひとじち》も、皆《みな》、この召喚士《しょうかんし》のように砂になってしまうだろう。

「分かった」

そう言うとバーレイグはリゼルを抱《だ》きかかえて浮《う》かび上《あ》がる。

翼《つばさ》で飛ぶカミラほどに速くはないが、やはり地形に左右されずに最短距離《さいたんきょり》を移動できる浮遊《ふゆう》の方が、移動速度は速くなる。元々足が悪くて走れないリゼルならば尚更《なおさら》である。

「少し急ぐ。しっかりつかまっていろ」

「分かってる！」

そんな言葉を交《か》わしながら召喚士《しょうかんし》と召喚獣《しょうかんじゅう》は遺跡《いせき》の最深部へと突入《とつにゅう》していく。

意外な事に中はそう複雑でもなく、すぐに中央と思《おぼ》しき広間に出たが――

「――!?」

そこでリゼルは、そしてバーレイグまでもが驚《おどろ》きに凍《こお》り付《つ》いた。

広間の真ん中にそびえる黒い円柱。

それを間に挟《はさ》んで――ユウゴとオウマが対峙《たいじ》している。

両者のすぐ脇《わき》には、まるで双子《ふたご》のように似通った銀髪《ぎんぱつ》の少女が空中に浮《う》かびながら寄《よ》り添《そ》っており、更《さら》にそれらの背後頭上には、それぞれ十体ばかりの召喚獣《しょうかんじゅう》。

そして何より――円柱の真上に、ユウゴとオウマの対峙《たいじ》を見守るかのように何十という召《しょう》喚獣達《かんじゅうたち》が浮《う》かんでいる。

リゼルとてこの数の召喚獣《しょうかんじゅう》を一度に見た事は無い。

そもそも総計百体もの召喚獣《しょうかんじゅう》が一堂に会した事は、〈大災厄《だいさいやく》〉以後の百年間、一度たりとも無かったのではないか。

「なんて……」

リゼルはもう絶句するしかない。まるでこの広間の中だけが異界になったかのような、異様な光景だった。

しかも──

「──オウマ・ヴァーンズっ‼」

ユウゴが吠《ほ》えると同時に、彼の側についていた十体ほどの召喚獣達《しょうかんじゅうたち》が一斉《いっせい》にオウマに襲《おそ》い掛《か》かる。

突撃《とつげき》する火属性の〈パラディン〉。

ユウゴを守る結界を敷《し》く光属性の〈魔導士《まどうし》〉。

魔力《まりょく》を載《の》せた斬撃《ざんげき》を飛ばす闇《やみ》属性の〈魔剣士《まけんし》〉。

彼等の背後から銃《じゅう》を、砲《ほう》を撃《う》って支援《しえん》する水属性の〈キャノンガール〉と〈カウガール〉。

共に光属性の〈チャクラム舞姫《まいひめ》〉と〈ブーメラン戦士〉は目まぐるしく舞《ま》い踊《おど》って飛んでくる攻撃《こうげき》を叩《たた》き落《お》とし、光属性と闇《やみ》属性の〈陰陽師《おんみょうじ》〉二体が呪符《じゅふ》を操《あやつ》って他の召喚獣《しょうかんじゅう》を支援《しえん》する。

「うあっ……」

リゼルはそれを見ながら思い知った。

ユウゴがいかに、この短い間に成長していたかを。

（ユウゴがやらせてるんだよね？　……あれを全部……⁉）

召喚獣達《しょうかんじゅうたち》はそれぞれ勝手に攻撃《こうげき》を仕掛《しか》けているわけではない。

互《たが》いに微妙《びみょう》に機《タイミング》をずらし、角度をずらし、それぞれの属性に合わせた攻撃《こうげき》を放っている。

それも全く同じ呼吸で。

それらを御《ぎょ》しているのは明らかにユウゴだ。

召喚獣達《しょうかんじゅうたち》は、今やユウゴの手足同然なのである。恐《おそ》らく意識も、全ての召喚獣《しょうかんじゅう》と、相当に深い部分まで繋《つな》がった状態なのだろう。そうでなければ、こんな一糸乱れぬ連携《れんけい》は不可能な筈《はず》だ。

王都でのヨシュアですら、ここまで召喚獣達《しょうかんじゅうたち》を自在に操《あやつ》れてはいなかったのに――

「〈契約の剣《ソードオブプロミス》〉ッ！」

「〈グレイブスラッシュ〉」

先頭に立ってオウマの闇《やみ》属性〈ウェポンマスター〉マクシミリアンに仕掛《しか》けるのは、水属性〈ヴァルキリー〉のカミラである。

両者の武器と技《わざ》がぶつかり合い、閃光《せんこう》と衝撃《しょうげき》がまき散らされる。

その速度は、激突《げきとつ》の音が連なって聞こえるほどに速く、他の召喚獣達《しょうかんじゅうたち》の攻撃《こうげき》と防御《ぼうぎょ》も激しい火花を散らしながら、拮抗《きっこう》する。

（互角《ごかく》……⁉）

カミラだけに焦点《しょうてん》を当てたとて――如何《いか》にユウゴが成長したからといって、マクシミリアンと互角《ごかく》に撃《う》ち合えるなどとは、リゼルは思っていなかったのだ。

マクシミリアンの恐《おそ》ろしさは間近で何度も見た。何度か自分とバーレイグがマクシミリアンに挑《いど》む場面というのも想像してみた事があるが、全く勝つ場面が想像できなかったのである。

なのに――

「っていうか……なんだろう、なんだろうこれ……」

リゼルは震《ふる》えながら呟《つぶや》く。

ユウゴが成長した？　急速に召喚士《しょうかんし》としての力量を上げた？

それは勿論《もちろん》、事実だろう。

だが――

「こんな事……こんな事、人間に出来るの……!?」

ユウゴの成長は本来、『普通《ふつう》の召喚士《しょうかんし》』としてのものであった筈《はず》だ。

召喚士《しょうかんし》が召喚獣《しょうかんじゅう》を使役《しえき》できるのは一人一体。それが原則だ。

ならばユウゴの成長もその延長線上にしかない筈《はず》なのに。

今のユウゴは――

「だあああああああああああああああッ!!」

彼の咆哮《ほうこう》と併《あわ》せるかのように、召喚獣達《しょうかんじゅうたち》が一斉《いっせい》に動く。

一瞬《いっしゅん》の遅滞《ちたい》も無い。わずかなズレも無い。

まるで十体の召喚獣《しょうかんじゅう》が一体の召喚獣《しょうかんじゅう》であるかのように、恐《おそ》ろしいほどに滑《なめ》らかな連携《れんけい》を示して、オウマに襲《おそ》い掛《か》かる。

「ふうむ……」

無論、オウマの側の召喚獣達《しょうかんじゅうたち》も、同じく見事な連携《れんけい》をとりながらこれに対応しているのだが――

「なんで……」

昨日まで一体の召喚獣《しょうかんじゅう》としか経験を積んでこなかったユウゴが、十体の召喚獣《しょうかんじゅう》を同時に扱《あつか》っている。見事に連携《れんけい》させ、付け入る隙《すき》の無い動きでオウマと拮抗《きっこう》している。

(これがあの遺跡《いせき》の力……？)

ならばオウマもまた十体の召喚獣《しょうかんじゅう》を危なげもなく扱《あつか》っている事の説明はつくのだが。

(まさか……)

例えば人の身《み》の丈《たけ》を超《こ》えるような鋼《はがね》の長棍《ちょうこん》。

あるいは同様の長さの刀剣《とうけん》。

そうした武器は確かに高い威力《いりょく》を誇《ほこ》るが、実際にはその威力《いりょく》を活《い》かすためには使い手にも尋《じん》常《じょう》ならざる膂力《りょりょく》や技量を要求する。

では仮に『人間には』どうあっても扱《あつか》いきれない道具があったとして。

それでもそれを扱《あつか》おうとするのなら――人間の側をも一時的に作り変えてしまうような機能を、道具に与《あた》えるという可能性は無いか？

道具が使い手を選ぶなどというが。

道具が——使い手を作る、作り変える、という事は？

その場合、道具の使用が終わった者は、果たして『戻《もど》って』来る事が出来るのか？　作り変えられたままの恐《おそ》れは？

あの遺跡《いせき》の力は……ひょっとして使用者を永続的に、不可逆的に『別の何か』に変えてしまう可能性はないか？

だからこそ、かつての召喚士《しょうかんし》達は、自滅《じめつ》したのでは？

「ユウゴ……！」

リゼルは不安が膨《ふく》れ上《あ》がる己《おのれ》の胸元《むなもと》を押さえて彼の名を呼んだ。

彼が、未《ま》だ、リゼルの知る彼であるかを確かめたくて。

だが——

「があああああああああああああッ!!」

獣《けもの》の如《ごと》く吼《ほ》えるユウゴは……悲痛な叫《さけ》びを投げる少女の方を、しかし一瞥《いちべつ》すらしなかった。

†

「があああああああああああああああッ!!」

吼《ほ》える。喉《のど》が裂《さ》けんばかりの声で。

だがユウゴの側にその自覚は無い。

今の彼は、ユウゴ・ヴァーンズであってユウゴ・ヴァーンズではなかった。十体もの召喚《しょうかん》獣《じゅう》と繋《つな》がった結果、彼の五感は人間の脳が処理出来る限界を超《こ》えて拡張され、まるで巨人《きょじん》に──いや巨神《きょしん》になったかのような感覚に、彼は酩酊《めいてい》していた。

手を振《ふ》り足を踏《ふ》み出《だ》すかのような感覚で召喚獣《しょうかんじゅう》を扱《あつか》う。

呼吸し瞬《まばた》きをするかのような感覚で魔《ま》術《じゅつ》的な攻撃《こうげき》を放つ。

万能感《ばんのうかん》がもたらす愉悦《ゆえつ》にユウゴの意識が沸騰《ふっとう》する。

だがそれでも彼は自分の目的を忘れてはいなかった。

（あいつを──）

同じく十体の召喚獣達《しょうかんじゅうたち》の向こうに居るあの男を、倒《たお》す。

何のためにそうすべきであったかは……想《おも》い出《だ》せなくなっていたが。

†

（駄目《だめ》だ……とても、割って入れない……）

溢《あふ》れる轟音《ごうおん》と閃光《せんこう》。

何がどうなっているのかすらろくに把《は》握《あく》出来ない。目と耳で全てを捉《とら》えられるような現象ですらなかった。

「……まずいな」

とバーレイグが言う。

「長くは保《も》たないぞ」

彼が言う通り――リゼルらの位置から見ても分かる。

ユウゴの眼《め》は血走っており、額にはくっきりと血管が浮《う》いている。

恐《おそ》らく彼は、十体もの召喚獣《しょうかんじゅう》と、感覚を同調させ、十体分の眼《め》や耳や鼻から入ってくる感覚情報をさばきながら、更《さら》に、十体分の身体《からだ》に、どう動くかの指示を出しているのだ。

勿論《もちろん》、人間の脳はそんな作業を長々とこなせるようにはできていない。

長引けばユウゴは、そして恐《おそ》らくはオウマも――

「どうしよう……バーレイグ、どうしよう」

リゼルは動揺《どうよう》の表情で己《おのれ》の召喚獣《しょうかんじゅう》に問うた。

「ユウゴが……死んじゃうよ……!?」

「リゼル――」

バーレイグは一瞬《いっしゅん》、何か考えてから。

「遺跡《いせき》を破壊《はかい》できれば一番早いのだが……」

ユウゴとオウマ双方《そうほう》の『軍』の間に在って、何十何百という攻撃《こうげき》の余波を受けながら、しかし遺跡《いせき》の黒い円柱は全く傷一つ追っていない。

恐《おそ》らくバーレイグの最大威力《いりょく》の稲妻《いなずま》を以《もっ》てしても、破壊《はかい》は出来ないだろう。まして迂闊《うかつ》にユウゴとオウマの戦いに『割って入る』と双方《そうほう》の均衡《きんこう》を最悪の形で崩《くず》しかねない。

「……遺跡《いせき》……」

リゼルは眼《め》を瞬《まばた》かせてユウゴ達を見て。

そして――

「どこまでが遺跡《いせき》？」

「――む？」

「あれは⁉」

とリゼルが指さすのは、オウマの背後に浮《う》かんでいるカティそっくりの少女、いや、更《さら》にその横に浮《う》かんでいる、勲章《メダル》だった。

「あれなら、壊《こわ》せない⁉」

「――なるほど。いや、しかし」

とバーレイグは眉《まゆ》を顰《ひそ》めて。

「リゼル、モーガンから借りてきた銃《じゅう》が在ったな」

「在るけど――」

護身用にと渡《わた》された小型の拳銃《けんじゅう》だ。

銃身《じゅうしん》も短く、弾薬《だんやく》そのものが小型なので威力《いりょく》もそう大きくない。

故《ゆえ》にリゼルは『お守り』程度の認識《にんしき》で持っていたのだが――

「それであれを撃《う》て」

「いや、でもこんなのじゃ――バーレイグの稲妻《いなずま》の方が」

「雷撃《らいげき》はどうしても周囲の導電率に左右される」

稲妻《いなずま》が空中で何度も折れ曲がるのは、空気密度や温度の差から、導電性の高い空間を縫《ぬ》うようにして電気が走るからである。

故《ゆえ》に精密攻撃《こうげき》には向かない。

だが――

「私の腕《うで》じゃ――威力《いりょく》だって」

「それも補助する」

とバーレイグは言い、杖《つえ》を掲《かか》げて稲妻《いなずま》を操《あやつ》る。

青白い光が『渦《うず》』を巻き、小さな稲妻《いなずま》の枝を生やしながらも、細く長い『筒《つつ》』を作り出す。

それは、稲妻《いなずま》で生み出された『銃身《じゅうしん》』だった。

「これで照準調整と威力《いりょく》増加を担《にな》う。リゼルは引き金を引けばいい」

「…………分かった」

バーレイグとは十年近い付き合いだ。

彼が『出来る』と言えば出来るのだ。

ならばリゼルは召喚士《しょうかんし》として召喚獣《しょうかんじゅう》の要請《ようせい》に応えるしかないだろう。

「──撃《う》つよ」

「いつでも」

両手で銃《じゅう》を構えるリゼルを、更《さら》に背後からバーレイグが左手で支える。稲妻《いなずま》の銃身《じゅうしん》はゆるゆると回転をしながらオウマの脇《わき》に浮《う》かぶ勲章《メダル》に狙《ねら》いを定め──

──轟音《ごうおん》。

稲妻《いなずま》が放射状に拡散し、そして次の瞬間《しゅんかん》、勲章《メダル》は二つに折れ曲がってオウマの傍《そば》から吹《ふ》っ飛《と》んでいた。

「──！」

人形のように無表情な銀髪《ぎんぱつ》の少女は、やはり無表情のままリゼル達の方を一瞥《いちべつ》し──そして次の瞬間《しゅんかん》、その姿は虚空《こくう》に溶《と》けて消えていた。

†

『取扱説明書《とりあつかいせつめいしょ》』にして『起動鍵《かぎ》』——

人の姿を採るのはただ単に使用者との情報交換《コミュニケーション》を容易《たやす》くするため。

その本体は、掌《てのひら》に乗る程度の円盤《えんばん》——勲章《メダル》であり、無限召喚器《しょうかんき》と異なり、如何《いか》なる攻撃《こうげき》にも耐《た》えうるような頑強《がんきょう》さは無い。

そもそも無限召喚《しょうかん》器は単に頑強《がんきょう》なのではなく、この世界の『外側』にまで跨《また》がって存在しているが故《ゆえ》に、この世界の『内側』の攻撃《こうげき》だけでは破壊《はかい》しきれないのだ。

そして『取扱説明書《とりあつかいせつめいしょ》』単体に、そこまでの機能は無い。

故《ゆえ》に——

「——!」

轟音《ごうおん》と共にオウマの傍《そば》から勲章《メダル》が弾《はじ》き飛《と》ばされる。

咄嗟《とっさ》に振《ふ》り返《かえ》った彼は、それが二つに折れ曲がって広間の壁《かべ》に激突《げきとつ》し、そのまま床《ゆか》に落ちるのを見た。

同時にオウマの傍《そば》に寄《よ》り添《そ》っていた銀髪《ぎんぱつ》の少女も姿を消す。

つまり——

「……これは」

オウマが振《ふ》り仰《あお》いだ先、遺跡《いせき》の上、いつの間にか黄昏色《たそがれいろ》に染まっていた空に、何十といた召《しょう》喚獣達《かんじゅうたち》が、一体、また一体と消えていく。

オウマが無限召喚器《しょうかんき》の使用者権限を失ったからだ。

「……！」

続けて振《ふ》り返《かえ》ると、背後にいた十体の召喚獣達《しょうかんじゅうたち》もまた次々と姿を消していく。消えずに残ったのは元からの契約《けいやく》対象である〈ウェポンマスター〉マクシミリアンのみだ。

そして――

「…………」

マクシミリアンがオウマをかばうように前に出る。

その瞬間《しゅんかん》、猛烈《もうれつ》な――異常なほどの飛翔《ひしょう》速度でユウゴと、彼を抱《かか》えた〈ヴァルキリー〉が突《つ》っ込んできた。

（この速度は……⁉）

とオウマが見た先――ユウゴ達の背後で、拳《こぶし》を握《にぎ》りしめてにやりと笑い、消えていく〈キャノンガール〉の姿が見えた。

（射出――いや、加速⁉）

通常の〈ヴァルキリー〉とは比べ物にならない速さで強襲《きょうしゅう》するために、あえて、〈キャノンガール〉に背中を撃《う》たせたのだろう。召喚獣《しょうかんじゅう》の中でも屈指《くっし》の耐久力《たいきゅうりょく》と回復力を持つ水属性〈ヴァルキリー〉だからこそできた無茶な加速方法だ。

そう理解した瞬間《しゅんかん》、マクシミリアンと〈ヴァルキリー〉が激突《げきとつ》していた。加速しても、銃弾《じゅうだん》すら叩《たた》き落《お》とすマクシミリアンを出《だ》し抜《ぬ》く事は出来なかったのだろう――

「――なに⁉」

と思った瞬間《しゅんかん》。

〈ヴァルキリー〉とユウゴが分離《ぶんり》した。

正確にはマクシミリアンと激突《げきとつ》して剣《けん》を合わせたその瞬間《しゅんかん》、〈ヴァルキリー〉がユウゴを投げたのだ。

（召喚獣《しょうかんじゅう》は召喚獣《しょうかんじゅう》――召喚士《しょうかんし》は召喚士《しょうかんし》……！）

最初からユウゴらの狙《ねら》いはオウマとマクシミリアンを分断する事にあったという事だ。

そして――

†

水属性〈ヴァルキリー〉――カミラ。

彼女は強力な戦闘《せんとう》能力を備えた召喚獣《しょうかんじゅう》だ。

だが彼女の能力の特性はどちらかというと『守り』寄りである。

尋常《じんじょう》ならざる防御力《ほうぎょりょく》と、傷ついてもこれを癒《い》やす回復力で、召喚主《しょうかんぬし》を、あるいは他者を庇《かば》う『盾《たて》』になり得る。

生命を育《はぐく》む物質であり、時に――その物質的特性で、火を沈《しず》め、稲妻《いなずま》を散らし、風を曲げ、分厚い層を成せば、光や銃弾《じゅうだん》、衝撃《しょうげき》すらも遮蔽《しゃへい》し、吸収する、水。

そんな性質を持つカミラだからこその『守り』の力だ。

だがそれは逆に言えば、直接的な攻撃力《こうげきりょく》に繋《つな》がりにくい。


「水で『攻撃《こうげき》する』と言われてもすぐに思《おも》い浮《う》かばないでしょう？　溺《おぼ》れさせるとか？　それとも濡《ぬ》らして風邪《かぜ》引かせるとか？」


かつてユウゴにエミリアがそう語っていたのをカミラも覚えている。

水属性の〈ヴァルキリー〉カミラを召喚《しょうかん》し契約《けいやく》を結んだのが運命だというのなら、それはユウゴが召喚獣《しょうかんじゅう》の力を攻撃《こうげき》に使うべきではないという神の示唆《しさ》ではないのかと――同じ水属性の〈フェアリー〉を従えるエミリアは言った。

だが……

「…………」

カミラはそれが不満だった。

自分がユウゴを守るための力を持っている事は誇《ほこ》らしい。

騎士《きし》の力とはそうあるべきだろう。

だが、それだけではいつか敗北するのではないか？

永遠に守る力が続くわけではない。ユウゴを害する者がいるとして——その者を退ける力が無ければ、先に自分が力尽《ちからつ》き、ユウゴを害意在る者の攻撃《こうげき》にさらしてしまうかもしれない。

だから……

「——純粋《じゅんすい》なる水は変幻《へんげん》自在、色無く、形無く、それ故《ゆえ》に自由」

〈ウェポンマスター〉マクシミリアンに向けて飛びながらカミラはそう言った。いや。それは相手に向けての口上ではなく、自身を鼓舞《こぶ》するためのいわば呪文《じゅもん》だった。

「如何《いか》なるものにも成り得る——」

圧力を掛《か》け。回転を掛《か》け。

糸のように細く、針のように鋭《するど》く、全ての力を、ただひたすら一点のみに向けて絞《しぼ》り込んでいく。

それは極《きわ》まるところ、道理を抉《えぐ》り、運命に抗《あらが》う、切っ先となる。

そう——

「受けてみよ——我等が〈穿天の剣《アメウガッツルギ》〉ッ！」

回転しつつの突撃《とつげき》。

斬撃《ざんげき》ではなく刺突《しとつ》。

全身全霊《ぜんしんぜんれい》の突撃技故《とつげきわざゆえ》に、かわされれば後は無い。

だが——

「——！」

マクシミリアンが反応する。

横に跳《と》ぼうとして——しかし〈ウェポンマスター〉は回避《かいひ》ではなく防御《ぼうぎょ》へと、瞬時《しゅんじ》に対応を切り替《か》えていた。

彼の背後にはオウマが居たからだ。

勿論《もちろん》、カミラの放つ全力の刺突技《しとつわざ》を人間がかわせる筈《はず》も無い。

「ぬっ——」

マクシミリアンの背負っていた幾《いく》つもの武器が、まるで見えない無数の手が構えるかの如《ごと》く勝手に飛び出して、カミラに襲《おそ》い掛《か》かる。

しかしそれらは全てカミラの纏《まと》う回転——いや螺旋《らせん》によって弾《はじ》き飛《と》ばされ、あるいは狙《ねら》いを逸《そ》らされて虚空《こくう》を撃《う》った。

止められない。マクシミリアンの攻撃力《こうげきりょく》を以《もっ》てしても。

故《ゆえ》に——

「グレイブスラ――」

「――ッ！」

最後に残った大剣《たいけん》を掲《かか》げながら、技《わざ》を繰《く》り出《だ》そうとするマクシミリアンに――微塵《みじん》の躊躇《ちゅうちょ》も無く、カミラは突《つ》っ込んだ。

†

「こんのっ！」

オウマに体当たりするユウゴ。

天才召喚士《しょうかんし》と言われていても、肉体的には普通《ふつう》の壮年《そうねん》男性である。矢のような速度で飛んできた人間一人の重量を受け止めて堪《こら》えきるだけの筋力や体力はさすがに無い。

オウマはたまらず床《ゆか》に仰《あおむ》向けに倒《たお》れていた。

ユウゴもそこで綺麗《きれい》に着地を決められるほどに、曲芸だの体術だのに秀《ひい》でているわけでもないらしい。飛んできた勢いそのままに、ユウゴとオウマはもつれ合って床《ゆか》の上を転がっていく。

そして――

「この野郎《やろう》っ！」

がん！　と衝撃《しょうげき》がオウマの顔に走る。

殴《なぐ》られたのだ。ユウゴに。

彼はオウマに馬乗りになって、拳《こぶし》を振《ふ》るっていた。

「お前のせいで！」

がん！　がん！

「何人も死んで！　何が無かった事になりますだ！　何が世界を創り変えるだ！　間違《まちが》ってるのは世界じゃなくてお前だよ‼」

「ぐっ……うっ……？」

「弟子《でし》だったエミ姉《ねえ》まで傷つけて！　クレイの家族まで奪《うば》って！　ダンヴァーズの町の人だってそうだ！　何様のつもりだ、お前は⁉」

殴《なぐ》られて。殴《なぐ》られて。殴《なぐ》られて。更に殴《なぐ》られて。

そして――

「――っ！」

突如《とつじょ》、ユウゴとオウマの間に〈ウェポンマスター〉マクシミリアンの姿が割り込んでくる。〈ヴァルキリー〉と戦っていた筈《はず》のその召喚獣《しょうかんじゅう》は、しかし、武器の全てを失って素手《すで》の状態だった。

見れば、マクシミリアンは己《おのれ》の脇腹《わきばら》を押さえている。

あの凄《すさ》まじい攻撃力《こうげきりょく》を誇《ほこ》るマクシミリアンが、防御《ぼうぎょ》能力に偏《かたよ》った水属性の〈ヴァルキリー〉

を相手に、信じがたい事ではあったが……相手の一撃《いちげき》を喰《く》らって、負傷し、そのまま吹《ふ》っ飛《と》ばされてきたのだろう。

だが傷ついていようと、破れようと、召喚獣《しょうかんじゅう》は召喚獣《しょうかんじゅう》だ。

たとえ満身創痍《まんしんそうい》でも、たとえ素手《すで》でも、マクシミリアンは人間の小僧《こぞう》一人を引《ひ》き裂《さ》く事は出来る。

「――ユウゴ・ヴァーンズ」

マクシミリアンの右手がユウゴの首に掛《か》かって。

指が――食い込む。

「我が君！」

〈ヴァルキリー〉が叫《さけ》んで剣《けん》を掲《かか》げ、飛んでくるが――恐《おそ》らくはマクシミリアンがユウゴの首を折る方が早い。間に合わない。

そんな風に考えながら――

「…………」

ユウゴに殴《なぐ》られ続けたオウマは――そこで気を失った。

マクシミリアンの姿が揺《ゆ》らいで――消える。

†

オウマが気絶した事で、魔力《まりょく》の供給が滞《とどこお》ったのだろう。

喉《のど》を摑《つか》まれて仰《の》け反《ぞ》っていたユウゴは――がくんと身体《からだ》を戻《もど》すと、再びオウマを殴《なぐ》るべくその拳《こぶし》を振《ふ》り上《あ》げる。

だが――

「――我が君」

何処《どこ》か慈《いつく》しむような声と共に、そっと――ユウゴを背後から抱《だ》き締《し》める腕《うで》があった。

カミラだ。

彼女はそのままユウゴの身体《からだ》を、オウマから引《ひ》き剝《は》がした。

「それ以上は、お手を痛めてしまいます」

そんな囁《ささや》きがユウゴの耳に届く。

「…………」

ユウゴは顔をしかめて手を下ろした。

感情に任せ、力に任せ、殴《なぐ》り続けた結果、カミラが言うように自分の指を痛めたのだろう。

言われて見れば、確かにずきずきとした痛みが指先から腕《うで》を這《は》い上《あ》がってきている。

だが――

「…………」

この男を許せない。

気持ちは尚《なお》もおさまらない。

この男のせいで何人死んだ？

この男がどれだけの不幸を呼んだ？

それはこの程度殴《なぐ》った程度で、償《つぐな》わせられるものか？

それで全ての怒《いか》りや悲しみはなかった事に出来るのか？

「……ッ！」

ユウゴはそのまま腰《こし》の後ろから拳銃《けんじゅう》を引《ひ》き抜《ぬ》いて――銃口《じゅうこう》を、倍近くに腫《は》れ上《あ》がったオウマの頭部に、突《つ》き付《つ》けた。

†

ユウゴが腰《こし》の後ろから拳銃《けんじゅう》を引《ひ》き抜《ぬ》いて、オウマに突《つ》き付《つ》ける。

その様子を見て――

「ユウゴをくれぐれもよろしく、特に彼に父親殺しをさせるのだけは何としてでも避《さ》けてくれ、ってな」

リゼルの脳裏《のうり》にモーガンの言葉が蘇《よみがえ》る。

そうだ。ユウゴに父親を殺させてはならない。

だから——

「ユウゴ！　やめて！」

リゼルは声を限りにそう叫《さけ》んだ。

†

「——リゼル？」

名を呼ばれて我に返る。

見れば目の前のオウマの顔は、血まみれで、唇《くちびる》も頬《ほお》も瞼《まぶた》も、青黒い痣《あざ》をつけられて倍近くに腫《は》れ上《あ》がっている。ぜえぜえとその呼吸もひどく細いものになっていた。

「俺——」

ユウゴはそして自分の手にした拳銃《けんじゅう》を見る。

引き金を引けば人間を殺せる武器。

これで沢山《たくさん》の因縁《いんねん》にけりをつける事が出来る。

これで——ユウゴの生まれた時から抱《かか》えていた悪夢も消える。

何もかも、終わりに出来る。完全に。

(完全に——)

「——我が君」

ふと抱擁《ほうよう》を解いたカミラが横手に回りながら、ユウゴの横顔を覗《のぞ》き込んで声を掛《か》けてくる。

「差し出がましい口を利《き》く事をお許しください」

「カミラ……？」

「我が君。その男を殺す事は本当に我が君の望みですか？　その男を殺す事で、我が君の求めたものは達せられますか？」

「………」

基本的に……召喚獣《しょうかんじゅう》は主の意向に口を挟《はさ》まない。

召喚獣《しょうかんじゅう》は何も主《あるじ》に強《し》いはしない。

主の行動を制止したりもしない。

思考し、逡巡《しゅんじゅん》し、その上で、この世界に干渉《かんしょう》し、己《おのれ》の人生を変えていくその意志は……あく召喚獣《しょうかんじゅう》は、確認《かくにん》をとる事はあっても、最終的にはそれをくみ取ってただ実行するのみである。

それが故《ゆえ》の召喚契約《しょうかんけいやく》。

だがカミラはその規範《きはん》とも言うべきものを半歩踏《ふ》み越《こ》えて、ユウゴに問《と》い掛《か》けている。

今……その引き金を引いて良いのかと。

（完全に――終わりに、出来る？）

それは間違《まちが》いないだろう。

完全であるが故《ゆえ》に、取り返しがつかない形で。

オウマが殺した人々が、もうどうあっても、還《かえ》ってはこないように。

「――ああ」

ユウゴは拳銃《けんじゅう》を腰《こし》の後ろの銃鞘《ホルスター》に戻《もど》すと、痛む両手を冷やすべく、ぱたぱたと振《ふ》りながら、溜息《ためいき》をついた。

「ありがとう、カミラ」

「……いえ」

背後のカミラが微笑《ほほえ》んだような気がしたが、振《ふ》り返《かえ》って確認《かくにん》するのは少し気恥《きは》ずかしかった。

そして――

「それから、リゼルも。ありがとうな」

「……ついでみたいな言い方すんな」

とリゼルがユウゴに歩み寄りながら顔をしかめる。

(むしろリゼルが止めてくれたから——俺は)

正気に戻《もど》れたのではないか。

そんな風にユウゴは思う。

召喚士《しょうかんし》の意向に従い、召喚士《しょうかんし》の希望を実現する事こそが召喚獣《しょうかんじゅう》の務め……だからこそ、カミラはユウゴがオウマに対して抱《いだ》いていた殺意、暴走する怒《いか》り、それそのものを否定して制止する事は出来なかった。

繋《つな》がっていないからこそ、別の人間であるからこそ、リゼルはユウゴを止められたのだ。

「俺はこいつと同じ事をするつもりはない。同じことはしない」

そう言って——ユウゴは足元のオウマに視線を戻《もど》す。

「こいつを殺すためにここまで来たんじゃない。こいつを止めて——こいつのしでかした事の償《つぐな》いをさせるために来たんだ」

そう言って、ユウゴは——長い長い溜息《ためいき》を、ついた。

終章

イラスト：haru.

ソザートン湖での戦いから十日後。

近くの街――クロイドンからモーガンが呼んできた衛士達にオウマ・ヴァーンズや、その配下の生き残りは引《ひ》き渡《わた》された。

彼等はその後、厳重な監視下《かんしか》に置かれた上で王都に送られ、諸々《もろもろ》の罪状で裁判にかけられるとの事だった。オウマに対してどんな刑罰《けいばつ》が科されるのかは多少気になったが、正直、あの男の『野望』の顛末《てんまつ》についてはもうこれ以上知りたいとは思わないユウゴだった。

そして――

「……やれやれだな」

衛士達の馬車が去って行くのを、通りに立って見送ってから――モーガンは、手にした小銃《ライフル》で肩《かた》を叩《たた》きながらそう言った。

「これで一件落着、とは言わなくとも、俺達の手は離《はな》れたわけだ」

「そうなるわね」

とリゼルも頷《うなず》いている。

「ユウゴもリゼルも、オウマ・ヴァーンズの『警護』ご苦労さん」

「……警護？」

とユウゴは眉《まゆ》を顰《ひそ》める。

彼はオウマが〈ウェポンマスター〉を再び喚《よ》び出《だ》して暴れ出さないか、リゼルと交替《こうたい》で見張っていたつもりだったのだが。

リゼルが異を唱えないところを見ると、彼女は『警護』のつもりだったようだが……

「この町の連中が、皆《みな》、サリタみたいに『出来た』人間だとは限らないだろう？」

「わ……私？」

と首を傾《かし》げるのはユウゴの隣《となり》に居るサリタである。

『何でもするからこのダンヴァーズの町を救って』と訴《うった》えてきた少女は、遺跡《いせき》から戻《もど》ってきたユウゴらと、この五日間、行動を共にしていた。

さすがにユウゴらも、彼女にオウマを見張らせる事は無かったが、細々した手伝いは——食事の用意や、交替《こうたい》の時間を知らせに行くといった雑用については、彼女はおおいに役立ってくれたのだ。

「結局、人質《ひとじち》は半分も還《かえ》って来なかったんだ」

とモーガンは小銃《ライフル》で更《さら》に肩《かた》を叩《たた》き続けながら言った。

「半殺し状態のオウマを、この際、皆《みな》で全殺しにしちまおう、なんて考える奴《やつ》が出てきてもおかしかないだろ？」

「それは……」

自らも一度はオウマに銃《じゅう》を突《つ》きつけたユウゴとしては、ダンヴァーズの町の人々がそういう行動に出たとしても、これを非難はしにくい。

「なに、気にすんな」

とモーガンは更《さら》に言った。

「オウマ・ヴァーンズがどうあれ、あの召喚獣《しょうかんじゅう》は健在なわけだろう。何の準備も無く町の連中が襲《おそ》い掛《か》かったら、それこそ、あっと言う間に返《かえ》り討《う》ちだよ」

「……！」

「つまりお前は、オウマ・ヴァーンズと、町の人間の両方を守った、ぐらいに考えておけばいいんだ」

そう言ってモーガンは小銃《ライフル》を持っていない左手をぽんとユウゴの頭の上に乗せた。

「モーガン――」

「あの、ユウゴ」

ユウゴの袖《そで》を引っ張りながらサリタが言う。

「本当、に、その、本当、に、えと、ありがとう」

「ああ、いや、元々俺は――自分のためもあったし」

サリタに言われたから、というのはオウマと戦った理由の一つではあるが、全部でもない。

元々は自分が召喚士《しょうかんし》資格を得るための、魔術師《まじゅつし》組合との取引から始まったのだ。

ただ――

「わ、私、何を、すればいい？　何でも、何でも、する、から」

とひどくひたむきな眼《め》でそう訴《うった》えてくるサリタ。

「いや、だからこの十日間、ずっと手伝ってくれただろ？」

「……あれ、で……あんな、事、で、いいの？」

命懸《いのちが》けの戦いだった事はサリタも気付いている。

だからこそ自分も命を張るほどの何かをしてこそ、『お願い』の対価を払《はら》ったと言える――

そんな風に彼女は思《おも》い詰《つ》めているようだったが。

「充分《じゅうぶん》だよ。サリタは頑張《がんば》ってくれたよ。本当、ありがとうな」

そう言ってユウゴは自分がモーガンにされたように、サリタの頭にぽんと掌《てのひら》を乗せる。

するとと彼女は一瞬《いっしゅん》、息を呑《の》んで、俯《うつむ》いてから――

「…………ん」

何故《なぜ》か耳まで真っ赤にして小さく頷《うなず》いた。

「あー……何やってんだか」

「我が君は無自覚が過ぎます」

「え？　な、なにが？　俺、何かやっちゃったのか？」

と慌《あわ》てるユウゴだが、リゼルもカミラも何故《なぜ》か冷ややかな視線を送ってくるばかりで、何が問題なのかは教えてはくれない。

「モーガン――」

「もてる男はつれえなあ？」

と彼もにやにや笑うばかりだ。

「なんなんだよ……」

とユウゴが呟《つぶや》いた時。

「──あ」

ふとリゼルが声を上げる。

彼女の見ている方にユウゴらも視線を向けると、通りをダンヴァーズの町の住人達が何十人か、こちらにやってくるところだった。

その姿はまるで何かの事を起こすために、徒党を組んでいるかのようにも見えるが……

（まさか復讐《ふくしゅう》を邪魔《じゃま》した俺達を……？　もしくは身内を救えなかった俺達を──）

先にオウマの『警護』の話が出ていたせいか、そんな風に一瞬《いっしゅん》、勘《かん》ぐってしまったユウゴだったが。

「──ユウゴさん、モーガンさん、リゼルさん、だったかね」

先頭に居る老女がふと口を開いた。

頭巾《ずきん》を着けているのと、皺深《しわぶか》い顔のせいで、その表情は読み取りにくいが……殺気や怒気《どき》のようなものは感じられない。

（俺達を襲《おそ》うつもりなら、あんな婆《ばあ》さん一番前に出したりはしないよな……）

そんな事を考えているユウゴに、その老女は訥々《とつとつ》とした口調でこう続けてきた。

「もう、あの恐《おそ》ろしい召喚士《しょうかんし》は居なくなったんだろう。あんた達もあの召喚士《しょうかんし》を見張らなくてもいい筈《はず》だ……違《ちが》うかい？」

「それは、そうだけど」

「お願いがあるんだが。聞いてくれるかい。サリタのお願いは聞いてくれたなら、私達のお願いも聞いてくれないかね？　勿論《もちろん》、今のこの町に出来る限りの御礼《おれい》はするよ」

「お願い？」

とユウゴはサリタと顔を見合わせる。

「………」

サリタは眼《め》を瞬《まばた》かせながら首を横に振《ふ》った。

少なくとも彼女は知らない話のようである。

すると――

「内容によるな」

とユウゴの後ろからそう告げるのはモーガンだ。

老女は、長い溜息《ためいき》を一つついて――

「還《かえ》ってこなかった連中の亡骸《なきがら》を運んでほしいんだよ」

と言った。

「亡骸《なきがら》は残ってたんだろう？　せめて弔《とむら》ってやりたい。弔《とむら》う事で、あたしらも……気持ちにけじめがつけられるっていうか、前を、向ける」

「………………」

「だけど、あの遺跡《いせき》には恐《おそ》ろしくて誰《だれ》も近づけないんだ。遺跡《いせき》に近い家の者から倒《たお》れていったしね……」

それは——魔力《まりょく》を吸収された結果だろう。

ソザートン湖周辺のみならず、あの遺跡《いせき》はダンヴァーズの町からも魔力《まりょく》を吸収していたのだ。さすがにそれで死者が出るほどでもなかったようではあるが、個人差があるのか、未《いま》だに倒《たお》れたままの者も居るという。

「そんな事——」

「いや。分かった。じゃなくて分かりました」

リゼルを遮《さえぎ》るようにしてユウゴは言った。

「皆《みな》『連れ帰』ります」

そこまでやってようやくこの一件は終わるのだ。

それから——ユウゴは隣《となり》で長い溜息《ためいき》をついているリゼルに向き直って言った。

「悪いけど、リゼル、モーガン、もう二、三日、待っていてくれるか」

「——は？」

とリゼルが睨《にら》むようにユウゴを見つめてくる。

「俺が亡《な》くなった人達の亡骸《なきがら》を運び終えるまで、カミラと一緒《いっしょ》なら四日はかからないと――」

「何言ってんのあんたは。一人でやるつもりなの？」

と腰《こし》に手を当ててリゼルが言う。

「いや、だから、俺の一存で引き受けたし、リゼルは嫌《いや》そうにして――」

「だから、勝手に人の気持ちを分かった気にならないで！」

ユウゴの襟首《えりくび》を摑《つか》んでリゼルは言った。

「本当にがさつな兄様《にいさま》よね？　たまには『お願いだ、俺を手伝ってくれリゼル』とか何とか、言えないの？」

「…………」

束《つか》の間《ま》、ユウゴは襟首《えりくび》を摑《つか》まれたまま、眼《め》を白黒させていたが。

「えっと。お願いします。手伝ってくれますか、リゼル――さん」

「しょうがないから手伝ってあげるわよ」

何故《なぜ》か敬語のユウゴに、リゼルは尊大な口調でそう言った。

そして――

「……はぁ」

珍《めず》しくモーガンが溜息《ためいき》をつく。

「本当にたまんねえな、この坊《ぼう》やは」

「モーガン？」

「大物の器《うつわ》だってことさ、お前さんは」

「…………？」

ユウゴは意味が分からず首を傾《かし》げるばかりだったが――

†

リゼルと何やら口喧嘩《くちげんか》をしながらユウゴが歩いて行く。

早速《さっそく》、ダンヴァーズの町の人々に請《こ》われた通り、被害者《ひがいしゃ》達の遺体を回収すべく、遺跡《いせき》への坑《こう》道《どう》に向かっているのだ。ユウゴもリゼルも当然のように大きめの麻布《あさぬの》の袋《ふくろ》を肩《かた》に担《かつ》いでいた。

その後ろを少し離《はな》れて歩きながら――

「……世界ってのは一人じゃ変えられない」

モーガンはそう呟《つぶや》いた。

「強引《ごういん》に一人で変えようとしたら――大抵《たいてい》は無理が出る。柔《やわ》らかな薄紙《うすがみ》を摑《つか》んで引っ張るようなもんさ。一点だけをつまんで引っ張ると、変な所にしわ寄せが行く。無理を通したら破れたりもする。で、それがまた争いを生んで色々駄目《だめ》になる……」

勿論《もちろん》その独り言を聞いている者は居ない。

モーガンとしては、あるいはエミリアに送る手紙の中身について口に出して自分なりに整理しているだけなのかもしれなかった。

「だから本当に世界を変えられる奴《やつ》がいるとすれば……それは、放っておいても、あちこちから『お前のためなら』って、お節介《せっかい》な連中が、勝手に集まってくる様な奴《やつ》を言うんだ」

本人に自覚の有る無しにかかわらず。

そして人間であるか否《いな》かも問わず。

聞けば、オウマ・ヴァーンズとの戦いにおいても、大量に召喚《しょうかん》された召喚獣達《しょうかんじゅうたち》の多くが、ユウゴとの敵対を選ばず、更《さら》には十体ばかりとはいえ彼への加勢を選んだという。

カミラも。バーレイグも。

リゼルも。モーガンも。

そもそもエミリアとその両親も。

クレイ・ホールデンとその父、ホールデン支部長も。

ニコラ・ゲッテンズ伯爵令嬢《はくしゃくれいじょう》も。

あるいはカティですらも。

誰《だれ》も彼もが――当初はユウゴに敵意や嫌悪《けんお》を抱《いだ》いていた者ですらもが、芯《しん》のブレない彼の姿を、あるいは独善に陥《おちい》らぬ彼の姿を見て、自然と何らかの手を差《さ》し伸《の》べてきた。

つまるところ、世界を変える者は——時に『英傑《えいけつ》』などと呼ばれる者は、他者に何かを強《し》いるのでも乞《こ》うのでもなく、ましてや傲岸不遜《ごうがんふそん》に何かを説くのでもなく、ただ自らの言動を以《もっ》て、数多くの他者を感化し動かし得る者なのだろう。

彼《か》の者の一歩ずつ進んだ道に、数多くの名も無き者が、自らの意志で続くような…………

「大抵《たいてい》の事を自分一人でこなせる天才だったから……オウマ・ヴァーンズはそれが分からなかった。多分、それが敗因……いやあの男の限界だったんだろうさ」

そう言ってモーガンは……ひっそりと溜息《ためいき》をついた。

†

「——ありがとうございます」

モーガンからの手紙を受け取って、エミリアはクレイ・ホールデンに頭を下げた。

どういう思惑《おもわく》からか、クレイは支部長代理の立場にありながら、毎回、手ずからモーガンの手紙を持ってきてくれる。

本人は『実務は副支部長がやってくれているから』と説明しているが、クレイが使い走りの様な真似《まね》をする理由にはなっていないだろう。

「本当に、これが待ち遠しくて」

と手紙を胸に抱《だ》くエミリアをクレイはしばらく眺《なが》めていたが。

「そ、そうですか」

と何故《なぜ》か少し動揺《どうよう》した様子で、目を反らすと、一礼して去っていった。その様子をエミリアはしばらくきょとんとして眺《なが》めていたが――

「アノ子、エミリアガ好キナンジャナイノ？」

ひょいと物陰《ものかげ》から姿を現したエルーシャがそんな事を言ってくる。

「はあ？ ないでしょ、ないない。幾《いく》つ歳《とし》の差があると思ってるの」

とエミリアはぱたぱたと手を振《ふ》って見せる。

「ユウゴヨリハ歳《トシ》近イヨ？」

「それはそうだけど。なんでそこでユウゴが出てくるの⁉ 大体、あの子、ユウゴを虐《いじ》めてた子らの筆頭よ？」

クレイが、母や姉をオウマ・ヴァーンズに奪《うば》われた事から、ユウゴを殊更《ことさら》に嫌《きら》う気持ちも分からないではないので、エミリアはクレイを特に批判的に見ていたわけでもないのだが。

逆にそのユウゴの姉という事で、自分もクレイには嫌《きら》われているのだとエミリアは思っていたのである。

「ユウゴヲ虐《イジ》メテタノモ、エミリアノ事ガ好キダカラッテノハアルンジャナイ？ 嫉妬《シット》ッテイウカ？」

「えー？　そんな事ってある？」

などとエルーシャと他愛《たわい》ない話をしながら、部屋に戻《もど》るエミリア。

手紙の封《ふう》を切ると、そこにはオウマ・ヴァーンズの一件に関する顛末《てんまつ》と、彼が独占《どくせん》しようとしていた遺跡《いせき》についての諸々《もろもろ》が書かれていた。

オウマは重傷状態ながらも官吏《かんり》に引《ひ》き渡《わた》され、逮捕《たいほ》。

今現在は療養《りょうよう》しながらも幾多《いくた》の罪状に絡《から》んでの裁判を待っている状態だという。

「アクセルソンさん、私のお願いを聞いてくれたのね……」

手紙で何度となくモーガンに『ユウゴにオウマを殺させないでくれ』『ユウゴが人を殺しそうになったら、どうか止めてやってほしい』と頼《たの》んだのを気に留めてくれていたのだろう。

もっともモーガンが記すところによると、土壇場《どたんば》で彼は失神していたため、オウマに銃《じゅう》を突《つ》きつけたユウゴを止めたのはリゼルだった、との事だが。

遺跡《いせき》周りにいたオウマの配下の者達はほとんどが魔力《まりょく》を吸い取られて死亡、生き残った数名も、オウマ同様に逮捕《たいほ》された。

ダンヴァーズの町の住人達――人質《ひとじち》にされていた女子供は、半数が死亡していたが、半数はやはり遺跡《いせき》に魔力《まりょく》を吸い上げられて衰弱《すいじゃく》するも存命。

町の人々はオウマの支配からの解放と、生き残りの人質達《ひとじちたち》との再会を喜び合ったそうだ。既《すで》に殺されていた人質《ひとじち》の家族に関しては、素直《すなお》に喜べない状態であったらしいが……それは当然の事だろう。

　そして——

「…………なに、これ」

　最後の二行を見てエミリアは眉《まゆ》を顰《ひそ》める。

「ナニナニ？」

「『妹が二人か三人増えると思うので覚悟《かくご》しておいた方がいい』って——どういう事⁉」

「妹ガ二人カ三人増エルッテ意味ジャナイノ？」

「だからどういう顛末《てんまつ》なのよ⁉　アクセルソンさんも何考えてるの⁉　そこんとこ大事でしょう？　ちゃんと書いてよ⁉」

　と悲鳴じみた声を上げつつ、しかしエミリアはモーガンの書いた手紙の内容についてはまったく疑っていない。

　モーガンが単なる報告書とは別に、至極《しごく》真面目に、真摯《しんし》に、エミリアの『弟』の様子を書いて送っていたからだろう。

「ああもう……ちょっと相談しないと」

　エミリアは手紙を手に、部屋を出る。

「ちょっと、お父さん、お母さん！　来月の頭にユウゴが帰ってくるみたいなんだけど——」

†

ごとごとと車輪が地を噛《か》む音をさせながら、馬車はバラクロフ王国を東西に貫《つらぬ》く、主要街道《かいどう》を進んでいく。

「んん――……」

御者台《ぎよしやだい》の上に座っているのはユウゴ、そしてリゼルである。

モーガンは荷台で眠《ねむ》っている。遺跡《いせき》の近くで魔力《まりよく》を奪《うば》われた事の後遺症《こういしよう》が未《ま》だ残っているらしく、体力が落ちているとの事だった。『傭兵《ようへい》は廃業《はいぎよう》かもなあ』と彼は愚痴《ぐち》をこぼしていたが、意外とその表情は晴れ晴れとしていた。

(まさかオウマ・ヴァーンズに追い付くよりもずっと、『後始末』の方が時間食うとは思ってなかったよなあ……)

遺跡《いせき》での戦いから既《すで》に一か月半が経過している。

犠牲《ぎせい》者達の葬儀《そうぎ》を見届けた上、サリタらに見送られ、ダンヴァーズの町を出て――早、二十日余り。

ユウゴは町を出る際、天涯孤独《てんがいこどく》となったサリタに『一緒《いつしよ》に来るか?』と誘《さそ》ってみたが、彼女は自分の両親の墓があるダンヴァーズの町を離《はな》れたくないと断ってきた。

また、ユウゴに遺体を運ぶように要請《ようせい》してきた老女が彼女の養親になるとの事で、とりあえずあの町で暮らしていく事について彼女の不安は払拭《ふっしょく》されている。

（まあいつでも遊びに来てくれとか言われちゃったしな……時間はかかるけど、たまに様子を見に行けばいいか）

特にサリタは――

「か、かならず、かならず、来て、ください、えと、会いに、じゃ、なくて、えと、遊びに、遊びにです、かならず、ですよ……！」

と――顔を赤らめながら、妙《みょう》に熱心に訴《うった》えていたが。

その理由について、朴念仁《ぼくねんじん》のユウゴは全く気がついていない。

（王都での手続きもやたら時間食ったし……）

その後、ユウゴ達は王都で何日か、官吏《かんり》と魔術師《まじゅつし》組合から事情聴取《ちょうしゅ》のために足止めをされていたのだが……それからもようやく解放された。

主要街道《かいどう》の通行証も発行してもらい、王都滞在《たいざい》中に世話になったゲッテンズ伯爵令嬢《はくしゃくれいじょう》のニコラにも礼を言うと、ユウゴ達は懐《なつ》かしき故郷、ブロドリックの町に最短距離《さいたんきょり》で向かっていた。

そして――

「それ、あの勲章《メダル》？」

とリゼルが横から尋《たず》ねてくる。

ユウゴが手に持って陽《ひ》に透《す》かしているのは、オウマが持っていた方の勲章《メダル》である。

事件の重要参考物件ではあるのだが、元々がブロドリックの魔術師《まじゅつし》組合が保管していたものである事から、カティの勲章《メダル》共々、ユウゴに託《たく》され、ブロドリックに持ち帰るように頼《たの》まれたのだ。

遺跡《いせき》の調査の際にも、間違《まちが》っても再起動させないようにとの事で、距離《きょり》的に離《はな》しておきたいという思惑《おもわく》もあったようだ。

ともあれ……

「そう。お前が壊《こわ》したやつ」

「そういう言い方する⁉ 助けてあげたんでしょ？」

「いや、別に責めてるわけじゃなくてな」

とユウゴは言って勲章《メダル》を革袋《かわぶくろ》の中に収める。

「壊《こわ》れてても使えないんだろうけど、カティのそっくりさんと、少し話がしてみたかったなって」

「……はぁ」

何やら呆《あき》れたように溜息《ためいき》をつくリゼル。

「まあ何にしても、これを魔術師《まじゅつし》組合の零《ゼロ》番倉庫に戻《もど》したら、俺の『仕事』は終わり、晴れて一人前の召喚士《しょうかんし》だ」

「晴れて一人前……ね」

「なんだよ」

「なんでもないわよ」

とリゼルは首を振《ふ》る。

「別に今更《いまさら》、とか思ってないから」

一人前も何も……特殊《とくしゅ》な条件と状況《じょうきょう》ではあったろうが、ユウゴは召喚士《しょうかんし》としてあのオウマ・ヴァーンズと互角《ごかく》以上に渡《わた》り合《あ》ったのだ。

十体もの召喚獣《しょうかんじゅう》を扱《あつか》い、無限召喚器《しょうかんき》の機能に呑《の》まれる事も無く。

そんな経験を持っている召喚士《しょうかんし》が、今更《いまさら》一人前も何もない、とリゼルは思ったのだろう。

「というかそれこそ今更《いまさら》だけどさ」

「……なに？」

「お前、召喚士《しょうかんし》資格持ってるの？」

「…………」

リゼルは眼《め》を瞬《まばた》かせて。

「持ってるわけないでしょ」

あっさりそう言った。

「それはまずい、まずいだろ！」

「なんでよ」

「これからブロドリックの町で一緒《いっしょ》に暮らすわけだろ⁉」

とユウゴはリゼルの方に身を乗り出して言う。

「え、一緒《いっしょ》にって——あ、ああ、そ、そうだった、かな」

とリゼルはユウゴから目を逸《そ》らしながら言う。

「兄妹《きょうだい》として、だったわよね？」

「そうとも！」

とユウゴは力説する。

「三兄弟姉妹《し まい》揃《そろ》って召喚士《しょうかんし》とかすごくないか⁉」

「…………」

「いろいろ、ブロドリックの町の発展にも貢献《こうけん》出来るだろ！　だったらちゃんと召喚士《しょうかんし》としての公的資格をとっとかないと！」

「…………」

空を仰《あお》いで嘆息《たんそく》するリゼル。

「まあ、まずいっていうなら、私はブロドリックには帰らずに——」

「よし、兄ちゃんに任せとけ！」

とユウゴは拳《こぶし》を握《にぎ》りしめて言った。

「――は？」

「何とか組合の支部長に――いや、今はクレイの奴《やつ》が支部長代理か、あいつに頭下げるのはちょっと――いや、大丈夫《だいじょうぶ》、とにかく、偉《えら》い人に掛《か》け合《あ》って資格とれるように交渉《こうしょう》するから！」

「いや、無理なんじゃないの？　さすがに」

「リゼルもあの遺跡《いせき》の事件を解決するのに手伝ってくれたって言えば、そう無下《むげ》には――」

と――ユウゴが言った、その時。

「他の遺跡《いせき》と勲章《メダル》については、興味が無い、です？」

不意に――ユウゴとリゼルの間に割り込むようにして、カティが出現してそう尋《たず》ねてきた。

「カティ？」

「相変わらず心臓に悪いわね」

とユウゴとリゼルから視線を浴びて、銀髪《ぎんぱつ》の少女は首を傾《かし》げていたが――

「……いや待て、他の遺跡《いせき》と勲章《メダル》!?」

とユウゴが眉《まゆ》を顰《ひそ》める。

カティは彼の方を向いて、無表情に、淡々《たんたん》と――まるで天気の話か何かをしているかのように言った。

「無限召喚器《しょうかんき》は一つではない。です」

「…………」

「当然、『鍵《かぎ》』と『取扱《とりあつかい》説明書』も複数ある。です」

「……ってそんな大事な事をなんで黙《だま》ってたのよ⁉」

とリゼルがカティに食《く》ってかかるが。

「聞かれなかった。です」

とカティは答える。

「私は『取扱《とりあつかい》説明書』なので」

「…………」

確かに『取扱《とりあつかい》説明書』が自分から聞かれてもいない事を説明する筈《はず》も無い——と言われればその通りなのかもしれないが。

「それはつまり……あいつみたいなのが……オウマ・ヴァーンズみたいな事をする奴《やつ》が、また出てくる可能性があるっていうのか？」

「可能性は零《ゼロ》ではない。です」

とカティ。

無論、オウマの如《ごと》く、召喚士《しょうかんし》としての力量のみならず、語学力その他を兼《か》ね備《そな》え、遺跡《いせき》の記録を読み解けるような天才は、そうそう出て来たりはしないとは思われるが。

「………」

顔を見合わせるユウゴとリゼル。

これは『明るく楽しい家族計画』なんぞを練っている場合ではないのかもしれない。世界の危機というものは、案外、誰《だれ》もが気が付いていないだけで、そこら中に転がっているのかもしれないのだ。

しかも──

「ちなみに」

とカティはユウゴが手にした勲章《メダル》に触《ふ》れる。

「『取扱《とりあつかい》説明書』には自己修復機能がある。です」

「──え？」

「自己修復機能がある。です」

眼《め》を丸くするユウゴの前に、まるで鏡でも置いたかのようにもう一人の銀髪《ぎんぱつ》少女が出現する。

「『取扱《とりあつかい》説明書』が二つ以上揃《そろ》っている場合、片方を参照する事で破損した方が自己修復する事ができる。です」

「え？　え？　ちょっ──」

「自己修復に伴《ともな》い所有者情報が初期化された。です」

カティに似た銀髪《ぎんぱつ》の少女は無表情にそう言った。

「初期化後に最初に触《ふ》れた召喚士《しょうかんし》資格者に私は所有される。です」

「……俺？」

「はい」

とカティに似た銀髪《ぎんぱつ》の少女は頷《うなず》いた。

「ユウゴ・ヴァーンズが私、レティの所有者として登録された。です」

「レティ――いや、ちょっと待っ――」

「所有者の変更《へんこう》を希望する際には初期化手順を踏《ふ》む必要あり。です」

言ってレティが人差し指で自分の頭を指したのは――初期化したければまた銃《じゅう》で撃《う》てという意味か。

「出来るか！」

と喚《わめ》くユウゴ。

しかも――カティはカティで何か頷《うなず》いて。

「予定通り。です」

「予定通り――おい、今、予定通りって言ったか⁉」

今になって、ユウゴはカティが何を思って行動していたのか、まるで自分が知らない事に気がついた。

だが――

「はい。私の目的は所有者の統一。です」

「………」

「本来は同じ所有者に正副共に所有される筈《はず》の『取扱《とりあつかい》説明書』が、別々の召喚士《しょうかんし》に所有されてしまっていた状態は、想定外である。です」

まるで悪びれた様子も無くカティはそう言った。

「その為《ため》に……？」

考えてみれば、カティは折りに触《ふ》れて姿を現しては、ユウゴをオウマ達の所に――もう一人の自分、レティの所有者の所に、誘導《ゆうどう》していた。

「あああああああああ……」

長い溜息《ためいき》をつくユウゴ。

つまるところ、ユウゴはカティにずっと踊《おど》らされていたという事になる。あるいはオウマですらレティに踊《おど》らされていた可能性があって。

とんでもないと思う反面……善悪の区別すら持たない彼女等を、別の誰《だれ》かに所有させるのはあまりに危険だ。初期化とやらでまたカティやレティを銃撃《じゅうげき》しろと言われても、やはりそんな真似《まね》はし難《がた》い。

ならば結局、二人共をユウゴが引き取るしかないわけで。

（いや、待て、無限召喚器《しょうかんき》が複数あって、その倍数、『取扱《とりあつかい》説明書』があるんだとしたら

――）

ユウゴの脳裏《のうり》に五人十人と並んだ銀髪《ぎんぱつ》の少女達が『私はユウゴのもの。です』と合唱する風景が浮《う》かぶ。その後ろでは色々と勘違《かんちが》いをしたらしいエミリアとエルーシャとリゼルとカミラとサリタと、ついでにモーガンとクレイがどん引きの表情を浮《う》かべていた。

しばらく彼は頭を抱《かか》えて唸《うな》っていたが――

「まあ、とりあえず、帰ってから考えよう」

いちいち懊悩《おうのう》するのが面倒臭《めんどうくさ》くなったユウゴはとりあえずそう言った。

「というかカティ。それにレティだっけ。お前もうちに来るか？」

「私はユウゴのものなので当然行く。です」

「私もユウゴのものなので当然行く。です」

「そうかそうか、妹が三人になるなぁ――」

と当面の問題から全力で眼《め》を逸《そ》らし、何処《どこ》か虚《うつ》ろな笑顔《えがお》で頷《うなず》くユウゴだが――

「ちょっ――何言ってんの、あんたは!?」

とリゼルは何やら不満顔である。

「そんなほいほいと気楽に――」

確かにアルマス家の者に確認《かくにん》もとらずに、妹として引き取るだのなんだのと言うのは無責任に過ぎると言わざるを得ないが。

「わ、私の時だって、そんな——」

軽い気持ちで言ったのか。

そうリゼルは問いたかったのかもしれないが。

「お前も家族の一員になるんだからな。逃《に》げるなよ？」

とユウゴは改めてリゼルに指を突《つ》き付けながら言った。

「指さすなっ！　は？　逃《に》げる？　誰《だれ》が？」

「おぐっ⁉」

リゼルに突《つ》き付《つ》けた指を摑《つか》んでひねられたユウゴが、呻《うめ》く。

「あんたこそ後で『やっぱりだめでした、てへ』とかほざいて、逃《に》げるんじゃないわよ、兄《にい》様《さま》⁉　責任、そう、責任とりなさいよ！　い、色んな意味で！」

そう怒鳴《どな》るリゼルの顔が赤いのは、怒《おこ》っているせいか、それとももっと別の何かのせいか。

「おう、責任とるぞ！　逃《に》げも隠《かく》れもしないぞ、妹よ！」

「死ね、馬鹿、誰《だれ》が妹よ⁉」

「え？　いや、でもお前、今、『兄様《にいさま》』って——」

……等々。

カティとレティを間に挟《はさ》んで、ぎゃあぎゃあと言い合いをするユウゴとリゼル。双方《そうほう》、顔を真っ赤にしての怒鳴《どな》り合いではあるのだが、不思議とどちらも楽しそうで。

「…………我が君はどうも鈍感《どんかん》で」

「…………リゼルはへそ曲がりで」

馬車の幌《ほろ》の上に二人して腰《こし》かけていたカミラとバーレイグはそんな事を言って溜息《ためいき》をつく。

「多分、そちらにはご迷惑《めいわく》をかけるかと」

「気にするな。それは本当にお互《たが》い様《さま》だ」

『ここではない何処《どこ》か』から来た『常識外の稀人《まれびと》』たる召喚獣達《しょうかんじゅうたち》は――ひどく平凡《へいぼん》な苦笑《くしょう》を交《か》わして、晴《は》れ渡《わた》る空を見上げた。

あとがき

どうも、物語屋の榊《さかき》です。

『サマナーズウォー／召喚士大戦《しょうかんしたいせん》』第二巻お届けいたします。

一巻で「二巻の初稿《しょこう》はあがっている」と書いておりましたが、その後、出版時期の調整その他で関係者の方々が、少々てこずられたようで、結局、半年以上、間が空いてしまいました。待ってくださっていた方には、大変申し訳ない。すみません。

さて、二巻の内容でありますが。

一巻で振《ふ》った諸々《もろもろ》の謎《ネタ》について、一通り回収する巻であります。

また……元のゲームと異なる世界『観』でありながら、何故《なぜ》『サマナーズウォー』の名を冠《かん》した物語になっているかについても、示させていただく巻でもあります る。

殊更《ことさら》に「こういう事ですよ」と書いている訳ではありませんが。

どういう形になったかは本編をご覧くださいまし。

一巻の時と同じく、大変な御状況《ごじょうきょう》の中、変わらず美麗《びれい》なイラストを仕上げてくださったtoi8先生と、同じく、これまた変わらず愛らしいＳＤキャラを仕上げてくださったharu.先生に重ねて感謝を。

これまた一巻の時と同様に、あちこちの調整に駆《か》けずり回《まわ》る事となった、事実上の担当編集たるエレファンテの木尾寿久《きおとしひさ》さんにも感謝を。

原案ゲームの会社の方々、スタッフの方々に感謝をするのも当然のごとくまた同じ。

そして何よりも一巻をご購読《こうどく》くださった読者の皆様《みなさま》に、最大の感謝を。

ではでは。とりあえずユウゴ達の冒険《ぼうけん》は一区切りですが、三巻四巻のプロットは大雑把《おおざつぱ》に組んである（構想半日）ので、『次』があるといいなあ、なんて思いつつ。

２０２３／04／11　榊一郎《さかきいちろう》

◉榊　一郎著作リスト

「サマナーズウォー／召喚士大戦1　喚び出されしもの」（電撃文庫）
「サマナーズウォー／召喚士大戦2　導かれしもの」（同）

本書に対するご意見、ご感想をお寄せください。

ファンレターあて先
〒102-8177　東京都千代田区富士見2-13-3
電撃文庫編集部
「榊　一郎先生」係
「toi8先生」係

読者アンケートにご協力ください!!

アンケートにご回答いただいた方の中から毎月抽選で10名様に「図書カードネットギフト1000円分」をプレゼント!!

二次元コードまたはURLよりアクセスし、
本書専用のパスワードを入力してご回答ください。

https://kdq.jp/dbn/　パスワード　2me3d

●当選者の発表は賞品の発送をもって代えさせていただきます。
●アンケートプレゼントにご応募いただける期間は、対象商品の初版発行日より12ヶ月間です。
●アンケートプレゼントは、都合により予告なく中止または内容が変更されることがあります。
●サイトにアクセスする際や、登録・メール送信時にかかる通信費はお客様のご負担になります。
●一部対応していない機種があります。
●中学生以下の方は、保護者の方の了承を得てから回答してください。

本書は書き下ろしです。

この物語はフィクションです。実在の人物・団体等とは一切関係ありません。

電撃文庫

サマナーズウォー／召喚士大戦《しょうかんしたいせん》2
導《みちび》かれしもの

榊《さかき》 一郎《いちろう》

◇◇◇

2023年6月10日　初版発行

発行者　山下直久
発行　株式会社KADOKAWA
〒102-8177　東京都千代田区富士見2-13-3
0570-002-301（ナビダイヤル）
装丁者　荻窪裕司（META＋MANIERA）
印刷　株式会社暁印刷
製本　株式会社暁印刷
※本書の無断複製（コピー、スキャン、デジタル化等）並びに無断複製物の譲渡および配信は、著作権法上での例外を除き禁じられています。また、本書を代行業者等の第三者に依頼して複製する行為は、たとえ個人や家庭内での利用であっても一切認められておりません。

●お問い合わせ
https://www.kadokawa.co.jp/（「お問い合わせ」へお進みください）
※内容によっては、お答えできない場合があります。
※サポートは日本国内のみとさせていただきます。
※Japanese text only

※定価はカバーに表示してあります。

©Com2uS・Toei Animation
ISBN978-4-04-914938-8　C0193　Printed in Japan

電撃文庫　https://dengekibunko.jp/

電撃文庫創刊に際して

文庫は、我が国にとどまらず、世界の書籍の流れのなかで〝小さな巨人〟としての地位を築いてきた。古今東西の名著を、廉価で手に入りやすい形で提供してきたからこそ、人は文庫を自分の師として、また青春の想い出として、語りついできたのである。

その源を、文化的にはドイツのレクラム文庫に求めるにせよ、規模の上でイギリスのペンギンブックスに求めるにせよ、いま文庫は知識人の層の多様化に従って、ますますその意義を大きくしていると言ってよい。

文庫出版の意味するものは、激動の現代のみならず将来にわたって、大きくなることはあっても、小さくなることはないだろう。

「電撃文庫」は、そのように多様化した対象に応え、歴史に耐えうる作品を収録するのはもちろん、新しい世紀を迎えるにあたって、既成の枠をこえる新鮮で強烈なアイ・オープナーたりたい。

その特異さ故に、この存在は、かつて文庫がはじめて出版世界に登場したときと、同じ戸惑いを読書人に与えるかもしれない。

しかし、〈Changing Times,Changing Publishing〉時代は変わって、出版も変わる。時を重ねるなかで、精神の糧として、心の一隅を占めるものとして、次なる文化の担い手の若者たちに確かな評価を得られると信じて、ここに「電撃文庫」を出版する。

1993年6月10日
角川歴彦

電撃文庫DIGEST　6月の新刊

発売日2023年6月9日

幼なじみが絶対に負けないラブコメ11

著／二丸修一　イラスト／しぐれうい

俺と真理愛にドラマ出演のオファーが！　久し振りの撮影に身が引き締まるぜ……！　さっそく群青同盟メンバーで撮影前に現場を見学させてもらうも、女優モードの真理愛が黒羽や白草とバチバチし始めて……。

ギルドの受付嬢ですが、残業は嫌なのでボスをソロ討伐しようと思います7

著／香坂マト　イラスト／がおう

長期休暇を終えたアリナは珍しく平穏な受付嬢ライフを送っていた。まもなく冒険者たちの「ランク査定業務」が始まることも知らず―― !!（本当は受付嬢じゃなく本部の仕事）

虚ろなるレガリア5
天が破れ落ちゆくとき

著／三雲岳斗　イラスト／深遊

ついに辿り着いた天帝領で明らかになる龍に生み出された世界の真実。記憶を取り戻した彩葉が語る彼女の正体とは!?　そして始まりの地“二十三区”で珠依との戦いに挑むヤヒロと彩葉が最後に選んだ願いとは――!?

ソード・オブ・スタリオン
種馬と呼ばれた最強騎士、隣国の王女を寝取れと命じられる

新作

著／三雲岳斗　イラスト／マニャ子

上位龍をも倒す実力を持ちながら、自堕落な生活を送り極東の種馬と呼ばれている煉騎士ラス。死んだはずのかつての恋人フィアールカ皇女が彼に依頼した任務とは、皇太子の婚約者である隣国の王女を寝取ることだった！

天使は炭酸しか飲まない4

著／丸深まろやか　イラスト／Nagu

明石伊緒に届いた、日浦亜貴に関する不穏な連絡。原因は彼女の所属するテニス部で起きたいざこざだった。伊緒が日浦を気にかける中、ふたりの出会いのきっかけが明かされる。秘密と本音が響き合う、青春ストーリー。

アオハルデビル3

著／池田明季哉　イラスト／ゆーFOU

衣緒花の協力により三雨の悪魔を祓うことに成功した有葉だったが、事件を通じて自身の「空虚さ」を痛いほど痛感する。自分には悪魔に魅入られる「強い願い」が無い。悩む有葉にまた新たな〈悪魔憑き〉の存在が――？

サマナーズウォー／召喚士大戦2 導かれしもの

著／榊 一郎　イラスト／toi8
原案／Com2uS　企画／Toei Animation/Com2uS
執筆協力／木尾寿久(Elephante Ltd.)

故郷を蹂躙した実の父・オウマを倒すべく、旅立った少年召喚士ユウゴ。仲間となった少女召喚士・リゼルらとともに戦い続け、ついにオウマとの対決を迎えるが、強力な召喚獣たちに圧倒され絶体絶命の危機に陥る。

この青春にはウラがある!

新作

著／岸本和葉　イラスト／Bcoca

憧れの生徒会長・八重樫がノーパンなことに気付いた花城夏彦。華々しき鳳明高校生徒会の《ウラ》を知ってしまった彼は、煌びやかな青春の裏側で自分らしさを殺してきた少女たちの"思い出作り"に付き合うことに!?

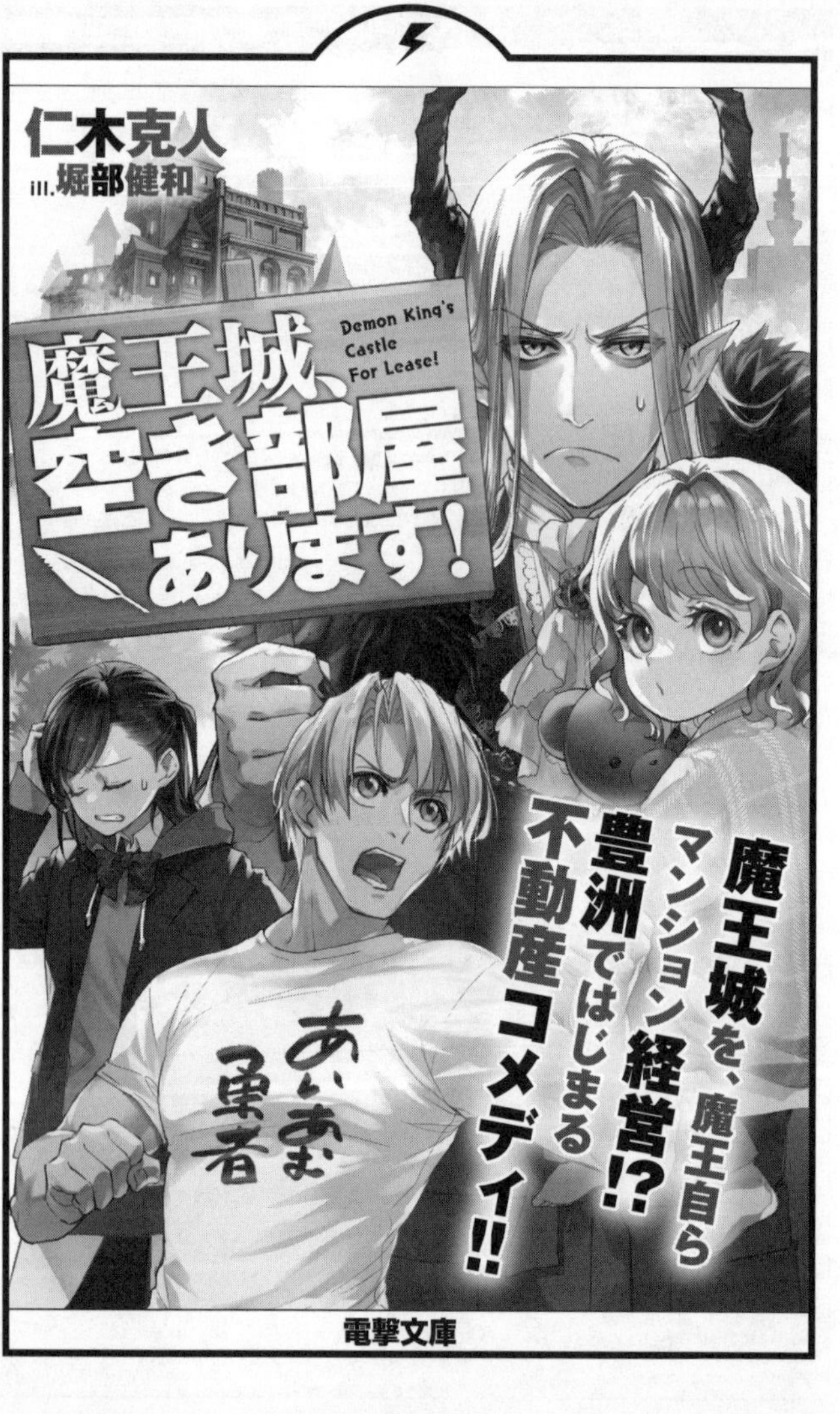
仁木克人
ill.堀部健和
魔王城、空き部屋あります！
Demon King's Castle For Lease!
魔王城を、魔王自ら
マンション経営!?
豊洲ではじまる
不動産コメディ!!
電撃文庫

第29回
電撃小説大賞受賞作
電撃文庫
僕が君と別れ、君は僕と出会い、
舞台《ものがたり》は始まる。
四季大雅
［イラスト］一色
TAIGA SHIKI
Illust: ISSHIKI
ミリは猫の瞳のなかに住んでいる
MILI LIVES IN THE CAT'S EYES
STORY
猫の瞳を通じて出会った少女・ミリから告げられた未来は、
探偵になって『運命』を変えること。
演劇部で起こる連続殺人、死者からの手紙、
ミリの言葉の真相――そして嘘。
過去と未来と現在が猫の瞳を通じて交錯する！
豪華PVや
コラボ情報は
特設サイトでCheck!!
電撃文庫

命短し恋せよ男《だん》女《じょ》
余命1年でも
恋がしたい!!!
[著]
比嘉智康
Tomoyasu Higa
[イラスト]
間明田
Mamyoda
恋に恋するぽんこつ娘に、毒舌クールを装う元カノ、
金持ちヘタレ御曹司とお人好し主人公——
命短い男女4人による前代未聞な
余命宣告から始まる多角関係ラブコメ!
電撃文庫

学生統括ゴッドフレイ。
煉獄と呼ばれる男。
その若かりし日の、
苛烈なる青春の軌跡。
宇野朴人
illustration ミユキルリア
七つの魔剣が支配する
Side of Fire ―煉獄の記―
オリバーたちが入学する五年前――
実家で落ちこぼれと蔑まれた少年ゴッドフレイは、
ダメ元で受験した名門魔法学校に思いがけず合格する。
訳も分からぬまま、彼は「魔法使いの地獄」キンバリーへと
足を踏み入れる――。

電撃文庫

おもしろいこと、あなたから。

電撃大賞

自由奔放で刺激的。そんな作品を募集しています。受賞作品は「電撃文庫」「メディアワークス文庫」「電撃の新文芸」などからデビュー!

上遠野浩平(ブギーポップは笑わない)、
成田良悟(デュラララ!!)、支倉凍砂(狼と香辛料)、
有川 浩(図書館戦争)、川原 礫(ソードアート・オンライン)、
和ヶ原聡司(はたらく魔王さま!)、安里アサト(86―エイティシックス―)、
瘤久保慎司(錆喰いビスコ)、
佐野徹夜(君は月夜に光り輝く)、一条 岬(今夜、世界からこの恋が消えても)など、
常に時代の一線を疾るクリエイターを生み出してきた「電撃大賞」。
新時代を切り開く才能を毎年募集中!!!

おもしろければなんでもありの小説賞です。

- **大賞** ……………… 正賞+副賞300万円
- **金賞** ……………… 正賞+副賞100万円
- **銀賞** ……………… 正賞+副賞50万円
- **メディアワークス文庫賞** ……… 正賞+副賞100万円
- **電撃の新文芸賞** ……………… 正賞+副賞100万円

応募作はWEBで受付中! カクヨムでも応募受付中!

編集部から選評をお送りします!

1次選考以上を通過した人全員に選評をお送りします!

最新情報や詳細は電撃大賞公式ホームページをご覧ください。

https://dengekitaisho.jp/

主催:株式会社KADOKAWA

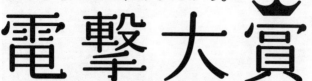